Helga Schütz

Knietief im Paradies

Helga Schütz

Knietief im Paradies

Roman

Aufbau-Verlag

ISBN 3-351-03031-2

1. Auflage 2005

Einbandgestaltung Mediabureau Di Stefano
Druck und Binden GGP Media GmbH, Pößneck
Printed in Germany

www.aufbau-verlag.de

Bis hierher und nicht weiter. Der Großvater hält das Fahrrad. Ich schnappe den Rucksack vom Gepäckträger, die neuen Gummistiefel binde ich los. Sie glänzen wie Lackleder, die will ich anziehen. Wir sind ins Schwitzen gekommen. Sieben Kilometer sind wir gelaufen. Immer bergan, über den Roten Buckel. Man kann die Grenze im Tal nicht sehen. Sie ist ein schmaler Bach. Wir haben nicht geredet unterwegs. Wir haben überhaupt wenig gesagt in den vier Wochen. Jetzt will er wissen, ob ich weiß, wo die Fahrkarte steckt.

Ich sage: Im Rucksack.

Ich bin in meinem Leben schon ein paarmal schwarz von einem zum anderen Großvater über die grüne Grenze gegangen. Immer mit Glück, ohne Zwischenfälle. Vom Sachsen-Anton im Osten zum schlesischen Heinrich im Westen und zurück. Ich bin auf der Rückreise. Die Fahrkarte hat Anton gekauft. Sie gilt ab Dresden bis zur Grenze und von da ab wieder nach Hause.

Das vorige Mal, da hat die schlesische Großmutter noch gelebt, und ich konnte staunen, was man sich nach der Währungsreform binnen kurzer Zeit aus dem Nichts hatte schaffen können. Das Albatros-Fahrrad. Blaugeblümte Meterware für viermal zum Beziehen. Sie lebten nicht mehr wie die Jahre nach der Flucht im Notquartier, sie wohnten nun in einer eigenen Unterkunft, im Birkenbusch, außerhalb des Dorfes, in einer geräumige Hütte, wo vor dem Zusammenbruch Körnerfutter für Hühnerfarmen gelagert worden war. Der schlesische Großvater hatte die Hütte außen mit wetterfesten Hartfaserplatten verklinkert und drinnen die Wände der Wohnküche mit marmorierten Hartfaserplatten gefliest, mit den Marmorresten hatte er eine Toilette gestaltet, den kastenartigen Sitz, den Deckel für das Loch, ringsherum in Augenhöhe: Marmor. Die Buchte hatte im Fundament eine Grube, die von draußen leer geschöpft werden konnte. Eine Einrichtung ohne fließend Wasser, also Plumps – doch man darf sagen: geflieste Innentoilette, denn man mußte nicht mehr wie früher in Schlesien im Regen über einen Hof, man erreichte den lichtgrau gestalteten Abtritt direkt über den Flur. Aus holzfarbenen Hartfaserplatten hatte er Paneele und Schränke geschaffen, in denen die Großmutter schon ihr geschneidertes Winterkleid aus blauem Kattun einmotten konnte. Das wichtigste, Großvater bekam wieder Post, jeden Monat ein Kuvert mit einer gedruckten Mitteilung des Imkervereins, dazu den *Immenvater*, ein Heft mit Ratgeberseite. Drei drohnenbrütige Völker hatte Bienenhalter Heinrich inzwischen erfolgreich beweiselt. Die Trachtbienen flogen. Ins Kleefeld, in den Raps oder in die Robinien.

Es war an einem Sonntag gewesen, ich weiß es, weil der Großvater nach Naphthalin roch, weil er seine guter Manchesterhose anhatte und weil wir alle drei unsere neuen Strickjacken trugen, maschinell-, aber hausgemacht. Von einer schlesischen Landsmännin, die in der Heimat einmal unsere Nachbarin gewesen, jetzt im Dorf im Lehrerhaus neben der Schule untergekommen war. Sie besaß eine Strickmaschine, in Minuten war damit ein Ärmel, an einem Vormittag eine Jacke mit allem Drum und Dran fertig. Großvaters kaffeebraune, Großmutters dunkelblaue, meine war fliederfarben. So sonntäglich baute sich der Großvater mitten hinein in seine eigene Stube: Das ist für dich, sagte er.

Ein Zehnmarkschein und zwei Fünfmarkstücke. Und bereute im selben Augenblick seine Geberlaune, denn er hatte mir angesehen, daß ich das Kapital schlecht verwalten würde. Kauf dir aber keinen Fingerring, murmelte er, ohne viel Vertrauen in mich zu setzen. Ich schüttelte bloß meinen schamroten Kopf und überlegte, ob ich ihm das Geld gleich wortlos auf dem Küchentisch heimzahlen sollte oder besser später im Leben hundertfach in einem feinsinnig zugeklebten Kuvert.

Mir mußte einfallen, wo ich das Geld lassen konnte. Zwei große Fünfmarkstücke und ein Zehnmarkschein. Ich wollte es nicht ausgeben, ich wollte das Geld bis auf weiteres im Wäldchen verstecken.

Die schlesische Großmutter hatte Heinrichs zwischen Geiz und Güte schwankenden Allüren im Griff, die Stricksachen, das Albatros, die Bohnen für den guten Sonntagskaffee, die Butter für den Streuselkuchen, die frisch gesommerten Betten, die geblümten Bezüge. Das Neuste: ein Mietvertrag für ein Schließfach im Großraumkühler, der im Dorf an der Kirchhofmauer gebaut worden war; in besserem Stand als die altansässigen Bauersfrauen, hatte sie darin, schon in gute Sonntagsportionen zurechtgefleischert, eine halbe Sau auf Vorrat. *Der Winter kann kommen.* So lautete ihr listiger Spruch.

Die meisten Veränderungen nahm sie auf ihre Kappe. Der Großvater hütete im Kasten unter der Matratze ein Postsparbuch und ein paar glatte, frische Scheine ohne Eselsohren, ohne Knick. Er fragte jedesmal am Rentenzahltag den Geldbriefträger nach gutem, neuem Geld. Sie dagegen war froh, wenn der Geldbriefträger gute alte Scheine mitgebracht hatte, denn sie brauchte so einen guten schlappen Zwanziger gleich. Meine schlesische Großmutter stand für Sachwerte ein, die sie sofort aus der Schürzentasche heraus bezahlte. Die Vertreter von Witt Weiden brachten die Ware ins Haus, oder die Großmutter schickte mich hinter Großvaters Rücken mit einem Weckglas und passendem Geld hinunter ins Dorf. Bratheringe in viel saurer Zwiebelsoße, die gab es beim Fischhändler Tepperwin. Wenn die Teller auf dem Tisch standen, die Fische golden, in goldenem Saft, silberner Knoblauchduft, dann war es um ihn geschehen, dann leuchteten Großvater Heinrichs Augen. Stolz auf sein geklinkertes Heim und auf so eine angetraute Frau Unternehmerin wie Berta. Was kost die Welt. Dann hatte er genau den richtigen Appetit.

Die schlesische Berta ist nicht mehr da. Ich bin trotzdem noch einmal gekommen. Schweren Herzens. Vor vier Wochen hat mich Heinrich wie immer am Roten Buckel abgeholt. Ich war wie immer aus dem Osten, letzte Bahnstation Schwiegershausen, schwarz über die grüne Grenze zu ihm herübergewandert. Er hatte schon im Busch gewartet, leider mit einem Dreiangel in seiner Sonntagshose. Ein leeres Holzfuhrwerk hatte ihn mitgenommen bis zur Einschlagstelle im Wald, beim Absitzen ist es passiert. Ein Loch im Hosenarsch. Hätte böser kommen können. Es gibt Schlimmeres. Nicht nur in den sieben Büchern, sondern im Leben.

Dreiangelwiebeln, sogar Kunststopfen, darin war ich ziemlich gut. Das hatte ich in der Schule gelernt. Es war das Beste, was ich machen konnte. Trotzdem hat der Großvater vor der perfekt reparierten Hose geflennt. Das Taschentuch. Die Tränen. Woher und wohin damit. Herrgott, ach Gott, ach Herr Jesus. Donnerschock. Ich bin die langen Wochen mit dem Albatros unterwegs gewesen. Viele Tage auf Tour. Meine letzten Schulferien. Ich will Bratheringe holen. Der Großvater gibt mir zwanzig Pfennige und flennt und flennt, auch ich habe die Augen voll Tränen, unterwegs bis ins Dorf und wieder zurück. Am Tisch mit dem glatten Wachstuch, wo Holländerinnen zwischen Windmühlen tanzen, nagen wir an den Gräten. Essigsauer und Salz. Wenn die Tränen heimlich auf den Teller tropfen. Ich setze mich vor die Haustür auf die Schwelle. Weil sich in der Stube lange nichts rührt, klopfe ich ans Fenster und rufe: Die Bienen schwärmen. Wahrscheinlich ist die neue Königin mit einem Volk fortgeflogen. Ausgekrochen und fort. Die Königin, während du in der Stube gewesen bist. Ich weiß, was ihm die Laune verdirbt. Ich hoffe, ein tüchtiger Ärger, ein altvertrautes Kümmernis, hilft gegen ein schweres Herz.

Schon höre ich ihn fluchen. Biester, verdrehte, garstige. Er glaubt mir, aber in Wahrheit glaubt er mir nicht. Weil ich schon wieder taub, blind und stumm auf der Haustürschwelle sitze, macht er einen Schritt. Steigt über mich drüberweg. Er schimpft, wie er immer geschimpft hat, wenn bei den Bienen ein Nachschwarm samt Weisel wer weiß wie weit ausflog und die Großmutter immer noch die Ruhe selbst war. Manchmal konnte er die Schwärmer noch mit einem Regenschirm oder einem Fetzen Tüllgardine einfangen. Um der Bienen willen hält Gott den Menschen.

Aber das Leben ist falsch. Alles ist falsch geworden, seit sie nicht mehr da ist. Seine Berta ist ihm weggestorben. Sie lebt nicht mehr. Mich hat er kaum angesehen in meinen letzten vier Schulferienwochen. Wenn ich nicht auf Fahrradtour war, habe ich im Dorf beim Dreschen geholfen und so viel verdient, daß ich mir offiziell Gummistiefel kaufen konnte. Die nehme ich mit, weil ich von nun an Arbeitskleidung brauche. Auch das Geld nehme ich diesmal in einer Eingebung mit, ich möchte dem Alten beibringen, wer ich bin. Leichtlebig, wie er fürchtet, so bin ich. Am Vorabend habe ich die Blechschachtel aus der Erde gegraben. Es hat kein Aufsehen gemacht. Wie auch seinerzeit das Eingraben am Telegrafenmast fünf Schritt vor dem Hühnergehege kein Aufsehen erregt hatte. Das sind diese Augenblicke, wo ich mich frage: Bin ich Luft? Ich müßte längst einmal erwischt worden sein.

Ich habe mich daran gewöhnt, daß ich nicht erwischt und auch nicht getroffen, abgeschlagen oder beiseite gestellt werde. Die Bälle fliegen beim Völkerballspielen an mir vorbei. Ich bin Luft. Ich weiß, daß mich keiner sieht, keiner ruft und gleich gar niemand aussucht, um mir schöne Kleider und das Leben der Prinzessin anzubieten. Es sind andere da. Die sind an der Reihe.

Meine schwarzen Grenzübertritte, ohne Zwischenfälle. Die gelingen mir, weil Großvater Heinrich in Schwiegershausen direkt hinter dem Graben auf östlicher Seite eine Vertrauensperson wohnen hat, eine aus der alten Heimat. Unsere schlesische Tante Selma. Sie kennt sich unterdes aus im neuen Gehege, da macht ihr keiner was vor, nicht mal die uralten heimischen Kater. Selma überwacht den Betrieb vor dem Behelfsbahnhof, wo die Kleinbahn hält und kehrtmacht.

Sie beobachtet das Gelände. Sie hilft mir, sie hat ein Herz für alle, die über die Grenze wollen, und, für Nichtschlesier, eine offene Hand. Sie weist in die Schleichwege ein, läßt zu bestimmter Stunde aus der Hintertür in ihren planvoll urbar gemachten Garten, lauter mannshohes Gemüse, sie führt durch das Spalier der raffiniert aufgezogenen Stangenbohnen, hält noch einen Augenblick zurück, bis die Flintenpatrouille vorbei ist. Nun muß man ein grünes Kopftuch aufsetzen, das man gut aufbewahren und auf dem Rückweg wieder mitbringen soll. Jetzt aber los. Hast du, was kannst du, den Abhang hinunter, ein Sprung über den Graben. Schon erledigt. Schon kann dich von den Grenzsoldaten, ob Russe oder kasernierter Volkspolizist, keiner mehr packen. Aber du sollst trotzdem machen, daß du weiter ungesehen davonkommst, bergan nun wieder, klein, unterm grünen Kopftuch versteckt, du sollst dich beeilen, damit man von einem beweglichen Objekt am Wiesenhang keine Rückschlüsse zieht auf Tante Selma. Die führt inzwischen für die Patrouille ihr Spiel auf: Ein wütiges Weib jagt mit fürchterlichem Gezänk die Gänse aus dem Salat, oder sie füttert die Hühner, ruft: putputput, als hätte sich ihre Henne bis sonstwohin verlaufen, oder sie schimpft, macht Aufsehen, wie eine strategisch kluge Amselmutter, die eine Katze von einem Jungvogel weglockt. Kommt zu mir. Ich bin der Braten. Selma auf dem Tablett. Miezmiezmiez. Echo von der Patrouille. Hier ist keine Miez. Wir passen auf. Wir schicken Ihre Mieze, wenn wir sie treffen, nach Hause. Patrouillesoldaten schützen die Haustiere und das Wild von hüben und drüben. Rehe bekommen Äpfel. Für uns Menschen tragen sie ihre Flinte.

Zurück läuft die Aktion andersherum.

Heinrich und ich erkennen vom Roten Buckel aus, daß das Gras im Wiesental bis hinunter zum Graben noch steht. Die Schwiegershausener Landwirte haben sich konspirativ verhalten. Sie wissen, daß ich in einem Schritt über den Grenzgraben vom Westen in die Ostzone wechsle, von Großvater zu

Großvater, von Heinrich zu Anton. Sie warten auf mich, erst wenn ich bei Selma auf Nummer Sicher bin, erst dann wird gemäht. Man erkennt die Maschine, drüben vor einem Scheunentor, mit gehobenen Sicheln, wie auf dem Sprung. Morgen wird angespannt. Das Wetter hält. Mariä Empfängnis bringt trockenen Halm. Die Gummistiefel habe ich angezogen, die zwei Fünfmarkstücke habe ich unter die großen Zehen geklemmt, so bin ich sie immer gewahr, der Zehnmarkschein steckt im Büstenhalter, den ich seit gestern besitze und trage. Ein heimlicher und überstürzter Kauf vom Restlohn. Ich bin deswegen extra mit dem Albatros in die Stadt gefahren. Es ist ein hellfliederfarbener Erstling mit Patentverschluß, Marke Triumph. Eine Anschaffung für später. Ich denke an die Zukunft. Abends hinterm Bienenhaus, versteckt vor Großvaters Augen, habe ich lange probiert, zuschnappen, aufriegeln, das Patent wollte mir nicht gehorchen, also mußte ich vor dem Anziehen die Spange schließen, dann umständlich einsteigen, das war die einzige Möglichkeit. Hätte ich mich bei Miederwaren-Wulff für einen altmodischen mit Haken und Öse entscheiden sollen? Was man tut, ist nie bis zum Ende bedacht.

Zu Ende denken, das geht nicht.

Unten am Bach keine Bewegung.

Dann das ferne, aber deutlich vernehmbare Signal. Miezmiezmiez. Tante Selma ruft nach der schwarzen Katze, einem Tier, das weder leibt noch lebt. Ich setze das grüne Kopftuch auf. Großvater prüft unter meinen Achseln die Rucksackgurte, weil er davon etwas versteht. Links zwei Loch länger, soviel Zeit muß noch sein. Das Damenfahrrad, Großmutters Anschaffung, lehnt derweil an der einzelnen Fichte, gewiß hätte sie es mich erben lassen, wenn sie noch Atem gehabt hätte für ein Vermächtnis. Aber sie ist von einer Sekunde auf die andere hinübergegangen. Grade noch lebendig in der Stube und zehn Minuten später tot. Man hatte sogar im *Boten* eine Meldung gebracht: »Heimatvertriebene neben ihrem Fahrrad auf dem Weg ins Dorf an Schlaganfall verschieden«.

Selbst wenn das Albatros mein Erbteil wäre, man kann es nicht unter die große Zehe stecken und auch nicht in einen Erstlingstriumph, ich hätte sowieso Abschied nehmen müssen. Ich streichele das Damenrad mit einem letzten tapferen Blick. Den Großvater. Die Fichte, die sogar rauscht. Ich lasse euch zurück. Mein Gang ins Tal ist gemessen. Die Fünfmarkstücke, die lackglänzenden Gummistiefel, der knisternde Zehner, der verrutschte Triumph, die angelegten Ohren, der Rucksack voll Schätze für Anton, den anderen Großvater, meinen Erzieher. Die Grashalme beugen sich, sie stehen hinter mir auf.

Großvater Heinrich versteckt sich hinter den Büschen, damit er nicht in einen Feldstecher oder in ein Zielfernrohr gerät, die womöglich nach verdächtigen Personen im Grenzgebiet Ausschau halten. Durch die Zweige sieht er, wie ich über den Graben springe. Immer noch hört er Selmas Katzenruf.

Ob mich der schlesische Großvater jetzt noch sieht?

An Selmas Hintertür. Wieder nicht erwischt. Ich bin heute die dritte Heimkehrerin, aber morgen ist erst mal Schluß, keine schwarzen Grenzübertritte mehr durchs Wiesental und durch Selmas Garten. Nach dem Grashauen müssen Wochen vergehen, bis der Halm wieder hoch genug steht.

Selma fragt mich nach den anderen aus und erzählt. Immer das Alte. Dabei wirft sie manchmal einen Blick auf den Wecker, sie prüft die Zeit, weil unten am Bach die Patrouille geht. Sie sagt, es ist gut, daß ich ab jetzt im Leben auf eigenen Beinen stehe. Die Gummistiefel habe ich ausgezogen. Sie passen in den Rucksack, die Fünfmarkstücke stecke ich ins Portemonnaie. Ob das Rote Kreuz etwas ermittelt hat um Mamas Grab? Grab, sie sagt Grab.

Wo Mama wohl unterdes stecken mag, so haben sie sonst immer gesagt. Ob Susanne jetzt an uns denkt? so hat die schlesische Großmutter sich gefragt, wenn sie sonntags in der Stube ihren Schlucken hatte. Richtung Osten wird sie getreckt sein. Hinter die Front, wo es schon Ruhe gibt und

Wald und Blaubeeren zum Sattwerden, wie man sich hier gar nicht vorstellen kann. Wir warten jeden Tag auf ein Lebenszeichen aus einem weit entfernten Lager oder von einer Insel, aus einer Schutzhütte, die sie selber gebaut hat, weil sie mit zwei geschickten Händen und einem klugen Kopf weiß, wie man das macht. Mama in Gesellschaft von Reh, Hase und einer Vogelschar. Mama an einem Ort, den sie nicht ohne weiteres verlassen kann, um zu uns zu kommen.

Mama füttert Vögel. Sie sät, sie erntet. Pflichten halten sie auf. Selma sagt *Grab*.

Ich kann Selma nur wiederholen, was eigentlich alle schon seit Jahren wissen, und sie weiß es gewiß am besten, denn sie erzählt jedesmal von vorn, wie es in den letzten Tagen zu Hause war.

Wir hoffen noch, sage ich. Ich stottere zwischen Trotz und Demut, und weil das wahrscheinlich überhaupt nicht zu verstehen ist, fängt Selma wieder an.

Es muß vor Frankfurt in Richtung Eberswalde passiert sein. Plötzliche Kampfhandlungen zwischen deutscher Infanterie und vorrückenden russischen Truppen. Mama hatte sich ganz alleine von Liegnitz aus bis nach Dresden mit den schlesischen Federbetten durchschlagen wollen. Alle redeten in Probstein noch vom Bleiben, egal, was kommt.

Selma erzählt. Immer das alte, wie sie in der Heimat alle zusammen auf dem Sofa gesessen haben. Das halbe schlesische Dorf, mit Hoffnungssprüchen und mit Mama. Mama, im Marschgepäck zwei geschlachtete Hühner, die frisch gestopften Betten zu einer Rolle geschnürt. Warme Daunen fürs Großstadtleben.

Heinrich legt der Kuh das Geschirr um, bindet schon den Reisekorb auf den Tafelwagen. Da ist ein Soldatenmotorrad mit einem Befehl aus dem Niederdorf heraufgekommen. Keiner darf das Grundstück verlassen. Sie haben auf das fertige Bündel geguckt und dienstlich hinzugefügt: Wir tun nur unsere Pflicht, und privat aufmunternd gefragt: Wo soll es denn hingehen?

Nach Dresden, hat deine Mama gesagt.

Dresden ist Schutt und Asche, haben die Soldaten behauptet.

Das kann nicht sein, hat deine Mama gesagt, wir wohnen doch dort, mein Mann und mein Mädel, ich hab doch vor sieben Jahren nach Dresden geheiratet, und deine Mama hat gleich noch wissen wollen, ob sie zufällig vom Stalingrader 16. Infanterieregiment kämen oder vielleicht jemanden von dort kennen würden, den sie fragen könnte, ob sie von einem Paul Reich gehört haben. Paul Simon Reich. Fragen kost ja nichts. So ein Blonder, Großer, man kennt ihn heraus, weil er groß ist. Und weil er selber die Augen aufmacht. Er hat als Meisterstück die langen Beine von Bismarck für die Bismarckhöhe gegossen. Auch den Lulatsch sieht man bis weit ins Elbtal. Der kommt durch, weil er ein Stadtmensch ist. So hat deine Mama gesagt.

Von dort kommt keiner mehr, haben die Soldaten steif und fest gesagt. Deine Mama wollte sich damit nicht abfinden. Seit die schwarze Stalingradliste amtlich bekanntgegeben worden war, hatte sie die Tage jeden Soldaten, der aus dem Osten bei uns vorbeikam, gefragt. Dein schlesischer Großvater hatte gemeint, beim Rückzug geht alles drunter und drüber, da kommt es schon mal vor, daß einer fälschlich als vermißt gemeldet wird oder als gefallen.

Bei Stalingrad hat es keinen Rückzug gegeben, das war ein totaler Einschluß. Da sind alle steckengeblieben. Im Kessel und im Schnee.

Das muß nicht wahr sein, es stimmt manches nicht. Dein Großvater Heinrich hatte sein Bescheidwissergesicht aufgesetzt. Seine Veteranenmiene. Erster Weltkrieg. Verdun, der Hölle entkommen. Kessel, was heißt Kessel, hatte er hinter den fortfahrenden Soldaten her gemeutert. Schnee fällt bei uns hier auch und nicht zu knapp.

Hauptsache, wir leben, hat Heinrich stur gesagt, wer weiß, von welchem Berg Paul Simon wie ein Überraschungsbesuch zu uns herabsteigt. Spitzberg. Mehlgelte. Hogul.

Lauter Hügel, die uns eigentlich in Richtung Welt im Wege stehen. Auf die wir jedoch, wenn nötig, unsere Hoffnung pflanzen.

Angespannt war. Wir alle sind neben der Fuhre her Richtung Neukirchner Bahnhof mitgegangen. Von da kam uns der Gendarm entgegengeritten. Er rief schon von weit: Macht, ein Zug steht auf dem Gleis, lauter Verwundete, die verlegt werden sollen nach Sachsen. Die Kuh wollte nicht galoppieren, aber sie mußte. Wir sind alle gerannt. Mama hat den Zug noch erreicht. An den Reisekorb hatte Heinrich Kufen getischlert. So konnte deine Mama den Korb quer über die verschneiten Gleise ziehen. Erst hatte sich das Personal stur gestellt, dann aber durfte sie mit. Wir dachten: zum Glück.

Zum Glück, das soll man vor dem Ende nie denken.

Papa im Kessel von Stalingrad.

Mama soll mit dem Rotkreuzzug bis zur Oder gekommen sein.

Mich haben sie nicht erwischt.

Die Bomben haben mich nicht getroffen, weil ich scharf auf die silbernen Stanniolstreifen war, die immer vom Himmel flatterten, wenn feindliche Verbände den Luftraum störten. So bin ich als einzige von einundzwanzig Personen aus dem Haus Altenzeller Straße 41 in Dresden-Süd überraschend oder wie durch ein Wunder übriggeblieben. Auch Papas Papa Anton Reich, mein sächsischer Großvater, ist woanders durch ein anderes Wunder übriggeblieben. Er war es, der mich eines Tages gefunden und mitgenommen hatte vom Schloß Hirschstein in Lommatsch an der Elbe zurück in seine nicht von Bomben getroffene Unterkunft nach Dresden-Neustadt in die Wilder-Mann-Straße 8.

Eigentlich sucht er nach seinem Sohn Paul und nach Susanne. Er sucht, wo noch ein Funken Hoffnung ist. Er sammelt die Briefe vom Roten Kreuz. Es ist wichtig, daß sie ihn dort im Büro nicht vergessen, er schreibt jede Woche, weil er bisher noch kein Lebenszeichen bekommen hat von seinem Sohn Paul aus Rußland. Noch nicht, es ist wichtig, daß Paul bis dahin ein Suchvorgang bleibt. Wie auch die Suchnummer seiner Schwiegertochter nicht unter erledigte Hoffnungen abgelegt werden darf. Susanna Reich, die auf dem Weg gewesen ist, schlesische Federbetten vor den in Richtung Westen vorrückenden Russen zu retten, für uns in die weltbekannte bombensichere Kunststadt Dresden, weil wir dort wohnen, weil wir uns dort warm zudecken wollten, bis die Kälte und der Krieg vorüber sein würden. An Dresden, so wußten wir alle, da geht der Krieg in einem gehörigen Bogen vorbei.

Susanna Reich ist verschollen, hieß es, und von Papa Paul hieß es: vermißt. Immer wieder vermißt. Im Kessel von Stalingrad.

Vermißt und verschollen, das heißt Hoffnung. Wer seit Faschingsdienstag unter Trümmern liegt, der ist tot. Verbrannt, erstickt oder in Stücke gerissen.

Daß ich noch existiere, das wollte Großvater Anton nicht glauben, auch nicht, als ich ihm im Spiegelsaal des Schlosses Hirschstein vorgeführt wurde. Die Leiterin des Kinderheims hatte mich rufen lassen, Kind, weiblich, sechsundsiebzig Zentimeter, dreiunddreißig Pfund, ein menschenähnliches Wesen mit Glatze und verquollenen Augen, Brandmale am Hals, Grind, Bindehautentzündung, Typhus schon überstanden, jetzt Verdacht auf Gelbsucht, beide Knie mit Bettstoff verbunden. Barfuß, die Luftschutztasche mit schlecht leserlichem Namen um den Bauch festgeschnallt. Fundort: Elbufer. Zwischen Marien- und Augustusbrücke. Die Totgeglaubte.

Freue dich, Raphaela, dein Großvater Anton wartet im Saal.

Anton in seinem gestreiften Werftarbeiterhemd, seiner blauen Alletagejoppe schüttelt den Kopf: Er wendet sich ab, aber ich bin überall. Hintereinander aufgereiht, bis in die

Unendlichkeit auferstanden. Er will den Spiegeln nicht glauben und mir in der Mitte gleich gar nicht.

Sie sind alle umgekommen, verbrannt, das Haus ist von mehreren Sprengbomben getroffen worden, Volltreffer, und bündelweise sind Stabbrandbomben reingefallen. Anton sagt, er sei erst Tage später bis an die Stelle vorgedrungen, da habe der Trümmerberg noch geglüht. Kochendheiß die Steine. Kein Fensterloch, keine Tür, kein Raus und kein Rein: Ein Schornstein ragte an der Seite, der qualmte, als hätte grade einer Feuer gelegt, aus allen Ritzen quoll Rauch. Das Einwohneramt hatte mit Kreide ein Kreuz an einen Mauerrest gemalt. Daneben stand untereinander 9 Frauen, 11 Kinder, 3 Männer.

Papa war laut Einberufungsliste und Heeresamtsmeldung nicht im Haus. Er zählte nicht zu den drei umgekommenen Männern.

Mama und mich hatten sie mitgerechnet. Von Mama wußte Anton, daß es nicht stimmen konnte. Sie war ja unterwegs, in Schlesien die Federbetten holen, damals dachte er noch: zum Glück. Aber mir hatte er ja, weil er in der Zeit, während Mama nicht da war, auf mich aufpassen sollte, in der Küche unseres total zertrümmerten Hauses in der Altenzeller Straße vor seiner Nachtschicht die Suppe zum Abendessen hingestellt und das Frühstück für den nächsten Morgen, und er hatte mir erklärt, daß ich beizeiten im Stubenofen zwei Briketts auflegen möge: das Zuschrauben nicht vergessen, weder zu spät noch zu früh, sonst platze der Kachelofen, denn das hatten wir im Winter zuvor schon einmal erlebt: Ein Knall und wir danach wie die Mohren im Mohrenland. Das glaubt man nicht, wo überall der Ruß hingeflogen war. Mama hatte den Zeigefinger hochgehoben. Ganz schwarz. Sogar meine Puppenstube. Zum Schluß haben wir über uns selber gelacht und Papa die Geschichte in einem Feldpostbrief an die Front geschrieben, damit er sich unser Pech vorstellt und ebenfalls lacht. Der Brief war zurückgekommen. Mit einem Stempel. Empfänger vermißt.

Vor dem Trümmerberg mußte Anton denken, daß ich das elfte verbrannte Kind bin.

Ich war es nicht. Ich hatte als einzige überlebt.

Anton war an jenem Abend kaum zur Nachtschicht durch unsere quietschende Haustür verschwunden, da habe ich angefangen, von der süßen, im Sommer gekochten Frühstücksmarmelade zu essen und Kleider aus Mamas schöner Modezeitung auszuschneiden, Blusen, Röcke, komplett gekleidete Damen, Handtaschen. Hüte. Ich dachte nicht daran, ins Bett zu kriechen. Schuhe mit Schnallen, französische Absätze, Pelz, eine Federboa. Die verbotene Schere. Die hatte ich mir aus dem Nähkorb genommen. So war ich noch wach, als genau um 21 Uhr 45 die Sirene heulte und gleich auch der Luftschutzwart wegen des Vollalarms an die Wohnungstür klopfte. Ich zog mein bestes, mein Dirndlkleid an, raffte die Modepuppen zusammen, die silberne Kugel, meine Dünndruckbibel, meine Schutzbrille, die Alarmtasche, ich machte, wie es Vorschrift war, das Mundtuch naß. Ich setzte mich im Keller dorthin, wo unser Stammplatz war, unser guter Platz am Schornstein. Dort stand meine Fußbank. Ich spielte mit der Silberkugel. Meine Kugel war groß wie eine Kartoffel, aber sie sollte noch größer werden. Ich brauchte Lametta. Die Stanniolstreifen. Der Luftschutzwart stand mit den Löscheimern in der Haustür. Er starrte in den voll Feuer hängenden Himmel. Jetzt sind wir dran. Er schrie: Mach dein Maul auf, sonst zerfetzt dir der Luftdruck die Lunge. Lalala. Am besten ist Singen. Es krachte. Ich nutzte sein Entsetzen und die blendende Flamme, die uns entgegenschlug. Ich verschwand, um draußen Stanniol zu sammeln, denn draußen gab es bei Alarm stets genug. Silber vom Feind, das unsere Flak verwirren sollte Es regnete nur so herab. Ich mußte mich beeilen. Denn der Wind wollte mir meine Schätze aus den Händen reißen. Ich rannte dem vor mir treibenden Silber hinterher. Mein Eifer war schneller als das Feuer.

Freue dich, Raphaela.

Ich blinzle in das viele gebrochene Licht. Blasenkatarrh, Nierenbeckenentzündung, aus mir läuft ein warmes Bächlein auf das Parkett. Als erste Sünde fällt mir ein, daß ich vor dem Alarm die Frühstücksmarmelade aufgefressen hatte. Auf dem Küchentisch ein leeres Glas. Ich hatte am Abend, gleich nachdem Anton fortgegangen war, angefangen zu essen. Löffel für Löffel und auch noch den heiligen Rest, der sich nachts hätte ausdehnen können wie Hefeteig oder wie Honig im Märchen. Wenn der kleine Zeiger auf acht steht, sollte ich schlafen gehen. Den Ofen hatte ich ganz vergessen. Und was mein Dresdner Großvater sonst noch von mir gewollt hatte auch. Die Marmelade, die verbotene Schere, zum Schluß die silberne Kugel.

Meine Angst verstand ich als himmlische Strafe. Es war gewiß meine Schuld, daß es so gekommen war. Hab ich unrecht heut getan. Ich hatte unrecht getan, der liebe Gott hatte das Unrecht angesehen, und er hatte umsonst gewartet, daß ich wenigstens bete. Kein Gebet, keine Reue, nichts. Da mußte er bombardieren und die Stadt verbrennen. Strafe muß sein.

Anton wischt sich die Augen. Er legt mir seine Jacke um die Schultern. Es ist heiß, August 45. Die dicke Jacke, die schweren Ärmel. Die Verbände sind von den Knien heruntergerutscht, ich stolpere über die mit Blut verkrusteten Lappen.

Laß liegen den Dreck, sagt Anton. Das heilt von selber. Ich laufe hinter ihm her. Bergab Richtung Elbe, rechts, links Stoppelfelder, in der Ebene das welke Kraut der wunderbar erntereifen Kartoffeln. Gerettet, mein Finder geht schnell, aber nicht zu schnell, er bremst manchmal, damit ich in gehörigem Abstand folge, und so hätte ich, meine Schuld vergessend, beinahe wieder angefangen zu singen. Mein liebstes Lied von der Lerche, die auffliegt vor Lust. Der Staub ist wie Samt, und die Luft ist wie Seide.

Soweit soll es nicht kommen, dazu ist der Sommer nicht da. Zum Singen und Wandern.

Alarm. Trompetenalarm.

Hab ich dich grade noch erwischt. Ein Knüppel droht aus den Ackerfurchen, springt über den Rain auf den Feldweg. Militärhose, Bluse, Turban, blitzende Ohrringe. Röte von Hitze, Zorn und vom Trompeteblasen. Der Lärm sollte uns lähmen und dingfest machen. Anton pflanzt reglos hinter einem Strauch, ich sehe sein Hemd. Sein Kopf verschwindet zwischen den Schultern. Igel oder Schildkröte müßte man sein, oder man müßte giftige Zähne haben und scharfe Augen, nicht solche entzündeten wie ich. Hände packen mich, schütteln die Jacke, greifen nach meiner Luftschutztasche. Die Bibel, Schnipsel aus einem Modejournal, eine silberne Kugel aus Stanniolpapier, die Kugel lasse ich mir nicht nehmen. Die halte ich fest, während die Frau meinen Dirndlrock hochhebt. Da findet sie nur meine nackte Haut.

Ich mach dir Beine, sagt sie. Von wegen Kartoffeln mausen. Und schon bläst sie wieder in die Trompete, aber nicht wegen mir. Sie tutet die Krähen vom Feld. Weil auch die hier nichts zu suchen haben. Kein Hase, kein niemand.

Anton nimmt unten am Anlegesteg die Hände aus den Hosentaschen.

Kartoffeln, was dachtest denn du!

Ich bin ein Kind, ich bin noch nicht einmal acht Jahre alt. Ich denke: Donnerwetter, der traut sich was.

Wir werden auf einem Schleppdampfer mitgenommen. Elbaufwärts bis nach Übigau. Anton redet mit der Besatzung. Die beiden Männer zeigen ihm die schlechten Stellen am Schiff. Herausgefallene Nieten und Rost. Anton arbeitet auf der Werft in Übigau. Dort sind keine Bomben gefallen. Nicht weit von der Werft wohnen wir. Anton und ich. In der Wilder-Mann-Straße gab es nur einen Treffer, die Bomben sollten die Eisenbahnbrücke zerstören, aber sie sind auf den Hof vom Nährmittelamt gefallen.

Das Nährmittelamt hat dreimal in der Woche offen. Ich bin nun auch ein Einwohner der Wilder-Mann-Straße. Anton muß mich registrieren lassen, denn ich brauche eine Lebensmittelkarte. Erst impfen, heißt es. Und zwar dreimal gegen drei Krankheiten: Typhus, Scharlach und Diphtherie. Jeden Montag im Gasthof Rankestraße. Dort gibt es für jede Spritze einen Stempel. Für die Stempel bekommst du die Karten, so ist der Werdegang. Erst impfen, dann essen.

Da kommst du nicht drum herum. Anton schickt mich auf den Weg.

Schon vor dem Gasthaus riecht es nach spitzer Nadel und giftiger Medizin. Die Angst will nicht weiter, aber der Hunger macht Beine. Die drei Stufen hinauf. Schlotternd, schwindlig. In der Gaststube drängen die Leute zu den Tischen mit den Papieren und Stempelkissen. Einer- und Zweierreihen. Abfertigungsschlangen. Weiße Kittel. Schwesternhauben. An der Wand entlang die Eimer, Pritschen, wo die Ohnmächtigen liegen. Eine reibungslose Organisation. Nach Buchstaben gibt es die rosa Papiere, erst der Name, dann die Adresse. Ärmel aufkrempeln. Ungerufen tritt ein jeder hinter die vier Wände aus weißen Laken. Stumm kommt man heraus geschlichen. Weiß wie Käse, die Lippen blau. Ärmel runter, anstellen, warten. Stempel auf das rosa Papier. Gut aufheben, das ist der Impfschein, der erste. Es folgt der zweite, der dritte Stempel für die Wiederholungsimpfungen. Erst alle drei berechtigen zum Empfang einer Lebensmittelkarte. Zucker, Butter, Schweinebraten und Klöße aus dem Schlaraffenland. Ich nehme in der ersten Reihe den Schein und lasse mir in der letzten Reihe mit hochgekrempeltem Ärmel und perfekter Leidensmiene den wichtigen Stempel auf das Amtspapier drücken. Die Station hinter den Bettlaken, wo der Doktor mit der Impfspritze sitzt, spare ich jedesmal aus.

In drei Wochen habe ich alle Stempel auf meinem rosa Schein beisammen. Aber das Amt will die Lebensmittelkarte immer noch nicht herausrücken.

Weil ich schulpflichtig bin, muß ich in der Schule eingestuft werden. Anton studiert den Fragebogen, macht Kreuze, schreibt eine Zahl, statt in die zweite setzt er mich in die dritte Klasse und macht mich mit einem Zwinkern um ein

Jahr älter. So bekommst du mehr Kartoffeln und ein Jahr früher eine Raucherkarte, außerdem gewinnst du ein Jahr, kommst zeitiger aus der Schule und kannst früher auf deinen eigenen Beinen stehen.

Er hat mir nach seinem Spruch: *Wenn schon, denn schon* auch gleich einen anderen Namen verpaßt: Eli Reich, das ist kürzer und leichter zu buchstabieren. Eli statt Raphaela

Ein paar Jahre später wurde allerdings bei der Enttrümmerung in der bombengeschädigten Stephanskirche ein Taufregister entdeckt, wertvolle Daten der vielen, die den Tod in der Flammenhölle vom 13. Februar 1945 gefunden haben. *Denn Gott hat dir nicht einen Geist der Verzagtheit gegeben, sondern den Geist der Kraft, der Liebe und der Besonnenheit. 2.Timotheus 1, Vers 2. Raphaela Reich, getauft am 31. Oktober 1937.* Ich lebte noch. Man fand mich, den Namen des Täuflings, in der Verbraucherliste des Nährmittelamts Dresden N 23. Hier mußte ein Irrtum vorliegen. Anton erhielt einen Brief. Er wurde vorgeladen. Er fürchtete sich nicht, denn er hatte bei den häufigen Amtsbesuchen die Frauen, die dort arbeiteten, bereits näher kennengelernt. Er ging sogar gerne hin. Sogar ungerufen. Rasiert und mit geputztem Siegelring. Ein kleiner Irrtum, nur eine Formsache. Das Nährmittelamt stufte mich auf das richtige Jahr zurück. Zum Glück, denn so bekamen wir ein Jahr länger Milchzuteilung. Milch, das hatte Anton nicht bedacht. Er zog außerdem eine Raucherkarte aus der Tasche. Sonderzuteilung, behauptete er, mit einem verschmitzten Grinsen.

In der Schule aber ließen wir alles beim alten. Immer ein Jahrgang zu weit vorn und deswegen immer hinten.

Mein Platz war in der letzten Reihe, bei denen, die nicht an die schwarze Tafel gerufen wurden, um mit Kreide richtige Meinungen vorzuschreiben oder um Gedichte aufzusagen oder einen gelungenen Aufsatz vorzulesen. Mir war Frieden gegeben. Wahrscheinlich Unsichtbarkeit. Ich konnte in der Hinterbank jeden Tag in Ruhe das Ende abwarten. Ich hatte unterdes genug zu tun. Wenn ich lange auf mein schräges

Schreibpult schielte, blickten neben dem Tintenfaß aus der Maserung des Holzes ein großes und ein kleines Auge. Zusammen bildeten die beiden Augen eine Acht. Die Acht ist das Zeichen des Schweigens. Oder ich fand im Holz verschiedene Tore, die ich jederzeit bei Lust und Laune hätte aus den Angeln heben können. Ausstiegspforten. Aber wohin. Es war besser zu bleiben. In diesem Raum mit den märchenschönen Schautafeln, den verstaubten Eulen, den Winkelmessern und Zirkeln, die aus einem Mittelpunkt heraus einen genauen Kreis schließen konnten. Vorn an der Wand die Landkarten, wo Flüsse sich küssen, Werra und Fulda oder Euphrat und Tigris. Ich lebte gerne vor der Zeit und hinter dem Leben. Jeden Tag zwischendrin eine große Pause, während der weiße Quäker-Semmeln ausgeteilt wurden. Auf jeden Platz eine. Und wenn ich Glück hatte, waren es genug bis zum letzten Platz in der hinteren Reihe.

Dorthin fahre ich. Vom schlesischen Ferien-Großvater Heinrich zum anderen, dem erziehungsberechtigten Großvater Anton. Der freut sich schon lange, daß ich von nun an auf eigenen Beinen stehe. Wenn ich Glück habe, hält der Zug in Dresden-Trachau oder in Trachenberge.

Ich habe Glück. Ich glaube, ich bin sogar manchmal glücklich. Das habe ich niemandem verraten, keinem der schlesischen Verwandten, niemandem der Dresdner, den Lehrerinnen nicht, den Klassenschwestern nicht und schon gar nicht den beiden Großvätern. Wer glücklich ist, der ist dumm. Ich bin der Beweis. Ich habe auf der Hinterbank gesessen. Das soll nicht umsonst gewesen sein.

Ich gehe gerne auf dem Weg am Bahndamm entlang, man kommt beim Kohlenhändler vorbei. Schnuppert die Briketts, die Heckenrosen, die Melde, den Rainfarn, das verschiedene Kraut, das an den Eisenbahngleisen wächst. Der Rucksack ist voll mit schönen Sachen. Es ist mein eigener Rucksack. Den hatte Anton besorgt, zum Hamstern und für die Klassenfahrt in die Sächsische Schweiz. Ich war fein raus damit. Ich konnte für die Lehrerin Liederbücher und Noten transportieren. Ich konnte damit zum schlesischen Großvater in den Westen reisen. Der hatte die Riemen vor dem Abschied an der Grenze auf meine jetzige Größe eingestellt.

Ich bin dreizehn Jahre alt und habe das letzte Schuljahr hinter mir, jedesmal versetzt, die ersten Jahre mit Ach und Krach, Anton hat jeden Sommer mit Schwung und guter Laune den Versetzungsbescheid auf dem Zensurenblatt unterschrieben. In Lesen eine Fünf, das war das einzige, worüber er sich wunderte. Ich schleppte so viel Bücher ins Haus und saß immerzu mit einem Schmöker, faul wie die schwarze Marie, auf dem Fensterbrett, wie konnte das sein, ob sich die Lehrerin mit der Fünf in Lesen geirrt hatte? Ich habe ihm erklärt, daß die Fünf noch nicht die allerschlechteste Zensur wäre, die Sechs sei noch schlechter, die hatte ich in Rechnen, Singen, Heimatkunde, Turnen und Schreiben. Eine Fünf in Lesen, trotz der Leihbücher, die ich wöchentlich aus der Bibliothek heimbrachte, das hatte gewiß seine Richtigkeit. Anton guckte von da an im neuen Zeugnis nur noch auf die Zeile am Schluß: versetzt. Na also, na bitte. So ist es ihm nicht aufgefallen, daß in den letzten beiden Jahren plötzlich etwas anderes im Zeugnisheft stand. In der Schule ist es gleichfalls nicht aufgefallen. Man hatte ja unterdes Fächer und für jedes einen Extralehrer, Fachlehrer, sie unterrichteten Geographie, Geschichte, Biologie, Chemie, Physik, Deutsche Grammatik, Russisch und, wenn man dafür gut genug war, ab früh um sieben in einer Null-Stunde auch Englisch und Latein. Tabula rasa. Lauter interessante Sachen, die ich aus Büchern manchmal schon kannte. Ich ging einfach hin. Obwohl mein Name nicht auf der Liste stand. Mein Name fehlte. Ich setzte mich hinten in die letzte Reihe.

Ich hob meinen Kopf hoch. Gab mit dem Zeigefinger ein kleines Zeichen, mitteilsam, anstatt mit Anstand zu schweigen. Das Atom ist rund, doch unter Umständen wie eine Zigarre, je nachdem.

Ich hatte unbestellt so laut gesprochen, daß mich meine Stimme beinahe umgestoßen hätte. Schallwellen tosten. Schluß jetzt, jetzt haben wir genug gelacht, hörte ich die Lehrerin sagen. Das Atom sieht manchmal aus wie eine Zigarre. Ich sank auf den Klappsitz und ruhte augenblicklich wieder vor meinem schrägen, tintebekleckssten Holzpult so abwesend wie eh und je. Schluckte die Worte, weil das Richtige wahrscheinlich keinen direkten Namen hatte. Um etwas Wahres zu meinen, gibt es immer noch die Musik. Die beiden ungleichen Augen, die Acht des Schweigens blinzelte mir zu. Sprich wenig und halte viel.

Mein Zeigefinger wurde zum Glück fortan wieder übersehen, unwirsch, manchmal mit einem mitfühlenden Lächeln. Wenn ich trotzdem einmal den Mund aufmachte, sah ich in erstaunte oder ungläubige Gesichter, weder die Lehrer noch die Schüler ließen meine Meinung gelten. Zum Beispiel Propolis. Alle dachten, das ist eine Stadt. Ich wußte, Propolis ist ein Bausstoff der Bienenwabe. Es konnte nur Zufall sein.

Ich hatte wahrscheinlich Glück.

Heimlich Glück. Auch daß ich das Prüfungssingen, zu dem ich heimlich mit der Straßenbahn gefahren war, sogar in der letzten Stufe bestanden hatte, paßte dazu. Ich brauchte nicht zu taktieren, nur zu singen, das Lied, das ich hundertmal von der Grammophonplatte angehört hatte: *Die Nachtigall* aus den *Sechs Liedern im Freien zu singen* von Felix Mendelssohn Bartholdy opus 59, Nr. 4. *Die Nachtigall, sie war entfernt, der Frühling lockt sie wieder, was Neues hat sie nicht gelernt, singt alte liebe Lieder.* Mein Name, ich murmelte: Raphael Reich. Ich hatte nur das a auf meiner Zunge liegengelassen, gelogen hatte ich nicht. Die Musiklehrerin, die uns Bewerber betreute, nannte mich anders. Jetzt kommt unser Haselnußbursche. So kündigte sie mich der Auswahlkommission und dem Klavierspieler an. Ich hatte mir von Dietrich Dubbert im ersten Stock unseres Hauses die Hosen geliehen. Mein Dirndlkleid, das schöne, noch von Mama genähte, wollte er nicht einmal anprobieren. Er legte sich, während ich mit der Hose zum Vorsingen unterwegs war, in unserer Stube unter den Tisch. Pünktlich nach zwei Stunden hob ich die lang herunterhängende Fransendecke: Ich bin wieder da. Ich brauchte die Hose ein zweites und ein drittes Mal. Immer versteckte er sich, obwohl niemand da war, im Hemd unter dem Tisch. Nach dem vierten Mal: *Sah ein Knab ein Röslein stehn*, gesungen auf eine Melodie, die ich selbst erfinden durfte, sollte ich, das Haselnußbürschchen, auf einem Formular eine Unterschrift des Erziehungsberechtigten mitbringen. Das hatte ich nicht vorausgesehen. Da bin ich nicht wieder hingegangen. Eines Tages wäre es sowieso ausgewesen. Ich ein Sänger im Kreuzchor. Ich konnte damals noch keine Strümpfe stricken. Wie man mit vier Nadeln und Wolle ein Bein fertigbringt, hatte ich schon herausgefunden, aber wie eine Ferse entsteht, das war mir damals noch ein Geheimnis. Schwarze Strümpfe mußten mitgebracht werden, während sonst alles da war. Essen. Notenblätter. Lehrer. Wo hätte ich die Unterschrift des Erziehungsberechtigten und dazu noch schwarze Strümpfe hernehmen sollen?

Der Mensch hat Erinnerungen. Sie sammeln sich an wie Staub.

Durch die Wirren des Krieges und Nachkrieges und die List meines Großvaters Anton stehe ich schon mit dreizehn Jahren auf eigenen Beinen. Ich gehe auf Arbeit.

Wir haben einen Lehrvertrag beim Kommunalen Gartenamt unterschrieben. Ich, Eli Reich, und Anton Reich, als mein gutgelaunter, mit Schwung schreibender Vormund. Weil wir das Jahr gewonnen haben und weil er jetzt manchmal mit der Raucherkartenfrau vom Nährmittelamt im wiederaufgebauten Staatstheater in die Oper geht. Eintrittskarten im Tausch gegen Marken für Tabak von Kammersänger Gottlob Frick. Als Sänger ein Raucher?

Anton sagt: Als Bariton kann er sich das grade noch erlauben. Auch Kastraten dürfen, nur Tenöre und sämtliche Sängerinnen nicht.

Auch ich war ein Jüngling mit lockigem Haar, die Platte liegt noch auf dem Grammophon. Der aufgeschlagene Opernführer. Die Latschen mitten in der Stube. Alltagszeug auf dem Sofa. Er hat den Anzug und ein paar frische Socken angezogen. Anton im *Waffenschmied*.

Wenn ich aus den Ferien vom schlesischen Großvater nach Hause komme, gieße ich als erstes die Zimmerlinden, danach packe ich den Rucksack aus. Zwei Stangen Zigaretten. Für den Nachkommen einer Zigarettenarbeiterin gehört sich was Echtes, Chesterfield, allerdings ohne Banderole, weil aus dem Lager Ramstein von Küchenhilfe Christl (Schlesierin) hintenrum organisiert. Schraubgläser mit Honig, Kleetracht, von eigenen Bienen. Dauerwurst, eine Spezialität der Ureinwohner, an die ich mich leicht gewöhnen kann. Die Gummistiefel. Eine blaue Latzhose, ebenfalls von den Amerikanern. Die hält was aus, die ist wie vom Schuster oder vom Sattler zusammengenietet, die soll ich auf Arbeit anziehen. Ein weißes Hemd, bügelfrei, einfach in einer Schüssel waschen und wieder anziehen, dazu einen Selbstbinder, eine schmale Krawatte aus braunem Leder, Sachen, die der vertriebene Wirtschaftswunder-Großvater zögernd, aber dann doch in einem kurzen noblen Entschluß zum Rucksackgepäck gelegt hatte: Geschenke für den Stadtmenschen Anton.

Den leeren Rucksack trage ich in mein Boudoir, denn Bude will ich meine vier Wände nicht nennen. Das prächtigste ist das Fenster. Ein gläsernes Tor, hoch, mit Rundbogen und vier Flügeln, es täuscht draußen einen Salon, mindestens aber ein richtiges Zimmer vor. Ist aber nur Symmetrie. Von der Straße her sieht die Wilder-Mann-Straße 8 mit allerhand Stuck und Scheinsäulen und Medaillen mit pausbäckigen Mörtelgesichtern wie ein Palast aus, innen ist sie eine Mieterburg für wer weiß wieviel Leute. Das Haus wurde vor dem

Ersten Weltkrieg extra für kinderreiche, arme und kranke Leute gebaut. Emma 1 und August, meine Urgroßeltern, sind solche gewesen, sieben Söhne, alle, bis auf Emma 1, die als Zigarettenarbeiterin die Familie über Wasser hielt, ohne Arbeit, Antons Papa August ging zeitlebens an Krücken. Er ist nur vierzig Jahren alt geworden. Anton und seine Emma 2 durften, nachdem sie eine Weile als jung verheiratetes Paar mit Emma 1 zusammen gehaust hatten, die Alte schließlich und auch endlich an Nikotinvergiftung und den zermürbenden Klassenkämpfen gestorben war, die Klause behalten. Der Architekt hatte außer unserer Burg für Arme noch das Obdachlosenasyl und den Schlachthof und die Gasanstalt draußen in Reick gebaut. Lauter große Sachen, allesamt südlich heiter und, wie es heißt, in Anlehnung an den hiesigen Barock: etwas verspielt.

Wir wohnen im Hochparterre. Vorsaal heißt das kleine Geviert, wo der Stromkasten hängt und auch noch die tortenrunde Gasuhr mit dem Zahlschlitz, zum, wenn man hatte, Einen-Groschen-Reinschmeißen. Erst danach konnte man mit einer Messingkette das Gaslicht einstellen. Möglichst klein, damit der Groschen eine Woche reichte. Emma 2 hatte die Gaslampe elektrifizieren lassen. Antons Erinnerungen. Alle gebunden an einen Ort. Seine Kindheit. Seine Jugend. Seine Emma. Das ist wahrscheinlich auch so eine gewesen wie deine andere Großmutter, die hätten sich die Hände reichen können. Immer das Neueste. Seit Evas Zeiten. Elektrischlicht mußte sein. Nicht nur Handtücher, nein, Frottee hat sie haben wollen. Noch schlimmer ist, obwohl vom Dorfe, deine Mama gewesen. Wahrscheinlich war sie so verrückt, weil sie vom Dorfe, sogar aus einem schlesischen Kuhdorfe war. Das sollte was heißen: Damastbezüge, Zehnerstreifen, alles vom Feinsten, und wo ist es hin? Asche und Rauch oder hinter Stacheldraht beim Polen.

Wer weiß, welcher Halunke die Federbetten nun hat.

Wenn Anton solche Reden führt, verschwinde ich ins Boudoir. Ich ärgere mich, daß er so wenig an den Weltfrieden denkt, den wir nun haben und erhalten wollen. Ich fühle mich beleidigt. Dummheit kann es nicht sein, was ist es dann? Hilflosigkeit. Trauer. Ein anderer Name für Mama und Papa. Asche, was einmal grün war.

Mitten in der Nacht rieche ich Blütenduft von einer Linde. Es gibt viele Lindenbäume in meinem Leben. Traum, wohin willst du mich tragen? Großvaters schlesischer Lindenbaum ist es nicht, da müßten Bienen drin summen. Die Linde vor dem Haus in der Altenzeller Straße kann es gleichfalls nicht sein, die ist verbrannt wie alle Bäume dort, das weiß sogar ein Traum. Die Naturschutzlinde am Weg von der geklinkerten Unterkunft zum Dorf scheidet aus, denn die hatte sich das Blühen vorzeiten abgewöhnt. In einer Alterslaune. Als der Treck aus dem Osten im Westen ankam, war die Linde schon müde. Das hatte Großmutter Berta jedesmal, wenn ich in den Ferien da war, betont. Es liegt nicht an uns, daß die Naturschutzlinde nicht blüht. Unsere Schuld ist das nicht. Diesmal sind wir nicht schuld. Von wegen polnische Wirtschaft, Lindenflaute und Läuse und Löcher im Wams. Die Linde hat kein Jahr geblüht.

Auch nicht in dem Sommer, als die Großmutter vom Großvater unter dem Naturschutzbaum gefunden worden war. Der letzte Atem irgendwo. Die Seele hoch, wahrscheinlich schon über dem irdischen Blättergrün oben im Blau. Das am Stamm lehnende Albatros-Fahrrad wie ein gesatteltes Pferd, treu, Wache haltend neben dem gefallenen Helden.

Der Traum schickt eine Welle von Juniduft. Es ist der Schullindenbaum in voller Blüte. Grade richtig zum Pflükken. Tee. Tee für unsere Kämpfer, für meinen Papa, der im Osten steht. Standhaft. In seiner Truppe. Sonne scheint durch die Zweige. Sommerliches Summen, Hummeln. Manchester oder Leicester, Bombenschmeißer, sie sind längst über unseren Köpfen, als es endlich Voralarm und sofort auch Vollalarm gibt. Die Sirene auf dem Dach der Schule jubelt uns zu. Sie ruft die anderen Sirenen auf den Dächern der

Schulen. Frei, frei, freut euch. Kinder, lauft. Fräulein Vollstätt will sich nicht freuen, im Gegenteil. Sie läßt unseren Blütentee liegen, vergießt unseren Fleiß und das Lehrerinnengepäck, Klassenbuch und Schmitze. Sie geht schimpfend ins Schulhaus. Es sind anglo-amerikanische Bomberverbände, die unseren Stundenplan stören. Heimatkunde. *Die Lindenblüte.* Wir sind schon unterwegs, ich renne nach Hause, in jeder Faust eine silberne Kugel, Stanniol von den feindlichen Fliegerstaffeln, ich ächze die Straße hinauf, die Linden duften, die Blätter funkeln, das Straßenpflaster schimmert bald grün, bald blau, ich keuche und bin immer noch froh. Vollalarm. Keuchhusten. Heiß. Der Tee ist noch heiß. Heiß muß er sein, sagt Mama. Nimm ganz kleine Schlückchen. Das hilft, und Gott heilt, und morgen ist alles wieder gut. Raphaela auf Mamas Arm, in Mamas warmem blauen Tuch. Wenn ich ins Boudoir verschwinde, heiße ich Raphaela. So wie Mama und Papa mich haben taufen lassen. Nicht nach dem Erzengel, sondern nach dem Maler, der das Bild mit Mutter Maria und dem Kind gemalt hat. Raffael, weil ich ein Mädchen geworden war, sollte an den Namen hinten ein a gehängt werden. Raffaela. Aber ins Stammbuch hat das Standesamt Raphaela geschrieben. Also doch wieder wie der Engel.

Vom Vorsaal aus kommt man in die Stube. Der Ofen, ein Mehrzweckherd, Kacheln mit Sprüngen und Flecken, aber elfenbeinfarben, eiserner Wasserkessel, die Platte, die Kochringe blank, das ist die warme Ecke, in der anderen, der kalten Ecke die Kommode mit den beiden Grammophonen, eins noch mit Trichter, eins schon mit rundem, stoffbespanntem Lautsprecherrohr, darüber ein nach vorn geneigter Spiegel, Kammkasten, Bartbürste, alles, was man zur Haarpflege braucht. Bändel für meine Zöpfe. Nun fängt der Plüsch und damit die Wohnstube an. Polstersessel, Kochkiste, ein Sofa, auf dem Anton schläft, Tisch mit Plüschdecke, Pompons bis runter auf den plattgetretenen bleichen Perser, am Tisch noch ein Sessel, daneben ein Vertiko mit Klöppeldecke. Darauf ein Foto von Emma als Konfirmandin, schwarzes Samtkleid, dralle Beine, runde Bäckchen, Gesangbuch und Maiglöckchenstrauß. Vor dem goldenen Rahmen eine faustgroße graue Muschel. Ich behaupte: Sie kann reden. Es ist eine Poseidonmuschel vom Gott des Meeres, der die Felsen spaltet und die Erdbeben macht. Vor dem Fenster, das um einen Flügel schmaler ist als das meinige im Boudoir, hängt eine cremefarbene Florentinergardine. Auf dem Fensterbrett die große und drei kleinere Zimmerlinden. In der Ecke zwischen Fenster und Vertiko klemmt unser Rundfunkgerät. Ein Mende mit grün blickendem, magischem Auge. Rechts führt eine Tür zu einer schlauchartigen fensterlosen Kammer, durch die man im Finsteren zwischen zwei Schränken, zwei Kommoden und einem alten, gut erhaltenen Plüschzweisitzer mit Geschick in eine Buchte gelangt: in das Wasserklo mit Kette und Porzellangriff, auf dem in Schwarzgotisch geschrieben steht: ZIEHEN! Im Spülkasten können wir im Hochsommer verderbliche Sachen aufheben. In diesen Monaten ein wunderbar kühler Ort, während in der Stube und auch im Boudoir die Kochwärme steht. Ein hohes schmales Buchtenfenster, das ist der vierte Flügel, der beim Stubenfenster fehlt, dieses Fensterteil liefert uns drin Frischluft und Tageslicht zum Lesen und gibt draußen der Fassade die neobarock großzügig heitere Architektur. Im Winter muß der Flügel immer verriegelt bleiben. Alle Ritzen werden mit Zeitungspapier ausgestopft, der Kasten mit einer Decke eingewickelt, damit der Schwimmer nicht einfriert.

Die dritte Tür in der Stube ist die Boudoirtür. Bett, Kommode und Nachtschrank, das ist mein. Ein breiter Schornstein, wo nebenan das Rohr vom blank geputzten Allzweckherde hineinführt, nimmt leider viel Platz, der Schornstein ist wie ein Kachelofen, im Winter gut, im Sommer schlecht. Die Gardine, Florentiner wie in der Stube, habe ich mit einer Schnur gerafft und zurückgebunden. Wenn das Emma wüßte, wie ich mit den heiligen Gardinen umgehe! *Wenn das Emma wüßte*, in Verbindung mit dem Satz habe ich Emma Nummer 2 kennengelernt, wenn sie wüßte. Sie war gestorben, da gab es die Nazis, aber noch keinen Krieg, und ich konnte noch nicht laufen. Wenn sie wüßte, meist spielten Gardinen und Politik im Gespräch über sie eine Rolle. Sie hatte den Sachsen-König verjagt, zum Schluß aber oft gesagt: August war mir lieber. Ich dachte an den August im Vergleich zum November. Sie aber meinte August, den verjagten König, im Vergleich, wer alles danach gekommen war. Auch bei mir hängt eine elektrifizierte Gaslampe. Ein Messingring mit roten und weißen Glasstäben. Sie klirren, wenn Dubberts oben ins Bett gehen. Manchmal will das Klimpern gar nicht mehr aufhören. In den Röhren an der Decke entsteht dann ein Wackelkontakt. Die Birne blinzelt, obwohl die Dubberts Katholiken sind, sächsisch-augustinische Amtskatholiken, sagt Anton, als wäre er neidisch. Die Dubbert-Kinder werden jeden Sonnabend mit Imi gewaschen. Wenn sie was ausgefressen haben, müssen sie auf dem Waschbrett knien. Alle vier Geschwister. Auch Dietrich, der schon so alt ist wie ich. Ich bin lieber evangelisch. Evangelisch-lutherisch, Mama betonte das e, machte daraus, um das Gnostische unserer Richtung zu betonen, ein ä. Luthärisch, im Unterschied zu den Albertinischen Sachsen, die nur lutherisch sind. Anton als Stadtmensch nannte sich Freidenker. Direkt gefragt, sagt er: Ich glaube an Vollmilch und gute Butter, und fügt hinzu: wenn schon Kirche, dann Kirchenmusik. Papa hatte geglaubt, wie Mama geglaubt hatte. Ich glaube, was dir gefällt.

Die Frau vom Nährmittelamt heißt Alice.

Im oberen Schubkasten der Kommode finde ich unter den Wollresten von Emma 2 eine Pistole. Patronen kullern zwischen den Knäulen. Der Spiegel über der Kommode zeigt mich, wie ich die Pistole halte. Wie einen zahmen Vogel. Einen schwarzen Raben, der ohne mich nicht weiterkommt.

Eigentlich habe ich nach einem bestimmten Foto gesucht. Zwei dürre Frauen, jede mit einer großen Schmetterlingsschleife im Haar. Und sonst überhaupt nichts weiter am

Leibe. Ein graues unscharfes Rätsel. Erst dachte ich, sie säßen im Wald auf einem umgeschlagenen Baumstamm, dann aber erkannte ich eine Stube und einen Mann. Ich hatte die Nackten, zwei Frauen, ein Mann, kurz vor meiner Reise in den Westen auf der Suche nach einer Stopfnadel unter der Wolle gefunden. Ein zerknittertes Bild mit Eselsohren. Hochglanz, Büttenrand. Schwer zu entscheiden, wo unten und wo oben war. Ich habe es um und um gedreht und dann wieder unter die Wolle gesteckt. Zu früh, denn ich wußte immer noch nicht, was ich eigentlich gesehen hatte, was es bedeuten sollte. Ich konnte mir nicht erklären, wie es unter die Wolle gekommen war. Manchmal in der Ferne auf den Stufen von Großvater Heinrichs geklinkerter Unterkunft, oder wenn ich unterwegs war mit dem Albatros-Rad oder einfach so nachts im Bett, fiel mir das verdrehte Bild wieder ein, der milchige Schleier, die Eselsohren, die Knicke und die Splitternackten. Ich hatte gewiß irgend etwas übersehen. Vielleicht waren die drei Figuren aus Marmor. Vielleicht Griechen oder Römer, die etwas bedeuten. Aphrodite und Persephone im Streit um den schönen Adonis. Wenn ich länger daran dachte, wurde ich rund und durchsichtig wie ein Luftballon. Als müßte ich platzen. Einmal bin ich extra mit meinen vielen Fragen und einem Schwips vom Bienenschnaps, den der Großvater brauchte, um die Bienen besoffen zu machen, damit das ausgeweiselte Volk die neue Königin annimmt, auf dem Albatros in den Wald gefahren und habe mich mit hochgerafftem Rock auf einen umgehauenen Birkenstamm gesetzt. Der Bienenschnaps. Die weiße aufgesprungene Birkenrinde. Meine glühende Neugier und die Mühe, Balance zu halten. Am Ende bin ich abgestürzt, zum Glück ins Moos, und ich hatte wieder Lust zum Fahrradfahren.

Ich suche in den bunten Knäulen, Emma 2 ist eine begnadete Strickerin gewesen, Anton schwärmt heute noch von den Spinnen-, Schmetterlings-, und Patentmustern, den doppelten Zöpfen, die sie konnte, die meisten Wollreste sind nur so groß wie Taubeneier, sie hat die Knäule nie rund, sie hat immer eiförmig gewickelt. Hühnereier. Straußeneier. Gehütete Überbleibsel von Jacken und Pullovern, zuwenig für ein Paar Handschuhe, zu schade für Topflappen. Das Foto ist verschwunden. Als ob es eine Einbildung war. Ich habe geträumt. Und sollte es ein Foto gegeben haben, dann wollte ich mich an eine der Gymnastikübungen erinnern, wie sie wochenlang in der Zeitung gezeigt worden waren. Verrenkungen im Turnwettbewerb der Ortsvereine. Die Sportwelt in Leipzig. Das Völkerschlachtdenkmal und davor eine klassische Dreiecksfigur. Was denn sonst.

Die Pistole ist eine Walther, Baujahr 1920, so steht es seitlich am Lauf.. Man kann die neue Prüfnummer erkennen und die abgeschliffene Stelle, wo das Hakenkreuz war.

Eine graue zerquetschte Schachtel gehört dazu. Die 7,65-mm-Patronen kullern lose zwischen der Wolle. Das paßt zusammen.

Anton arbeitet nicht mehr in der Schiffswerft. Es war abzusehen. Noch eine Woche und noch eine, bis zum Abschluß der Demontage. Das fällt alles unter Kriegsreparationen. Anton wird als Antifaschist und demokratischer Erneuerer zu Einsätzen gerufen. Manchmal sogar nachts. Wenn es im Finstern ans Stubenfenster klopft, kommt er mit seinem Kleiderbündel geduckt aus der Stube in mein Boudoir geschlichen: Guck aus dem Fenster und sage, daß ich nicht zu Hause bin.

Ich warte einen Augenblick, bis er im Schrank steckt, dann rufe ich mit ängstlicher Stimme in die Nacht: Mein Opi ist überhaupt nicht zu Hause.

Unten geistert eine Taschenlampe. Von dort tönt es streng: Wo ist er denn?

Weiß nicht. Ich piepse wie ein Vogel. Die Männer fluchen. Ein Motorrad dreht die Kurve, gibt Gas und knattert wütend davon.

Die Flucht in den Schrank, überflüssige Vorsicht, könnte man denken, aber der Schrank ist einmal Antons Rettung gewesen.

Mein Opi ist überhaupt nicht zu Hause. Bevor einer der Männer fragen konnte, hatte ich schon mein Lied aus dem Fenster gezwitschert. Kein gar niemand da. Doch diesmal fragte keiner, es hieß gleich: Kontrolle, Dienstvorschrift, mach die Tür auf. Ich mußte mitten in der Nacht die Haustür aufschließen. Leise sollte ich sein, der Leute wegen. In der Stube haben die Männer Antons Sofa inspiziert. Einer hat festgestellt, daß der Bau von dem gerissenen Fuchs noch warm ist. Du hast ja einen ganz schlauen Opa. In meiner Angst habe ich ihnen den Opernführer vorgezeigt. Hier, sehen Sie. Der geht manchmal noch spät in die Oper. Das sieht ihm ähnlich, nachts um drei. Einer riß mir das Buch aus der Hand und schmiß es mit Knalleffekt auf das arme scheppernde Grammophon. Einmal haben sie sogar unter dem Sofa und unter meinem Bett nach ihm gesucht. Ohne Erfolg. Er steckte ja im Schrank.

Einmal haben sie den Schrank aufgemacht. Aber auch in dieser Nacht mußten sie den Übungseinsatz ohne meinen Großvater Anton machen.

Er schlotterte noch, als ich ihm, nachdem der Spuk verschwunden war, die Haustür aufschloß. Mir schwante was. So Antons Kommentar. Er war, als die Männer sein Schlafsofa in der Stube abklopften, aus meinem Boudoirfenster in die Nacht hinausgehechtet. Immerhin Hochparterre, auch für einen wie Anton nicht ohne. Während sie mein Boudoir kontrollierten, hatte ich von oben beobachtet, wie Anton aus den geknickten Hortensien in die Büsche gekrochen war. Das Fenster konnte ich unauffällig mit dem Ellenbogen schließen. Die Florentiner schnell richten.

Paß auf deine Enkelin auf, zu der kommen Kerle. Das war es, was der Hausmeister sich zusammengereimt hatte. Lauter Trampelspuren unter ihrem Fenster. Die kann was erleben. Anton weiter im Text, mein knallharter Vormund: Die soll mir unter die Augen kommen, das Mensch, das.

Am Tag mußte Anton mit einer roten Armbinde Streife gehen. Immer ums Wasserwerk herum. Oft hieß es Sondereinsatz. Bei den Friedensrennfahrern habe ich ihm beim Absperren der Straße geholfen. Das Spalier hatte sich längst aufgelöst, die Leute gingen, wie es ihnen paßte, auf die andere Straßenseite, aber wir mußten immer noch auf dem Posten bleiben und warten, bis die Friedensradfahrer aus Indien, Dana Sing und Suprawat Krawatti, an uns vorbeigeradelt waren. Eine Stunde nach dem Hauptfeld, aber mit Hallo. Aus den Stadtlautsprechern hörten wir, daß im Heinz-Steyer-Stadion schon die Einfahrt der Ersten gefeiert wurde. Lothar Meister als Einzelsieger und als Mannschaft die in Frankreich lebenden Polen.

Wenn Anton in der Frühe Einsatz hat, kommt er schon am Nachmittag nach Hause.

Ich hole ihn manchmal von der Haltestelle ab. Er springt noch vor der Schaffnerin aus dem letzten Straßenbahnhänger. *Wenn du aussteigst, merk als Kniff, linke Hand am linken Griff.* Mit jugendlichem Schwung und abgefedertem Dreisprung. So kommt er mir entgegen. Gut gelaunt. Wir gehen auf dem Bürgersteig, weil doch manchmal plötzlich ein Auto auf der Straße entlangfährt. Meist ist es ein dunkelroter DKW. Einer, den jeder kennt und der, wie Anton sachverständig erklärt, bestimmt jedesmal um zehn Kilometer in einer Stunde die zulässige Höchstgeschwindigkeit übertritt. Diesmal nimmt Anton seine Zigarettenschachtel und einen Bleistift aus der Jackentasche. Abends hängt die Jacke im Vorsaal. Ich krame die Schachtel aus der Tasche. Aus zwei Einsen der Autonummer, die mein mächtiger Großvater Anton sich notiert hat, mache ich mit seinem Bleistift zweimal eine Vier. Es geht leicht, eine Eins in eine Vier zu verwandeln.

Ich will meinen Großvater nicht ärgern. Ich will retten. Ich übe das Retten. Unter den Achseln wachsen die ersten englischen Federn, blond, fein. Schwimmen kann ich schon, vielleicht lerne ich eines Tages das Fliegen.

Anton denkt, er paßt auf mich auf, aber es ist wahrscheinlich umgekehrt. Es ist besser, wenn ich ihn begleite. Es ist besser, wenn ich dich mitnehme. Heute empfangen wir einen Elefanten, ein Geschenk aus Stuttgart, er soll zu Fuß vom Hauptbahnhof in sein neues Gehege im Zoo gehen. Wir stehen auf halber Strecke. Willkommen in Elbflorenz. Ein Zoofachmann läuft voraus, es folgt im weißen Kittel ein Tierarzt, zwischen seinen beiden künftigen Pflegern schreitet mit großen wedelnden Ohren der graue Ankömmling. Stolz, als täte er uns den Gefallen, als wäre es sein Wille. Immer in Richtung der spitzen Elfenbeine. Hinterher Karre, Schaufel, Besen, der kommunale Kehrdienst. Anton winkt ihm zu, denn es ist Trobisch Günter, Schulkamerad Trobisch, alter Stratege. Trobisch winkt guter Laune zurück: Es lohnt sich, ruft er. Der reinste Segen für meinen Acker. Und schon fällt wieder ein guter Haufen.

Nächster Einsatz direkt im Anschluß an den Elefantenempfang: Großbäckerei Bienertmühle. Man hat Rasierklingen in Bienertbroten gefunden. Kradfahrer sammeln die Mannschaft ein. Anton schwingt sich auf den Sozius. Konspirativ, eine Sache, die Eile erfordert, den richtigen Augenblick und nicht viel Worte. Es gibt Sachen, die gibt es nicht.

Was wird mit mir?

Du hast unter uns Männern nichts zu suchen.

Anton zeigt mit dem Daumen die Richtung. Dort gehts nach Hause. Nordwestlich an der Elbe entlang. Ich denke mir mein Teil. Wie schön es für Trobisch und für uns alle ist, daß wir wieder einen Elefanten in der Stadt Dresden haben. Und daß in drei Tagen für mich das andere Leben beginnt. Wenn ich schnell gehe, gewinne ich in meinem alten Leben noch etwas Zeit. In einer Stunde bin ich schon am Schlachthof und bald auch an der Fähre. Ich werfe die Kette an Deck. Wir treiben vom Ufer, drehen flußabwärts bis hinüber zum Anlegesteg am Ballhaus Watzke, der Fährmann und ich. Vom hiesigen Ufer bis ins Boudoir, das ist nur noch ein Sprung.

Es gibt gute und schlechte Sondereinsätze. Ein Elefantenempfang ist nicht schlecht, aber ein Kontrolleinsatz in der Großbäckerei ist besser. Bienertbrote haben eine glatte, kastanienfarbene Kruste. Mit fünf auf Lücke gesetzten Stichen. Das klassische Bienert ist ein Dreipfundbrot.

Anton schleppt einen schweren Sack mit lauter beschlagnahmter Ware.

Wir verteilen im Haus, den Nachbarn, dem Hausmeister und den kinderreichen katholischen Dubberts im ersten Stock. Keiner hat Angst, wir beißen bedenkenlos zu, sogar in die Kanten. Anton nimmt einen klassischen Dreipfünder mit in die Oper. Für Christl Goltz statt Blumen. Sie singt die Partie der Carmen. Es ist blinder Alarm gewesen. Damit die Sache für die Welt ernst genug aussieht, hatten Spezialisten ein paar Brote durchleuchtet, wer von den Wachmännern nicht blöd war, steckte gleich vom Backregal in den Rucksack. Jeder nahm, was er greifen konnte. In der Zeitung hieß es: Sabotage. *Anschlag der Spalterregierung durch schnellen Einsatz vereitelt.*

Tag und Nacht muß Anton vereiteln.

Ich habe das andere Leben angefangen. Manchmal laufe ich, manchmal fahre ich mit der Straßenbahn. Ich habe eine schweinslederne Aktentasche. Wir alle haben eine Aktentasche, darin Gärtnerschere, die Messer: große und kleine Hippe, Stecklingsmesser, Okuliermesser, Wetzstein, Frühstück, Handtuch, Kamm und trockene Socken.

Meist wache ich auf,
wenn das Wunder schon waltet,
der Tag verordnet
und der frühe Morgen
sich in Morgenfrühe verwandelt.

Ich habe gelernt, wie man Begonien pikiert, ich kann Cyclamen umtopfen, Azaleenstecklinge schneiden. Ich weiß, daß man die Farne im Kalthaus jeden siebenten Tag gründlich ballenfeucht gießen muß. Am besten, man setzt die Töpfe für eine Zeit, aber nicht zu lange, ins Tauchbassin. Die Erdmischung für Gloxinien habe ich im Merkheft notiert, damit ich das Verhältnis Torf, Sand, Lehm, Lauberde mein

Leben lang nicht vergesse. Ich bin ausersehen, jeden Tag mit dem Karren die Essenkübel zu holen. Die Karre steht vor dem *Verbinder*, dem Glashaus, das die Gewächshäuser miteinander verbindet. Wenn die zehnte Stunde gekommen ist, räume ich mein Zeug zusammen. Die Junggärtner und die Lehrlinge wissen, ich muß gehen, ich muß mich beeilen. Das Essen muß her. Wir haben eine Sprache erfunden, unser eigenes Latein. *Ultra posse nemo obligatur.* Das heißt für uns: eile mit Weile. Auf deutsch heißt es: Mehr als arbeiten kann niemand. Die Neulinge aus dem ersten Jahr schaufeln Erde auf die Stellagen, die aus dem dritten topfen schon tagelang um. Begonia semper florence, aus kleinen Sechsertöpfen in größere Achter, die aus dem zweiten wissen nicht, wohin sie heute gehören. Haben vergessen, was uns die beiden Chefs in der Frühe hinter die Ohren geschrieben haben.

Die Blume wollte aus einer Blume in eine Blume zur Zeit der Blume geboren sein.

Während ich Luft in die Schläuche pumpe, denke ich an diesen aufmunternden Spruch. Meine Karre ist ein leicht gängiger Einachser, ein Kasten mit zwei Achtundzwanziger-Speichenrädern. Sie stammen von einem Fahrrad. Das Standbein hinten an der Karre schnappt beim Anfahren wie von alleine hoch, denn unter der Karre sitzt eine Feder. Es ist bald zehn, ich bin auf dem Sprung. Die Blume wollte aus einer Blume in eine Blume zur Zeit der Blume geboren sein.

Ultral posse nemo obligatur. Am liebsten gehe ich durch die Trümmerstraßen, lauter kalte graue Scherenschnitte, Gemäuerreste, einstige Behausungen für Vitrinen und Klaviere, für sommerlich gekleidete Geschwisterkinder mit seidenen Schillerlocken. Dolchscharfe eiserne Zäune, geschmiedete Tore, an den Pfosten noch leserliche Messingschilder, verschnörkelte Namen, Titel, Professionen. Altsuperintendent C. G. Felixmüller. Gleich zwei Oberposträte, beide a. D., die haben an meiner Trümmerstrecke einmal gewohnt, ein Vorsitzender des Girokassenvereins und mehrere Direktoren. Fensterhöhlen.

Und des Himmels Wolken.
Schauen. Hoch hinein.

Kumuli, zwischen Zirro und Alto, Federwolken und Schäfchen, so will es unser Lehrer in Meteorologie. Augen auf, Kopf in den Nacken, die Füße finden den Weg, die Nase ritzt ein Loch in das himmlische Frühjahrswetter, und siehe, schon zeigen sich die Gesichter, Gestalten kommen. Es herrscht Andrang hinter den Wolken. Berta, die schlesische Großmutter, scheucht die Gänse in einen Fluß. Mama bahnt sich einen Weg, wandert mit ihrer Meindl-Gitarre, barfuß, fröhlich, sie lächelt mir zu. Sie ist dieser Tage zu einem Schönwetterwölkchen geworden. Ein Huhn flattert kopflos an ihrer Seite, immer noch unterwegs. Von einer Welt in die andere. Komm mit mir, erzähle, gibt es etwas Neues bei dir auf der Erde?

Was soll ich sagen? Auf keinen Fall etwas über Antons Techtelmechtel mit Alice, nichts über die Pistole im Kommodenschub und kein Wort über Maxim.

Ob ich den Spind zugeschlossen habe, will Mama wissen. Jeden Tag hilft sie, daran zu denken. Die Gummistiefel soll ich nach Feierabend mit der *Sächsischen Zeitung* ausstopfen, dann sind sie am nächsten Tag wieder trocken. Ich hoffe, sie merkt nicht, daß ich ihr allerhand verschweige.

Die Karre holpert, die leeren Kübel klappern. Ich gucke nun nicht mehr in die Luft. Meist bin ich in den Trümmern allein. Denn es gibt keine Mäuse mehr auf Erden und damit eigentlich auch keine Katzen. Spatzen sind selten geworden, die Leute holen das Spatzenfrühstück, die kostbaren Pferdeäppel, sofort in die Schrebergärten, aber in den Trümmerdisteln hausen Schwärme von lebenstüchtigen Distelfinken, und in einem Kellerloch wohnt der edle flaumbärtige Einsiedler Maxim. Ein Mensch, der zu meinem neuen Leben gehört. Ein Künstler. Was kann er denn für eine Kunst? Er beherrscht wie die Distelfinken die Kunst des Überlebens. Er wartet auf mich. Er harrt meiner Thermosbehälter. Meiner schweren, mit Suppe gefüllten Feldküchenkübel. Möhren mit Kartoffelstückchen. Das steht heute auf dem Speiseplan der Dresdner Gartenbaubetriebe. Gekocht wird im Wirtschaftskeller des zentralen Verwaltungsgebäudes, einer von Bomben verschonten Prachtvilla, die einem Dresdner Wohltäter und Helden gehörte, der als Apotheker das Rattengift erfunden und damit viele Städte vom Untergang gerettet hatte. Es war nur gerecht. Die bunten Glasfenster, die Säulenwacholder im Garten, ein einzelnes Haus unzerstört, wie im Frieden. Im Sternenmarsch rollen die Wagen herbei. Aus Laubegast, aus Cotta, den weltbekannten Azaleen- und Erikenbetrieben, aus der Baumschule Reick. Man hievt die leeren Kübel auf den Hocker neben der offenen Küchentür. Essenausgabe, so steht es auf dem Schild, das die Buchhaltung hier mit Reißzwecken festgemacht hat. Auf einem Klappbrett liegt das Schulheft und der Kopierstift zum Gegenzeichnen, meine Unterschrift, meine Verantwortung. Siebzehn Portionen Mohrrüben mit Kartoffelstückchen für die Lehrgärtnerei. Dreizehn Lehrlinge, ein Heizer, zwei Chefs, ein alter Lateiner. Die zwei umsichtig mißtrauischen Köchinnen zählen laut. Siebzehn. Der Hausmeister hilft die Last auf dem Einachser auszurichten, genau in der Waage, damit der Suppe nichts geschieht.

Nun darf ich nicht mehr mit meinen Lieben im Himmel reden. Nun muß ich mich ganz auf den Weg konzentrieren, muß die Splitterlöcher, die Asphaltbuckel umfahren. Ich bin ein perfekter Suppenkutscher.

Auf dem Säulenstumpf einer zerbombten Gartenpforte thront eine feine, mit einem Drachen gekrönte Deckelterrine, Drachenfüße, Drachenmalerei in Heroldtgrün. Der Goldrand blitzt in der Sonne. Mein Suppenduft lockt. Große hungrige Augen. Maxim ist zur Stelle, seine hohe dürre Gestalt. Flaumbärtig, spitznäsig, aufmerksame Ohren. Ein langer Arm, eine Hand, die einen Löffel bereithält. Das ist jeden Tag der Augenblick des Wolfes. Maxim senkt den Blick.

Was immer die Sache in der Schüssel angeht, so bin ich kein reiner Fresser und Säufer, sagt er.

Nein, sage ich.

Anderntags und späterhin seufze ich nur noch am Ende seiner Worte.

Meinen Sie nicht, sagt er, daß unsere ganze Menschenexistenz eine Bereitschaft zum Kompromiß nötig macht?

Ich betrachte seine weißen Hände und sein komisches Gewand, vor allem die lumpigen Leinenschuhe. Den restlichen Weg höre ich immer noch seine Stimme:

Wir müssen aber wohl zusehen, daß die Seele nicht allzusehr verdirbt.

Siebzehn Schweineschnitzel sollte ich hüten. Nun habe ich nur noch fünfzehn.

Sein fromm redender Mund macht sehr viel Licht. Bis ich kurz vor der Herkulesallee zu rechnen anfange. Ein fehlendes Schnitzel will ich auf meinen Teller nehmen. Als läge es unter dem Kartoffelmus. Oder vielleicht so: als hätte ich mein Fleisch bereits gegessen.

Für das zweite kann ich nur das Schicksal verpflichten. Soll ich schwindeln, soll ich sagen, daß sich die Köchin vertan hat, daß ich, mit den Gedanken sonstwo, an der Essenausgabe nicht mitgezählt habe.

Ich schiebe die Karre mit gepreßtem Herzen durch das Tor. Immer noch, vielleicht zum letztenmal ungeschoren. Vor dem Kulturraum, wo wir essen und mittwochs Unterrichsstunde haben, sind alle versammelt. Schüssel. Löffel. Sie warten auf mich. Doch sie schweigen. Kein frecher lateinischer Spruch. Niemand ruft mir wie sonst entgegen: Lahme Ente, Transuse, kein Chef brüllt: Huschhusch die Waldfee. Eine Gemeinde, der die Worte fehlen. Als wüßten sie mit dem heutigen Tage Bescheid. Als hätte ihnen der Wind oder sonst irgendein Besserwisser, ein Spion oder ein Orakel, endlich die Wahrheit gesagt, die Essenholerin hat unterwegs eure Schnitzel verschenkt. Sie gibt Suppe weg, Quarkkeulchen und Apfelmus, Milchreis, Kartoffelpuffer. Kein Spott mehr, nur noch kalte Verachtung. Eis. Ein Strafgericht. Einmal mußte es so kommen.

Ich schiebe meine schwere Karre in den schweigenden Kreis.

Friedrich aus dem zweiten Lehrjahr, neben dem ich demütig stehe, sagt: Unser alter Lateiner. Er flüstert: Abgeholt.

Später sitzen wir im Kulturraum an den langen Tischen. Niemand achtet auf meinen Napf mit dem fehlenden Schnitzel. Niemand rechnet, daß eins übrig sein müßte. Abgeholt.

Mein Herz blutet vor lauter Erlösung. Ich mache mit, als wir uns noch zur Mittagsstunde zu einem Orden zusammenschließen. Ich gehöre zu den Gründungsmitgliedern. Wir verpflichten uns, zu Ehren von Doktor Doktor rer. nat. Heinrich Nüßlein jeden Tag drei Pflanzen in unser Gedächtnis aufzunehmen. Familie, Gattung, Art, wenn nötig mit Spezies und Subspezies. Wir fangen gleich mit drei Unkräutern an, heimische Wildpflanzen, besser gesagt: Urtica urens, die Brennessel, Brunus brunella, das Braunkraut, Myosotis intermedia, das gemeine Vergißmeinnicht. Unseren ersten eigenen Züchtungserfolg wollen wir, wenn der Tag gekommen ist, nach dem Doktor nennen. Sinningia speciosa nuessleinii. Unsere Freizeit widmen wir unter Anleitung der älteren Lehrlinge einer neuen Gloxiniensorte, Blüte tizianrot, samtig, duftend, vor allem aber elastisch soll diese Neuzüchtung werden, das Laub weich wie Hasenohren, nicht mehr spröde. Die herkömmlichen Sorten brechen und splittern wie dünne, trokkene Wurzener Waffeln. Jeden Tag haben wir Bruch, und die beiden Chefs haben schlechte Laune, weil wir auf diese Weise niemals das Gloxinienplanziel erreichen werden. Man kann beim Packen der Verkaufskisten noch so vorsichtig sein, viel zuviel geht zu Bruch, schon beim Gießen. Beim Ausputzen knicken die steifen Blätter, Glocken brechen und werden braun, faulig, unverkäuflich. Gewinner ist der Komposthaufen.

Um die Tizianfarbe zu gewinnen, wollen wir in das Samtrot der Blüten ein Blau einkreuzen, dem Zwischenergebnis wollen wir ein vergilbtes Weiß beigeben. Wir verfahren, wie es uns der Doktor gelehrt hat, nach der Gregor Mendelschen Regel, den Erbgesetzen, die der Mönch Gregorius im Kloster von Brünn seinerzeit durch die Kreuzung von Erbsen entdeckt, aufgezeichnet und beschrieben hatte. *Versuche über Pflanzen-Hybriden.* Man nehme die Stempel von runden und die Staubgefäße von runzligen Erbsen, kreuze und erkenne Veränderung der Eigenschaften von drei zu eins. Der Stärkegehalt der runzligen Samen ist im Vergleich zu der runden Erbse nun geringer, der Zucker- und Fettgehalt aber höher geworden. Unser Lateiner hatte von Springenden Genen gesprochen. Von phänotypischen Aufspaltungsverhältnissen. Insertionssequenzen. Er konnte uns die Runzeln der runzligen Sorten erklären. Alles hat einen Grund und meist einen Sinn. Höherer Zuckergehalt. Höheres osmotisches Potential in den Embryonen, also mehr Wasser, das zur Reifezeit trocknet, die Schale aber bleibt in alter Größe. Der dicke Miessner, *Grundlagen des Gartenbaus*, sagt davon nichts. Nur hinten auf der letzten Seite steht unter Fachausdrücke und Fremdwörter eine Anmerkung über den Mendelismus, es sei eine bürgerliche Richtung in der Biologie, unwissenschaftlich und reaktionär.

Nüßlein mußte vor dem Stadtgericht Rede und Antwort stehen. Ein altmodischer Mendelist. Ein Verführer der Jugend. Wer heute noch an die Mendelschen Gesetze und an Chromosomen beim Vererben von Eigenschaften glaube, der gehöre nicht zu UNS. Die beiden Chefs schreiben Bittgesuche an die Höhere Behörde in Berlin. Sie erklären, wieviel man dem Dr. Dr. Heinrich Nüßlein, Professor und Dekan für Genetik und Wildpflanzenforschung, in Theorie und Lehre zu verdanken habe und wieviel auch wir in der Praxis unseres Berufes sowie in humanistischer Lebensführung von ihm in den Monaten seit seiner Entfernung aus der Forschung gelernt haben. Er sei für die arbeitende Jugend ein Gewinn gewesen. Wir, die folgend Unterzeichnenden, vermissen ihn sehr.

Die Verwaltung hatte schon eine Rüge bekommen, ob es denn keinen anderen Aufenthalt für Nüßlein gegeben habe als ausgerechnet in einer Jugendbrigade. In der Küche oder als Heizer zum Beispiel. Die beiden Chefs meinen, die Verwaltung habe in ihrer Einfalt das Klügste getan. Nüßlein habe bei UNS wenn schon keinen Forschungs-, so doch wenigstens einen Rastplatz gefunden. Und wir hatten für einige Zeit einen richtigen Meister, ein lebendiges Lehrbuch des Lebens, einen echten Weisen an unserer Seite.

Dr. Nüßlein war jeden Morgen gekommen, als gehöre es zu seinen besten Absichten, bei uns zu sein. Als gehöre auf ein von Trümmerkindern beackertes Blumenfeld ein Botaniker von Weltruf. Wir mußten uns nicht an ihn gewöhnen, er war schon immer da, immer in unserer Nähe, als ein Mann, der alles wußte und alles konnte. Er war weder jung noch richtig alt, jedenfalls noch unter Fünfzig. Er trug eine dunkelbraune Kordjacke. Im Winter außerdem Handschuhe, Schal und einen von Kordeln und Anstecknadeln gesäuberten Jägerhut. Eigentlich nur einen Filz. Er arbeitete nicht mit uns, er machte das Notwendige und Richtige allein, im Glashaus nebenan, in den angrenzenden Frühbeetkästen oder auf den Nachbarbeeten und Rabatten. Er war immer und von überallher zu sehen. Auf beiden Füßen, mit gradem Rücken. Er tat seine Arbeit, doch er nahm sich Zeit. Meist aufrecht, in sich gekehrt, aber jederzeit ansprechbar. Oft suchte sich einer von uns einen Vorwand, zu ihm zu gehen, meist Friedrich, meist mit einer Pflanze, die wir gefunden hatten, deren Namen wir im Bestimmungsbuch nicht finden konnten. Der alte Lateiner nahm das Kraut, man sah, daß er es gleich mit Namen und seiner Familiengeschichte erkannte. Trotzdem fing er jedesmal an, von etwas ganz anderem zu reden, bedächtig, von einer noch nicht ganz gesicherten Angelegenheit. Zum Beispiel, warum weiße Blüten, nehmen wir die Lotosblume, im Gegensatz zu unseren Blusen und Gesichtern rein bleiben bei zunehmendem Schmutz in den Habitaten.

Friedrichs Vorwand mit der namenlosen Pflanze war das Zeichen für alle. Wir hatten uns unterdes um unseren Lateiner gesammelt. Arbeitsscheu, neugierig, wie man will. Er meinte, wenn wir das Rätsel der sauberen weißen Blüten lösen könnten, wären wir schlau. Um die Lichtgeschwindigkeit müßten wir uns keine Sorgen mehr machen, das sei eine bewiesene Sache, aber die Geschwindigkeit der Gravitation? Er kratzte mit seinem Schnürschuh an einem Sonnenfleck, der munter um sein Hosenbein herumsprang. Wie soll man beweisen, daß es die Sonne seit acht Minuten gar nicht mehr gibt, wenn sich unsere Erde noch dreht? Am Ende nannte er den Namen der Pflanze, die Friedrich ihm gegeben hatte. Er kostete, rieb und roch: Stellaria media, die Vogelmiere, in manchen Gegenden hieße das Kraut auch Meirich oder Hühnerdarm. Er widmete ihm ein paar Anmerkungen. Wie es aus der Steinzeit zu uns herübergewachsen sei, ein- und zweijährig kriechend mit kleinen weißen sternförmigen Blüten, Schutt und Ruinen teppichartig begrünend. Zart und robust, ein Mitglied der gnadenvollen Trümmerflora, jüngst in Karthago, Pompeji, und in Verdun. Kurz bevor er soweit alles erklärt hatte, zündete er sich eine Turf an. Er erzählte noch, wie Carl Linné seinerzeit wegen der Staubblätterzahl einen anderen Namen, nämlich Alsine, vorgeschlagen, dazu aber media nach den Aufzeichnungen des Botanikers Baudin akzeptiert habe. Nüßlein schien einverstanden. Es komme auf das Detail an und auf schöne Kompromisse.

Mit der halben Zigarette ging er wieder an seine Arbeit, er ließ uns stehen, zog den Gießschlauch zwischen die langen, mit Jungpflanzen vollgestellten Frühbeetkästen. Öffnete zum Wässern, setzte zum Lüften Blumentöpfe zwischen die Kastenfenster. Aufrecht. Immer mit erhobenem Kopf. Er krümmte nicht einmal beim Umgraben seinen Rücken. Es sah aus, als hätte sein Spaten, als hätte all sein Handwerkszeug einen längeren Stiel. So erkannte man an seiner Haltung die inneren Grenzen, die er nicht überschritt. Er kam jeden Tag zu uns, wir gehörten zu seinem Bezirk. Außerhalb, so ließ er manchmal während seiner Rede durchblicken, läge das Allgemeine, das Periphere, Unexistentielle. Draußen sei das Unberufene. Mit draußen meinte er wahrscheinlich die anderen Leute in der Stadt, während wir hier im grünen Parkgelände versammelt waren. Das sei das Innere. Aus Menschen, die keine Gärtner werden, wird nichts.

Wir blieben bis in die Nacht beisammen. Erst saßen wir im Warmhaus auf den Stellagen, darauf suchten wir uns am Elbufer unter den Bogentrümmern der Carolabrücke einen Unterschlupf. Dort saßen wir oft, aber nie hatten wir so gemeinschaftlich wie heute auf den Sandsteinbrocken gesessen. Ich hockte auf meiner Aktentasche, zitterte, redete nichts. In schnellem Zickzack schossen die Fledermäuse in die Pfeilerhöhlen. Die Mondsichel hing über der östlichen Hügelkette. Auch die anderen hatten in der Unberufenheit nichts mehr zu sagen. Plötzlich tönte ein Winseln in die Stille hinein, wie von einem getretenen Hund. Heulen, Schluchzen. Friedrich legte den Arm um meine Schultern, drei andere knieten vor mir, Gisela umarmte mich. Das tierische Klagen war von mir gekommen.

Sie trösten eine arme verlassene Waise, die Jüngste, das Ferkel, die Küchenschabe, Kellerassel, Rübe, Gummistiefel-Stinkfuß, und so gnadenweise das liebste Kind des alten Lateiners. Was wußten denn die. Ich wußte selbst nicht, warum der Jammer in mir losgebrochen war, weshalb ich so kindisch schluchzte. Zitternd in äußerer Wärme und innerer Kälte, ein umgekehrtes Fieber, flatternden Herzens. Nicht zu bändigen.

Niemand hatte gemerkt, daß im Essenkübel zwei Schnitzel fehlten. Ich war bis in diese Tage überzeugt gewesen, daß Papa mir eines Tages auf der Kastanienallee nach Moritzburg begegnen, daß Mama mir das späte Nachhausekommen verbieten würde, falls ich mich künftighin im Finsteren am Schützenhof herumtreibe. Ich glaubte, jemand sei mit mir, der mich kannte und erzog. In meiner Unzuverlässigkeit spürte ich nun, daß so etwas nur eine Erinnerung oder eine Hoffnung war, ich hatte auf einmal jenseits der Hoffnung die Wahrheit erfahren.

Ich bin allein. Sie trösten mich, weil sie mich in meiner Einsamkeit nicht kennen. Ich kann liederlich sein, wie ich will. Oder gut, zu wem ich will.

So vergeht das Jahr. Ein schneefreier Winter. Monate, lauter Tage, die sich nicht unterscheiden, wie vorher der kalte Herbst, der November. Genauso das Frühjahr. Die Zeit tritt auf der Stelle. Ich bin mit der Karre unterwegs. Ich füttere Maxim.

Ich kenne tausendundsiebzig Pflanzen und dreihundert Gehölze mit Namen. Ein Wettersturz bringt den Sommer. Die Gloxinienversuche werfen wir mit all den anderen vertrockneten oder verfaulten Experimenten auf den Komposthaufen. Die Mendelsche Regel hat sich uns widersetzt. Die Samen aus Erfurt, aus denen laut Katalog einmal Kakteen werden sollten, sind im Keimblattstadium stehengeblieben und schließlich wieder in der Saaterde verschwunden. Die beiden Chefs geben schlechte Zensuren. Weil wir die Naturgesetze auf den Kopf stellen. Weil die Pflanzen bei uns nicht mehr der Sonne entgegenwachsen, sondern sich in der Erde verkrümeln. Wie die Kakteen so auch die Stecklinge der Rex-Begonia. Schlamperei, Fäulnis. Dr. Nüßlein fehlt an allen Ecken und Enden. Der vermochte, wenn er auch für die Geschwindigkeit der Gravitation keinen Beweis finden konnte, zusammen mit der Sonne, etwas anorganischem Wasser und unsichtbarem Kohlendioxyd das Geschehen im Warmhaus zu lenken, überall zu seiner Zeit üppiges, beinahe undurchdringliches Geschlinge, Dreimasterkraut, Judenbart, Palmen. Farne im Kalthaus. Chlorophyll. Verwandlung von unbelebter Materie in lauter organische Sachen. Freie Spitzen. Topfpflanzen, die wir zum Verkauf abliefern können. Als Nüßlein bei uns war, haben wir alle Pläne erfüllt. Jungpflanzen, Schnittblumen, Cyclamen, von dunkellila bis weiß mit Auge, gesundes Immergrün für die Blumenbänke in Büros und in unseren Stuben.

Binnen Jahresfrist ist der Lateiner eine Legende geworden. Wie das Geläut der Frauenkirche sonntags im Sommer, dazu blauer Himmel über dem Elbtal, die Türme und Dächer. Wenn man so in Wärme und mildem Licht geht, ist es ein Traum oder Erinnerung. Aus Menschen, die keine Gärtner werden, wird nichts.

Ich bekomme, trotz der Rückschläge in den Gewächshäusern, ein Gut ins Jahreszeugnis geschrieben, weil ich zuverlässig bin. Ich bin die einzige und beste Essenholerin des Jahres, ich kenne den Weg, es gibt keine Klagen. Die Küchenleiterin, die das Kontrollheft führt, der Hausmeister, der mir hilft, den Karren über die Torausfahrt zu schieben, alle können nur Gutes über mich sagen. Pünktlich, sauber, klassenbewußt. Im Durchschnitt eine glatte Zwei.

Inzwischen habe ich durch kluges Taktieren, Tempo auf grader Strecke, schnelles Handeln vor der Essenausgabe, das die Küchenfrauen meinem Hunger oder meiner Sorge um die heiße Soße und die gekochten Kartoffeln in den Thermoskübeln zuschreiben, mehr als eine Viertelstunde gewonnen. Die Frauen schwingen fleißig die Kelle. Die Stoßzeit am Mittag. Ich sammle jede Sekunde. Ich stecke den Gewinn in die Gummistiefel. Die Maxim-Minuten. Die Terrine mit dem grünen Drachen steht auf dem Sims. Mein Maxim hat mich gewittert, oder er hat das Rattern der Karre oder den klappernden Kübeldeckel gehört. Er steigt aus dem Kellerfenster, gekämmt, mit nassem Scheitel, tropfenden Händen, die er an seinem aus der Hose hängenden Hemd abtrocknet, er kriecht nicht in seine Höhle zurück, er fängt gleich draußen am Mauersims an zu löffeln. Das Sitzbrett ist für ihn da. Ein wenig Abendrot im Süden hinter der Stadt und über ihm der Gürtel des Himmelsjägers, die drei Riesensterne, die zehntausendmal größer sind als die Sonne. Festlich mein Atem. Er hält die Terrine auf dem Schoß, der Löffel geht in Eile hin und zurück. Noch schneller, als müßte er einen Gegner schlagen.

Bis zur Halbzeit, einem kleinen gesunden Rülps. Maxim lächelt. Weil ich immer noch vor ihm stehe. Mein Herz eine Tafel, wie der von Göttern geschliffene Lilienstein. Ich wollte ihm sagen, daß ich Geburtstag habe. Die Zeit vergeht, und ich erzähle ihm lieber nichts. Als ich mich zum Gehen wende, hebt er den Blick von seiner Terrine, er legt den Löffel hin, er springt auf die Beine. Winkt. Das Hemd hängt aus der Hose, fällt halb von der Schulter. Ein Strick, der die Trainingshose hält, baumelt hervor. So beherrscht er wie Hotzenplotz oder Ritter Georg oder Lanzelot neben der prächtigen Terrine mit dem grünen Drachen das Gelände und meine Gedanken. Ich habe gehört, daß die Polizei einen Mann erschossen hat, und zwar eine Woche nach dem Bombenangriff, als sie noch dabei waren, die Leichenberge auf dem Altmarkt im Benzinfeuer zu verbrennen. Der Mann hatte sich bloß eine heile Teekanne aus den Scherben eines Porzellangeschäftes genommen. Anton sagt, Quatsch, das ist Quatsch, das hat in der Zeitung gestanden, im Sonntagsblatt, in der Ecke Humor.

Maxim auf dem Hügel. Bis zu den Knien im Gestrüpp, Birkensämlinge, Brombeerranken. Trümmerflora. Ich ziehe die Karre und bete für Maxim. Lieber grüner Drache, beschütze ihn.

Ich bin jetzt vierzehn. Ich stehe auf eigenen Beinen.

Nach Feierabend laufe ich nicht mit den anderen zur Haltestelle. Ich laufe in festlicher Stimmung die Herkulesallee hinunter.

Ich bin allein, hier gibt es keine Menschen, oder man sieht sie nicht. Es ist eine Lindenallee, die Jungbäume zwischen den alten hundertjährigen habe ich gepflanzt. Sie werfen das Laub. Goldenes Laub. Goldener Oktober. Ich gestalte den Rest des Tages. Dämmerlicht. Ich besuche das Hygiene-Museum. Es ist eines der ersten Gebäude in der Innenstadt, das wiederaufgebaut wurde. Ich muß immer nur geradeaus gehen. Ich kenne das streng gegliederte Haus, die Neuzeit im alten Dresden. Ich weiß, im Seitenflügel sitzt der Landessender, am Tage probt hier der Kinder- und Jugendchor unter der Leitung von Wolfgang Berger. Ein ruhiges blaues Nachtlicht, wo sonntags was los ist. Konzerte der Staatskapelle. Bunte Nachmittage. Über dem prächtigen Mittelportal die Schrift in indirekter Beleuchtung: Hygiene-Museum.

Die Aufsicht steht schon im Mantel, weil so spät keine Besuchergruppen mehr gemeldet sind. Die Biologiestudenten sind durch. Der Volkshochschulkursus ist raus. Sie rechnet mit niemandem. Jetzt im Finstern. Ringsherum nichts und nackte Bäume. Wenn einer kommt, dann könnte es ein Herumtreiber sein, der das Licht aus der Ferne von der Herkulesallee her gesehen hat, oder ein Spätheimkehrer oder ein Irrläufer, der sich in der Stadt nicht mehr auskennt. Früher Häuser, Kirchen, Zwinger und Paläste, dann jahrelang Trümmerberge, jetzt freies Feld, verwirrende Trampelpfade, Wildwuchs bis zum nächsten ausgebombten Gemäuer. Das Rathaus. Die wiederhergerichtete Kreuzkirche. Innen ein kahler kalkfarbener Behelf mit rauhen Schatten. Versteckten Figuren. Suchzeichen zum Lesen, Himmelsatem, wenn der Kreuzchor singt. Einkehr. Ein Dach.

Ich bin ein einzelner unerwarteter Museumsgast.

Wo kommst denn du her? Die Aufsicht gestattet sich keine schlechte Laune. Im Gegenteil. Sie schließt die Kasse noch einmal auf, zieht den Aufsichtskittel über den Mantel, sie will sich trotz der Stunde an jedem freuen, der sich für Hygiene und Menschenkunde interessiert.

Weil ich ab heute vierzehn bin, kaufe ich eine Erwachsenenkarte. Ich koste jetzt eine Mark. Mit diesem kleinen Abschnitt von der roten Rolle stehen mir ab heute alle Räume offen.

Für die Gläserne Frau, fordere ich so unerschrocken wie möglich.

Die Aufsicht führt mich sofort in den richtigen Saal. Vorsicht, sagt sie, gleich wird es dunkel, und weil es vor mir ein paar Stufen gibt, soll ich mich zu meiner eigenen Sicherheit nicht mehr rühren. Stehenbleiben.

Abwärts ins Schilfmeer der Schöpfung. Finsternis wie vor dem Jüngsten Tag. Dann Licht, ein plötzliches, verheißungsvolles tütenförmiges Licht, es strahlt von oben herab und gießt einen vollrunden Mond auf ein erhöhtes Podest. Ich falte die Hände. *So hoch der Himmel über der Erde, so fern ist das Licht.* Gebadet im Spektrum der Strahlen die weltberühmte Gläserne Frau. Man kann sie von allen Seiten betrachten, weil sie sich dreht. Das Blut strömt durch die Adern, rot oder blau, je nachdem, ob mit oder ohne Sauerstoff. Die Aufsicht bedient die verschiedenen Knöpfe, damit die Flüssigkeiten nicht ins Stocken geraten, die Organe leuchten. Eierstöcke gelb. Gebärmutter grün. Lebensgroß. Glasklar. Die hochgestreckt flehenden Arme, die offenen Hände, glasklar, das bunt gestrickte, zur Deckenlampe hochblickende Angesicht. Die mondhelle Büste, der Bauch. Leise knarzend die rund ausgeleuchtete Bühne. Der Drehteller. Das achte Weltwunder, wie man offiziell sagt. Die Lymphgefäße leuchten. Die Nerven in Hellblau. Eindeutig eine Frau und deswegen die teure Eintrittskarte ab vierzehn. Ein Blick in dein Inneres. Siehe, in dir waltet das Schicksal. Der Körper beichtet dir sein Geheimnis.

Ich hatte meinen Besuch im Museum lange geplant. Seitdem ich Anton habe sagen hören, *Sie ist soweit.* Es hing mit dem Blutfleck auf dem gelben Sessel zusammen, der unter mir plötzlich da war. Glücklicherweise eine einmalige Erscheinung. Ein Vorzeichen. Anton hatte, um den Tatbestand zwischen uns zu verschleiern, seine Mütze draufgeworfen, später aber im Tabakladen leise erzählt: Sie ist soweit. Tabak-Reinsch hatte überrascht und feierlich zu mir am Postkartenständer geäugt, als wäre ich plötzlich ein Christbaum, und zu Anton gesagt: Hast du schon mit ihr geredet? Als Großvater? Hatte Anton gefragt. Der Rat von Tabak-Reinsch war: Schick sie doch ins Museum. Aber Anton wußte, dort lassen sie erst ab vierzehn rein. Ich konnte mir denken, welches Museum sie meinten. Die Zeitung hatte darüber geschrieben. Im Hygiene-Museum steht das achte Weltwunder, eine gläserne Frau.

Früher war der Mensch nur den Göttern durchsichtig, nun schaust du dir selbst unter die Haut. Als nächstes im farbigen Fluß die verschiedenen Därme. Der seegrüne Magenpförtner.

Während des Krieges war die Gläserne Frau, in einzelnen Teilen fürsorglich in Kisten verpackt, auf die Festung Königstein gebracht worden. Dort hatte das achte Weltwunder den Terrorangriff, ohne auf ein richtiges Wunder angewiesen zu sein, überlebt. Nach dem Krieg mußte es nur ein bißchen ergänzt und wieder zusammengeklebt werden.

Die Gläserne Frau erwartet Ihren Besuch. Man muß nur kühn genug und vierzehn Jahre alt sein. Ich bin vierzehn. Ich habe eine Erwachseneneintrittskarte gekauft, damit bin ich eingetreten. Die Aufsicht hat mich ziemlich nahe herangeführt. Vor lauter Licht und Durchsichtigkeit kneife ich beide Augen zu. Meinen knallroten Ohren kann ich wieder einmal nicht helfen.

Brauchst dich nicht schämen, guck nur hin, sagt die Aufsicht. Mein Kopf ruckt, aber ich schaue kein zweites Mal in die Mitte. Jederzeit könnte die Aufsicht mich fragen, ob ich schon soweit bin. Nicht nur mit dem heutigen Tag vierzehn, sondern in meinem inneren Kern reif und auch fortpflanzungsfähig.

Sie fragt nicht, sie erklärt vielmehr, daß die Modelleure in den museumseigenen Werkstätten sich neuerdings der Erschaffung eines gläsernen Mannes widmen. Zum Tag der Frau soll er fertig werden. Was will sie mir damit sagen? Unter dem vielen Licht kann ich nur kindisch beklommen lachen.

Ich träume von der Gläsernen Frau. Im Traum ist sie dreimal so groß, glänzend. Aus der Mitte springt eine orangerote Kugel. Der Schöpfer macht einen Menschen daraus. Er bläst, dreht den glühenden honigklaren Rumpf, zupft die Nase, die Ohren, die Arme, die zweimal fünf Finger, Beine und Zehen, zwischen den Beinen macht er einen Mann. Der Modelleur heißt Maxim. Er trägt das weite graue Hemd, die Trainingshose. Er ist nicht mehr so blaß und flaumbärtig wie am ersten Tag. Er hat Kräfte und blaue Augen, am Handgelenk eine Armbanduhr. Er hat einen Mann nach seinem Bilde geschaffen. Das große krumme Ding in der Mitte ist ihm aus Versehen passiert. Maxim arbeitet unermüdlich mit der neuen durchsichtigen Materie. Ein Mann aus Cellon. Danach baut er eine weitere Frau. Mann und Frau, ein Paar. Ein doppeltes achtes Weltwunder. Es wird in eine große Kiste gelegt. Groß wie ein Doppelsarg. In ein Nest von schützender Holzwolle. Warum? Ich knirsche vor Angst mit den Zähnen. Ich denke an die Festung Königstein an der Elbe und an den Koreakrieg. Es sind die Amerikaner, die schon wieder schießen. Keine Angst, sagt die Aufsicht, der Waggon mit der Kiste wird nach Moskau geschickt, in den Kreml, das ist ein Geschenk für Stalin. Der hat sich so ein großes Doppelwunder zum Geburtstag gewünscht. Maxim nimmt mich auf den Schoß. Er wippt sanft mit dem Knie. Fürchte dich nicht. Sein blumiger Atem säuselt mir leise ins Ohr, wie alles angefangen hat damals. Es war einmal vor langer Zeit. Vor mehr als zwanzig Jahren im Schuppen der Marmeladenfabrik von Siemank und Ringelhahn. Erst mußte das durchsichtige und in sich formbare Cellon erfunden werden. Darauf konnte es losgehen mit den Adern und Nerven. Das Gerippe war von Anfang an kein Problem, das wurde aus Aluminium gemacht. Biegsam und leicht, dabei stabil.

Was wie ein Mitbringsel des Cellons aussieht, das am Ende naturgetreue Ohren, Hinterteile, was nicht alles aus sich machen ließ, was heute wie ein sinnvolles Beiwerk des Zufalls erscheint, war damals der größte Streitpunkt unter den Schöpfern. Sie klebten und bogen, bauten Modelle aus Sand und aus Gips. Doch sie konnten nicht übereinkommen, wie die einzelnen Teile sich als gläsernes Gesamtwesen präsentieren sollten. Nicht sitzend oder liegend, sondern aufrecht, dabei keinesfalls in äußerer Bewegung, sondern im Augenblick der Ruhe, Standbein, höchstens ein Spielbein, das war ausgemacht, das verlangte ihr nobles Programm: Offenlegung der Innereien, Blick in die Geheimnisse des Menschen. Soviel Einigkeit herrschte, doch wer wollte die äußere, unnotwendige Zufallshaltung bestimmen? Soviel Gott oder womöglich Künstler wollte unter den Technikern und Anatomen keiner sein.

Den Bildhauern, die in der Zeit Mode waren, trauten sie nicht. Die nackte Germania mit Schwert auf dem Sachsenplatz schied als Vorbild aus. Die Untergrundkünstler konnten gleichfalls nicht überzeugen, ihre umstürzlerischen Figuren trugen zwar Frauennamen, aber man erkannte in ihnen hauptsächlich Kugeln oder Würfel. Wo sollte in diesen Gebilden die Leber ihren gerechten Platz finden? Die von Käthe Kollwitz geschaffenen Frauen, hauptsächlich trauernde Mütter, trugen fast alle dicke Wintermäntel. Darunter erkannte man zwar ihre Seele, doch sonst nichts, nicht einmal die Halsschlagader. Obwohl die Kollwitz manchmal in Moritzburg zu Besuch war, kaum zwei Wanderstunden entfernt, Käthe konnte und wollte nicht helfen.

Bis einem der Leute die Gnade erbittende Boedas-Figur einfiel. Ohne Hemd noch Feigenblatt, geschlechts- und schutzlos. Über 2000 Jahr alt. Vordenklich und trotzdem immer noch modern. Bei uns in den Museen oder in Parkanlagen als Gips- oder Bronzeabguß bekannt unter dem Titel: Der betende Knabe. Kopien römischer Kopien, nach dem großen griechischen Bildhauer Lysipp, der die Gestalt wahrscheinlich auch nicht selbst erfunden hatte. Ein gemodeltes Urbild, aufrecht mit gestreckten Armen. Genau so sollte der Glasmensch aussehen. Die aus Lymphgefäßen, Muskeln und Adern gestrickten Arme zum Himmel erhoben, damit man die Rippen und darunter die Lunge und das Herz gut erkennt, klopfend und von Blut durchflutet.

Der cellonhäutig durchsichtige, viel bewunderte Mensch geht in die Welt. Erst nach Berlin, dann nach Paris, New York, Chicago, Buffalo. Unberührbar auf einem Podest, wo wir seine Nerven erkennen, wo wir ihn, als hätten wir Gottes Augen, bis auf die Knochen durchschauen können. Der Mensch ist ein Weib.

Ich bin undurchsichtig und berührbar.

Ich bin allein.

Über Sonntag habe ich Sehnsucht. Es ist schade, daß ich keinen Kesseldienst habe. Siebenmal im Jahr ist jeder von uns am Sonntag mit Kesseldienst an der Reihe, weil das Tropenhaus eine konstante Wärme haben muß. Mindestens dreißig Grad. Im Sommer muß der Kesseldienst außerdem die Frühbeetkästen und Häuser am Morgen schattieren und abends abdecken, meist auch noch im Freiland und in den Kästen die Jungpflanzen gießen. Es ist schade, daß ich die Waschküche nicht angemeldet habe. Ich stehe nicht auf der Liste. Ich hätte die Waschküche für Sonntag beim Hausmeister bestellen müssen. Anton ist mit Alice seit gestern mittag auf Bergsteigertour in der Sächsischen Schweiz. Alice klettert, und Anton paßt unten am Fuß des Felsens auf das Gepäck auf. Er beobachtet, wie sie den Überhang nimmt. Die traut sich was, sagen die Wanderer. Aber Anton weiß, daß sie im Seil hängt. Nachts wird geboft, das hat Anton von Alice gelernt. Draußen schlafen. Im Schutz einer Felsenscharte. Man muß sich aus Laub und Gestrüpp eine Kuhle bauen und Schafwollsachen anziehen. Ein Lagerfeuer wärmt die Steine, auf denen man liegt. Anton kommt ins Schwärmen, wenn er vom Bofen mit Alice erzählt. Ich bin zu Hause geblieben. Auf Antons Frage: Kommst du mit? habe ich mit einem Nein geantwortet. Eine kurze klare Entscheidung, die Eigensinn, sogar etwas Trotz vorgeben sollte. Immer bloß Steine, darauf hatte Anton eine enttäuschte Miene fertiggebracht. Wie du willst. Ob Bergsteigertour oder Oper, solche Einladungen weise ich zurück. Anton kann sich auf mich verlassen. Ich bin bockig. Ich sage nein. Ich bleibe zu Hause. Alice hat ja sowieso nur zwei Opernkarten im Kuvert. Den Gegenwert vom Kammersänger für die Brot- und Zuckermarken, die sie für seine Besuche im Nährmittelamt bereithält.

Ich könnte meine schöne Strickjacke anziehen und einfach mit der Straßenbahn fahren, die Leipziger Straße entlang, über die Brücke, am Theaterplatz und am Zwinger vorbei. Fetscherplatz. Von da aus könnte ich zu Fuß gehen. Ohne meine Karre. Die Straßen im Winterbergquartier. Lauter Trümmer. Menschenleer. Keiner ist unterwegs. Die Leute sind dort, wo man ihnen nicht begegnet. Ich habe aus Antons Tasche Zigaretten genommen. Über Monate vorsichtig pro Woche ein Stäbchen. So hat er es nicht gemerkt. 25 Zigaretten. Meine alte elfenbeinfarbene Blechschachtel ist jetzt voll. Salem Cabinet. Orientalische Tabak- und Zigaretten-Fabrik *Yenidze*, Inhaber Hugo Zietz. Urgroßmutter Emmas Hinterlassenschaft: leere Schachteln, aus Zeiten, wo sie in der *Yenidze* Packerin war. Wie die echte Carmen hatte sie für ihre Leute zu Hause gesorgt. Im Kittelsaum meist Tabak, aber auch fertig gedrehte echt kubanische Zigarren. Und für die Arbeiterschaft hatte sie den Achtstundentag und Betriebsbadewannen mit Warmwasser aus der Wand erkämpft. Ich könnte mit der Straßenbahn fahren, um dem Einsiedler Maxim in der Winterbergstraße mit der Schachtel eine Freude zu machen. Ich könnte losgehen, ich könnte meine liebsten Wege wandern, rennen, sprinten, aber jetzt ist es gewiß zu spät.

Mein Bett ist aus Eisen. Wir haben die Stäbe zu Kopf und Füßen weiß lackiert. Die vier Messingzwiebeln putze ich mit Sidol. Auf dem Zugfederboden liegt eine Roßhaarmatratze. Das ist meine Bühne. Ich spiele ein erwartungsvoll schlummerndes Fräulein. Die Tür ist offen, der Raum ist weit und lebendig.

Ich habe das Trichtergrammophon angekurbelt, die Herdringe aus der Kochmulde herausgenommen und trockene Kienspäne aufgelegt. Gelenkige rote Flämmchen winken mir zu. Bevor sie sich ducken, bevor sie verschwinden. Ich spüre längst, wie sich etwas unaufhaltsam nähert. Mit langen zärtlichen Armen. Ich schiele ihnen tatendurstig entgegen. Es ist der Nachmittag, träge schleicht er sich heran, schlüpft durch die Tür. Die Nadel am Tonarm kratzt die wunderbare Altrhapsodie von Brahms, wieder und wieder die Stelle, wo

Anton sich immer die Augen wischt. *Ist auf deinem Psalter, Vater der Liebe, ein Ton seinem Ohre vernehmlich, so erquicke sein Herz.* Bis der Apparat nicht mehr will. Unter dem Augenlid kann ich das rosige Fräulein im Spiegel betrachten. Über der Kommode hängt das nach vorn gekippte Bild. Die nackte Schulter, der herunterschlenkernde Arm. Das aufgelöste Haar. Zerzaust, aber leider nicht schwarz wie das Haar der schönen Mercedes im *Graf von Monte Christo*, oder wie Carmens in *Carmen*, auch Alice hat schwarzes Haar. Ein blankes, lässig gewinkeltes Knie, das plötzlich umfällt.

Die alten Zugfedern krachen, tönen wie die tiefen Saiten im Klavier. Ich stehe nun mit beiden Beinen auf schwankendem Floß. Das rosa Achselschlußhemd, Nachlaß aus der Kommode von Emma 2, lasse ich von meinen Schultern herunterfallen. Ich wirble es mit dem linken Fuß aus dem Rahmen. Balanciere, hebe die Arme flehend zur Stubendecke, öffne die Hände. Mit locker spielenden Beinen, sportlich festen Knien bin ich die Gläserne Frau. Für ein nächstes Bild sinke ich auf die Knie. Goldenes Vlies, erschrockenes Herz. Erschrocken, so blicken die Augen aus dem Spiegel. Der Krach der Dubbert-Kinder. Ich fahre aus der Haut. Wieder hat eins was ausgefressen. Hiebe, Waschbrettknien als Strafe, katholisches Wehklagen aus allen Kehlen. Ich werfe mich in die Kleider und klingle Sturm, draußen am Klingelbrett hinter dem Hoftor, wo Dubberts mich nicht sehen können. Das mache ich stets, wenn ich ein Retter sein will.

Die Sehnsucht kommt wieder beim Stricken und bei der himmlischen Ruhe, die nun oben ausgebrochen ist. Ich ziehe die letzten Maschen zusammen. Meine Wintermütze ist fertig. Mit einer Pappscheibe arbeite ich zum Schluß eine Bommel. *Sehnsucht und bunte Flocken.*

Da fühl ich ein tiefes Entzücken.
Nun weiß ich wohl, was ich will.
Es bauen sich andere Brücken.
Das Herz wird auf einmal still.

Wir Parkgärtner haben alle eine Bommelmütze für den Winter. Meine ist regenbogenfarben mit etwas Grau. Es liegen immer noch schöne Wollreste in der Kommode. Auch die Walther-Pistole ist noch da. Die Siebenkommasechsfünfer-Patronen kullern kupfern zwischen den Knäulen.

Wir haben neue wattierte Arbeitssachen bekommen. Winterkleidung. Ein Stempel im Arbeitsbuch bestätigt den Empfang: Jacke, neu, 1 Paar Socken, neu, 1 Paar Fäustlinge, neu, 1 Paar Holzlatschen, aufgeschustert. Ich aber gehe in meinen Gummistiefeln, die ich mit Petroleum blank geputzt habe. Man friert an den Füßen, aber sie glänzen noch wie am ersten Tag. Die gestrickte Mütze ziehe ich über die Ohren.

Ich trage die Blechschachtel mit den gesammelten Zigaretten in der Tasche der neuen Jacke. Ich renne, so vergesse ich die eiskalten Füße. Ich denke an die Graupen in den Kübeln. Die warme Suppe. Meine Karre scheppert über das holprige Terrain.

Das tiefe Entzücken, das ich fühle.

Oder habe ich das bittere Ende schon von weitem auf mich zukommen sehen. Der schneeig verhangene Himmel. Die umgestürzten Mauerpfosten. Die ausgebrochenen Stangen. In den zertrümmerten Fensterhöhlen grauschwarze Krähen. Als wären sie und niemand sonst hier zu Hause. Seßhaft, vorwurfsvoll krächzend. Keine Suppenterrine auf dem Steinsims. Das gab es noch nie. Vor dem Kellerfenster liegt ein Haufen zerbrochener Ziegelsteine. Schutt und verwehtes Herbstlaub. Als sei hier nie ein Mensch ein- und ausgestiegen. Birkensämlinge wie Rutenbesen. Zum Zeichen, daß der Krieg lange vorbei ist. Sieben Jahre. Ich suche eine Spur. Die Porzellanterrine, wenigstens Scherben. Einen Löffel. Nichts.

Maxim, ich rufe seinen Namen. Nur eine Krähe antwortet mir. Sitzt er dort oben? In schwarzgrauem Trainingsanzug und lacht und braucht als ein Vogel meine Suppe nicht mehr. Ich rufe Maxim.

Eli. Jemand hat meinen Namen gerufen. Es sind nicht die

Krähen, es ist nicht Maxim. Wer ruft mich? Eli. Ich kenne die Stimme.

Kuno der Lahme, er humpelt verwundert um die Essenkarre herum. Das Betriebsfahrrad lehnt an einem Pfostenrest der Vorgartenmauer. Kuno wickelt seine birnenförmige Blechschachtel aus einem Taschentuch, es ist die Taschenuhrbirne. Unter gelbem Schutzglas kann er die Zeiger erkennen. Die Zeit. Er horcht in die Ruine, er humpelt zum Rad. Entschlossen schwingt er sich in die Pedalen. Schlau, weil er erkannt hat, was ich für eine bin. Weil er gesehen hat, wie ich mit dem warmen Essen umgehe. Ich bummle unterwegs. Ich lasse es kalt werden. Treibe mich faul im Gelände herum. Oder hat mich die Erde verschlungen? Wie Maxim. Ich müßte nur etwas nachhelfen. Die Walther unter der Wolle hervorholen oder ab jetzt nichts mehr essen oder mich vom Frost erstarren lassen. Eli ist fort.

Aber die Essenkarre steht vor dem Tor. Ein leises Zirpen. Ein strenger Befehl. Eli, Eli, das Essen wird kalt.

Mit gepreßtem Herzen steige ich aus der Ruine. Erwischt und verlassen.

Maxim, wo ist Maxim? Das eine paßt nicht zum anderen. Zwei Wetter zusammen.

Mit doppeltem Herzweh renne ich los, quer durch das Gelände. Ich habe eigene Wege, Trampelpfade, die meine Füße getreten haben. Pfützen machen mir nichts aus, dank der Gummistiefel aus dem Westen. Die Karre nimmt Hinterhöfe und Trümmerberge. Mein Gelände.

Als Chef Kuno, noch mit Fahrradklammern an den Hosenbeinen, den Essenraum betritt, sitzen wir vor unseren Näpfen. Weil er sich nichts anmerken läßt, tue ich gleichfalls so, als hätte ich nicht gesehen, daß er die Karre gesehen hat. Vielleicht ist er froh, daß er die Polizei nicht rufen muß. Das Essen ist pünktlich und ohne Verlust am Platze. Ich hätte mit meiner Angst von der Erde verschwinden können wie Maxim, mein Maxim. Aber ich bin zur Stelle. Dank der Karre und weil ich noch hoffe.

Ich grüble, während ich die Kübel und Näpfe wasche. Der Himmel könnte mir sagen, wo Maxim ist. Aber der Himmel läßt es beizeiten finster werden. Ich hätte zwar Mut und Sehnsucht genug, um gründlicher im Gelände zu suchen, doch leider keine Taschenlampe. Niemand hat eine Taschenlampe. Ich frage noch einmal: Wer hat eine Taschenlampe? Aber meine Kumpane wollen nur wissen, wozu ich eine Taschenlampe brauche. Zum Lichtmachen, sage ich frech. Jemand hat Streichhölzer in der Hosentasche. Da verteile ich leichtlebig die für Maxim bestimmten Zigaretten. Jeder bekommt eine. Woher ich die habe? Geklaut, damit ihr es nur wißt.

Wir paffen uns quer durch den stockdunklen Botanischen Garten. Die Abkürzung über die japanische Bambusbrücke, dann durch das Schwarzkiefernwäldchen der Südalpenkette, unter Hopfenbuchen und Manna-Eschen ein Schwarm rotglühender Fluginsekten, der sich Witze reißend und ungehörig kichernd in Richtung Straßenbahnhaltestelle bewegt. Kennt ihr den? Vom Pinguin, der im Gambrinus auf dem Postplatz eingekehrt ist, um einen Glühwein zu trinken? Der Wirt hinter dem Tresen kassiert fünf Mark für die Zeche und gesteht dem Pinguin, daß er noch nie einen Pinguin im Gambrinus hat begrüßen dürfen.

Da brauchst du dich überhaupt nicht zu wundern, sagt der Pinguin, bei fünf Mark für ein Glas Glühwein.

Ich huste, mir ist elend. Tabak und Sehnsucht rütteln an mir. Leichtsinn tut weh. Rauch. Rauchgeruch. Qualm in der Stadt.

Am nächsten Morgen muß ich lange warten, ehe ich von den Chefs aufgerufen werde. Die anderen sind schon in den Tageslauf eingewiesen, sie haben Baumsägen, Äxte, Werkzeuge für Winterarbeiten im Park in den dicken Fäustlingen, sie verständigen sich vor dem Geräteschuppen, wo wir zu Arbeitsbeginn beisammenstehen, daß sie vom Bruchholz ein Feuer anzünden werden, wenigstens ein kleines an windgeschützter Stelle. Es ist kalt. Der Atem gefriert. Die Erde ist ein harter Knochen. Dann kommt Gisela dran. Du bist von heute an unser Essenholer.

Ein Urteilsspruch. Gisela weiß nicht, ob das eine Ehre sein soll oder nicht. Sie guckt mich an. Was ich für eine Miene mache. Trübe, weil ich verloren, oder heiter, weil ich gewonnen habe. Ich bin aus Eisen, ich zucke nicht einmal mit einem Augenlid.

Erwischt oder nicht. Ich denke an die leere Suppenterrine mit dem brüllenden Drachen, heroldtgrün, ein Farbgeheimnis, das Maxim mir eines Tages enthüllen wollte. Rot die hungrig lechzende Drachenzunge. Ich denke an Maxim, seine weißen Finger, das flaumbärtige Gesicht, das aus den Trümmern kriecht. Maxim wird Hunger haben. Er wird gewiß wieder an seinen alten Platz zurückgekehrt sein, dort wird er auf die Essenkarre und auf mich warten, so denke ich.

Der Chef mit den leisen Rubbersohlen, Schleicher Rudi, nimmt meine Hand: Dich habe ich nicht vergessen. Er stellt mich in die Mitte. Es ist sein Amt, die Arbeitsaufteilung vorzunehmen. Der lahme Kuno sitzt derweil im Büro neben dem Telefon und vor den Wirtschaftsbüchern. Hat er geredet, hat er mich verpfiffen und fertiggemacht? Haben die beiden Chefs meinen Fall und Giselas Beförderung beschlossen? Schleicher Rudi hält immer noch meine Hand, statt mir Vorwürfe zu machen, setzt er zu einem Lob an, er würdigt meine Arbeitskleidung, die saubere Latzhose, die Wollmütze mit der bunten Bommel. Er deutet auf meine lackglänzenden Gummistiefel. Niemandem sonst als mir könne er eine Aufgabe im städtischen Raum übertragen. Huschhusch die Waldfee. Ab ins Holz mit euch Vogelscheuchen, und du kommst mit.

Im Büro lodern Scheite in einem Kanonenofen. Ein Teekessel dampft. Hier in der Wärme regieren die Chefs. Schreibtisch. Telefon. Das grüne Handbuch *Der Gartenbau* von Eckart Miessner. Ich wische einen Dreckfleck von meinem Stiefel, poliere heimlich mit Spucke und versuche trotzdem aufrecht zu stehen. Fest wie die verzauberte Barbarine, die Felsnadel, in der Sächsischen Schweiz.

Vor dem Bürofenster fuhrwerkt Gisela. Sie ölt die Räder meiner Karre, pumpt Luft auf. Macht Krach mit den Kübeln. Das ist die Wahrheit. Giselas neues Amt und mein Davonkommen. Ich warte mit glühenden Ohren und kaltem Herzen.

Kuno der Lahme erkundigt sich über den Schreibtisch hinweg, wen Rudi ausgesucht hat zum Essenholen. Gisela, antwortet Schleicher Rudi. Die hat die längsten Beine.

Beide Chefs schauen nun sinnend aus dem Fenster. Die längsten Beine und überhaupt, die wird mal ein stabiles Frauenzimmer. Eigentlich ist sie jetzt schon ein ordentliches Weib. Kräftig genug zum Kübelschleppen.

Schleicher Rudi zeigt mir auf dem Stadtplan der Sächsischen Landeshauptstadt Dresden die kürzesten Wege von Bezirk zu Bezirk und die Örtlichkeiten, wo das Elbe-Hotel liegt, dann etwas weiter nördlich auf dem Weißen Hirsch die Parkhotelbar und schließlich noch das Astoria. Dort haben wir an Bühnenrampen, auf Tischen und Säulen Dekorationspflanzen aufgestellt, empfindliche Farne, Palmen, Orchideen, auch Blumen der Saison. Grünzeug, das wir gießen, pflegen und hin und wieder austauschen müssen. Der Kommunale Gartenbau will die Hand auf der gestellten Ware behalten. Es ist besser so, weil wir *selbständig wirtschaftlich Rechnung* führen. Wenn die Kellner oder Hausmeister gießen, dann könnten wir uns von unseren teuren Cattleyen gleich verabschieden. Das bringt nur Verlust. Schöne alte Palmen, Farne, Schmuckstücke aus dem Botanischen Garten, entweder läßt der Laie die Pflanzen vertrocknen, oder sie werden von ihm ertränkt. Er macht keinen Unterschied zwischen Moorbeetkulturen und Sukkulenten aus der trockenen Steppe.

Dekoration pflegen. Das ist mein neues Amt. Die beiden Chefs sind sich einig, einer muß es ja machen. Eli, warum nicht Eli. Eli mit den Gummistiefeln und den flinken Beinen. Es soll keine Strafe sein. Im Gegenteil. Touren-Eli. So bestimmen es die ahnungslosen, in ihrer Welt lebenden Chefs. Und mein Schicksalslenker hat nichts dagegen.

Jeden Tag in aller Frühe wandere ich in die Lokale. Ich brauche keinen Stadtplan. Ich kenne mich aus. Ballhaus Watzke. Parkhotel Weißer Hirsch, Rednerpulte, Bühnen, die wir mit unseren Blumen und Blattpflanzen schmücken.

Eine größere Karre. Gießkannen. Meine Aktentasche mit den Geräten. Schere. Messer. Zwei Hippen, kleine Kralle. Handspaten. Manchmal ein Eimer voll guter Erde. Tontöpfe. Gelegentlich eine Kiste mit Pflanzen zum Austauschen oder Umgestalten.

Ich bin eine schwimmende Insel, ein schnell wandernder Hügel mit kleinen Schluchten, Spalten und Rissen. Eine täglich eilig vorüberziehende Erscheinung, frierend und grün.

Ich bin die erste, aber ich gehöre zur Schichtbrigade des vorigen Tages, also bin ich eigentlich die letzte vor Feierabend. Ich klopfe ans bunt verglaste Kellerfenster. Der Oberkellner öffnet mir die schwer verschlossene Tür. Meist mit einem französischen Wort zum Tage und Bonjour, Jardinière. Hier, wo in der Nacht an langer Stange die Mäntel hängen, deponiere ich die Karre, meine Geräte.

Der Oberkellner knipst die eiserne Laterne aus, die draußen über der Tür noch brannte.

Hinter einer Schwingtür aus Milchglas, auf der, symmetrisch, das feine Wort Bar steht, führt eine Treppenkurve direkt hinab in den roten Samt. Rote Lampenschirme. Rauch. Salmiak. Kräuterschnapsgeruch. Ein schwarzes Gebirge, die unter Wachstuch hockenden Musikinstrumente. Gewölbenischen. Braun suppende Sickerrohre. Und auf allen Simsen, freien Ecken und Podesten mein schmückendes Grün. Ölbäumchen und Läuseblumen. Der Oberkellner pfeift, zählt Trinkgeld, räumt Gläser und säubert Aschenbecher mit einem Pinsel, den er am Gürtel unter der Kellnerschürze trägt. Die rotsamtenen Fenstervorhänge bleiben zugezogen, bis unsere beiden Putzperlen, wie der Oberkellner sie nennt, mit eigenen Schlüsseln, Lappen und Eimern zum Dienst erscheinen. Die

Besoffenen, die in der Fachsprache Säcke heißen, hat Heinzelmann, der zweite Kellner, schon an die frische Luft bugsiert. Die Russen-Offiziere sind noch im Dunklen und ohne Aufsehen über die Straße durchs Kasernentor ins frühere Lahmann-Sanatorium abtransportiert worden. Meist hängen nur noch drei Sitzenbleiber auf den roten Sofas herum. Einer hat Schuhe und Socken ausgezogen. Er behauptet, daß er auf Glasscherben tanzen könne. Musik, er fordert Musik. Einen Marsch auf dem Klavier. Er schmeißt Gläser gegen die eiserne Schmucksäule im Tanzflächenrund. Am liebsten Tulpen mit langem Stiel. Keiner traut sich, den Wüterich aufzuhalten. Hat er nicht längst Barverbot? Der Einlaß ist schuld. Der Mixer mit seinen Sto Gramm, Wodka pur oder Goldwasser oder Jägermeister, der nicht nur aus dem Kellerklo, sondern auch noch draußen in den gefrorenen Pfützen über den Weißen Hirsch hin stinkt. Säuerlicher Gebirgskräuterduft.

Mein Grünzeug hat die Betriebsamkeit überlebt. Die vorige Nacht und diese. Die Nachtbar im Parkhotel ist eine Spelunke.

Wer sagt denn, daß die Nachtbar im Parkhotel einen schlechten Ruf hat. Spelunke, wer sagt denn so was? Fürchte dich nicht. Es sind immer dieselben. Der barfüßige Wüterich. Ein adliger Schriftsteller mit bürgerlichem Pseudonym, der sich unter Heinzelmanns Assistenz seine Schlußzigarre ansteckt. Andersherum. Wie denn? Noch mal umdrehen! Als hätte eine Zigarre drei Möglichkeiten. Zwei Damen vom anderen Ufer, Drübenelbische, sagt der Oberkellner, die müssen warten, bis die erste Standseilbahn bergab fährt, denn die Plattleite hinunterlaufen, das schaffen sie nie und nimmer. Es sind zweihundert Stufen, fünf oder sieben Stufen hintereinander, dazwischen immer wieder steiles, stufenloses Gefälle. Ich habe für die Karre einen besseren Platz gefunden. Hinter der Garderobe eine Abstellkammer mit Vorhängeschloß. Zinkkannen mit langen Rüsseln. Steckbrausen. Aber wo nehme ich Wasser her? Aus dem Hahn in der Küche. Es ist eine Notlösung, bis Bierfässer im Hof unter den Fallrohren aufgestellt werden. Regenwasser, ein Wunsch, den ich geäußert habe. Regenwasser ist besser. Die Bühnenrampe im großen Gewölbe zieren im Wechsel weiße Cyclamen in Zwanziger-Töpfen, üppige Exemplare, und Asparagus mit lang herunterhängenden Wedeln. Ich gieße, zupfe die welken Blüten. Vergesse nicht, die spendierte Faßbrause auszutrinken. Bei einem zweiten Glas sage ich, nein danke. Ich muß weiter. Zu Fuß die Plattleite abwärts. Tu uns den Gefallen, nimm die Weiber mit. Schaff sie uns vom Halse. Wenn ich keine Karre bei mir habe, dürfen sich Marianne und Annemarie rechts und links an meine Arme hängen. Eine muß die Gießkanne, die andere die Aktentasche tragen. So gehts im tüchtigen Gefälle bergab. Erst auf steilem Weg, dann ohne Rhythmus die vielen Stufen. Meist zählen sie bis zwölf, dann fangen sie an zu singen. *Weißer Holunder* oder *Du Du ich weiß nicht was ich tu.* Unten am Körnerplatz setze ich die fröhlichen Damen auf eine Bank. Der Berufsverkehr hat angefangen. Gedränge in der Straßenbahn. Da können sie bestimmt nicht umfallen. Wiedersehen, bis morgen. Ich versuche, mit guten Worten davonzukommen.

Aber die beiden haben schlechte Erfahrungen gemacht. Bitte laß uns nicht sitzen. Nimm uns mit, nimm uns mit, wie die fertigen Brote im Märchen, so hängen sie an mir. Ich kommandiere, wir marschieren eins und eins im Gleichschritt über die Elbbrücke hinüber zum Schillerplatz. Sie halten sich an mir fest. Erst im Elbe-Hotel Demnitz kann ich sie ohne Spektakel direkt an der Theke unterbringen.

Das Elbe-Hotel ist meine nächste Station. Dort wartet ein Tanzsaal auf mich, kalt wie eine Turnhalle, undurchdringlich wie eine Kaserne. Eine offene Bühne, dunkler Kulissenraum, Orchestergraben, Scheinwerferanlagen. Ein Ausweichquartier. Weil die Theater in der Innenstadt kaputt sind, wird Marinelli hier seine Zauberkunststücke vorführen. Das Modehaus Bormann hat schon Plakate aufgehängt. Manchmal muß extra Dekoration gestellt werden. Azaleen aus der Gärtnerei Laubegast. Blütenzauber. Die Bühne gleicht einem Wolkenhimmel, wenn Kurtchen Henckels kommt oder Fips Fleischer. Das Kinderballett Morena braucht einen russischen Wald für die Hexe Babajaga und einmal pro Woche einen Baum, von dem das Kleid für Aschenputtel herunterfallen kann. Bäumchen, rüttel dich, schüttel dich, wirf Gold und Silber über mich. Der Baum, ein Lorbeerkübel, steht hinter dem Klavier. Wieder voll Asche und Flaschenkorken. Dreimal in der Woche steht Gesellschaftstanz auf dem Programm. Mittwochs schon am Nachmittag. Wie früher unter Stabführung von Donnerhag mit dem Tanzorchester Grünweiß. Deshalb haben die Chefs Chlorophytum comosum für die Dekoration ausgewählt. Die Lanzettenblätter haben grünweiße Streifen wie die Sachsenfahne oder wie der Orchestername. Es ist ein widerstandsfähiges Kraut mit Speicherwurzeln, so kann ich auf Vorrat reichlich Wasser geben. Und Tage auslassen, an denen ich die Damen kurz und bündig neben der Theke absetze und ganz allein neben dem verdeckten Schlagzeug und dem zugedrehten Zapfhahn sitzenlasse. Viel Vergnügen, bis morgen.

Mein lebenstüchtiges Sachsengras braucht mich nicht. Es gedeiht heute ohne mich. Adios, und bin schon unterwegs. Zu Fuß Richtung Hotel Astoria.

Ich suche Maxim.

Im Ruinengelände der Winterbergstraße habe ich bald nach seinem Verschwinden wie vom Himmel ein Zeichen von ihm gefunden. Den Löffel, mit dem er immer gegessen hat. Er lag unter der abgeschlagenen Hand von einer Torfigur. Ich denke, der Löffel kommt nicht vom Himmel, den hat er versteckt oder vergessen oder hingelegt, damit ich ihn finde, damit ich Bescheid weiß. Jederzeit und überall.

Den Löffel trage ich stets bei mir. Wenn Maxim wieder erscheinen sollte, in den Ruinen der Winterbergstraße oder woanders, dann habe ich seinen Löffel in der Tasche. Falls du ihn suchst, hier ist er. Inzwischen löffle ich manchmal damit. Wenn ich satt oder schlau werden will, oder wenn ich Sehnsucht habe.

Sonntags ist die Sehnsucht am größten. Anton hat sich mit Alice auf die Socken gemacht. Wandern, Klettern oder Skilaufen, auf Tagestour in die Heide oder über Nacht in der Bofe am Schant in der Nähe vom Kuhstall. Ich weiß nicht, ob Alice ihn lockt oder ob die Angst ihn hinaustreibt. Anton läßt sich nicht gerne kriegen. Er arbeitet jetzt mit Trillerpfeife, weißen Halbärmeln und weißem Mützenbezug in einer anderen Abteilung, er hat dafür eine Theorieprüfung in Fahrzeug- und Verkehrsführung absolviert und inzwischen besondere Praxiserfahrung auf einer Tonne in der Mitte vom Platz der Einheit. Aber Verkehrsaufsicht heißt nicht, daß er nicht zum Einsatz muß, wenn das Kommando nachts oder sogar am Sonntag ans Fenster klopft. Dann muß ich sagen, mein Opa ist nicht zu Hause. Obwohl die Stube voll Rauch hängt. Er raucht jetzt viel mehr. Ich habe noch mehr Angst, wenn ich die Wahrheit sage.

Die erikafarbene Strickjacke paßt mir inzwischen viel besser, ich schließe vorn alle Knöpfe, so sieht man unter dem Zopfmuster meine Figur. Der Triumph mit dem Patentverschluß liegt bereit. Es ist gut, daß ich vorgesorgt habe. Nun wäre es mit dem Kreuzchorsingen sowieso vorbei.

Im Mende-Radio kommt die Sendung *Aus der Neuen Welt* mit Peter von Zahn. Ich höre Peter von Zahn jetzt jeden Sonntag. Er wohnt in Michigan, oben im Norden der USA, im zentralen Tiefland, in der Nähe von großen Seen, wo es noch riesige Eichen-, Eschen-, Walnuß- und Ahornwälder gibt, auch Sumpfgebiete mit Zedern und Lärchen findet man viel. Eine Kälte, wie sie bei uns im Winter 47 war, ist dort keine Seltenheit. Seine Kinder erzählen am Mikrofon, daß sie mit dem Auto in die Schule gefahren werden und daß sie für den Briefträger weit vom Haus entfernt eine Mailbox haben. Peter von Zahn ist ein Dresdner, weil er in Dresden-Hellerau geboren wurde, im Januar, wie Papa, aber er ist noch vor dem Krieg fortgezogen, weil er eine Engländerin geheiratet hatte. Manchmal kommt seine Frau zu Wort. Es stimmt nicht, daß die Amerikaner alles wegwerfen, sie haben einen Apparat, den man an Waschtagen anstellt, um die Wäsche zu waschen, auch für Teller gibt es eine Maschine. Wenn Peter von Zahn spricht, wird meine Sehnsucht noch größer. Er hat eine Stimme, daß ich denken muß: das ist Papa. Papa, wenn ich ihn hinter der Tür mit Mama reden höre. Ich liege im Bettchen mit dem Seidenhimmel und lausche den beiden, während der Lindenbaum mit verknacksten und verdrehten Gelenken schlenkernde Schatten durch das Fenster wirft. Lauter Stelzenläufer, die hinfallen, um schnell wieder aufzustehen. Schnell auf und davon. Zwischen den Häusern der Altenzeller Straße. Mein Herz, wir lassen uns keine grauen Haare wachsen. Aber Mama findet doch ein graues Haar auf Papas Seitenscheitel. Das erste! Das hebe ich mir auf. Papa tut so, als habe das Auszupfen seines grauen Haares sonst wie weh getan. Ich höre, wie beide lachen. Mama legt das erste graue Haar von Papa in die Bibel auf die Seite 528. Merk dir die Stelle. *Der Arme ist ohne Trost, aber der Fleißige ohne Ruhe, selbst die Könige ohne Sicherheit.* Papa hat einen Gestellungsbefehl bekommen. Ich merke mir zu dem amtlichen Brief vom Heeresamt Dresden-Süd das Lachen und die Seitenzahl 528. *Sehr geehrter Herr von Zahn! Ich sende Ihnen zum Osterfest verbunden mit freundlichen Grüßen zur Erinnerung die hölzerne Nachbildung der Frauenkirche zu Dresden, jenes Meisterwerkes der Baukunst des Barockkünstlers Georg von Bähr. Der Schlitz in der berühmten Kuppel, der sogenannten Steinernen Glocke, läßt Sie unschwer erkennen, daß es sich bei dieser hübschen Nachbildung, die aus dem Familienbesitz meines Großvaters Anton stammt, um eine Sparbüchse handelt. Was Sie oben hineingesteckt haben, können Sie mit leichtem Druck gegen das Blechtürchen im Boden wieder herausholen. Der Schlüssel ist leider abhanden gekommen. Wie auch das belohnende Spielwerk nicht mehr beim Sparen funktioniert. Mein Großvater und seine groben, habgierigen Brüder haben den Mechanismus zu ihrer Knabenzeit leider zerstört. Sie können das Werk jedoch immer noch in Betrieb setzen und hören, wenn Sie beigelegtes Drahthäkchen durch die untere Klappe im Inneren bis zur Kuppel stoßen und dort, wo sonst der durch den Schlitz gesparte Groschen drauffallen müßte, die von unten erkennbare Blechplatte anstoßen und mit einem leichten Ruck links einmal vorsichtig zur Seite ziehen. Es erklingt dann das Glockengeläut im Arrangement der Glocken unserer Frauenkirche noch vor der Zerstörung. Sie können sich bestimmt noch erinnern: Jesaja, David, Philippus, Hanna, Maria, Josua, Jeremia, Johannes. Auch ich habe die Glocken einst gehört. Nach der Renovierung während des Krieges sind wir in der Kirche drin gewesen. Wir haben auf Empore D gesessen. Jehmlichs haben die umgebaute Silbermann-Orgel ausprobiert. Am nächsten Tag mußte Papa an die Ostfront. Seitdem ist er nicht wiedergekommen. Übrigens Portal D steht noch, ein Barockrest, inmitten des Trümmerberges. Den auf die Nase gefallenen Martin Luther auf dem Platz vor der Frauenkirche hat man in diesen Tagen wieder auf den Sockel gestellt. Wenn Sie mehr wissen wollen, so geben Sie mir Nachricht. Sonntags fünfzehn Uhr. Immer Ihre Raphaela*

Wie schickt man eine Sparbüchse nach Amerika? Keinesfalls auf dem normalen Postwege. Per Gurkenglas mit der Strömung der Elbe nach Hamburg, dann in die Nordsee und in den Atlantik, das wäre eine Möglichkeit, aber so etwas braucht Zeit. Es braucht Jahre und viel zuviel Glück. Ich verstecke das verschnürte Päckchen in meiner Aktentasche unter Handwerks- und Regenzeug. Mütze. Löffel. Ich weiß unterdes, wie ich es anstellen werde.

Das Ballhaus Watzke liegt in der Neustadt direkt an der Elbe.

Für Tanzveranstaltungen wird es wegen der sanitären Bedingungen und der eingeschränkten Heizmöglichkeiten nicht mehr genommen. Aber Gartenvereine oder auch Laientheater und Solisten, die keine Rauchpausen im Programm haben, dazu an eine Bühne nicht viel Ansprüche stellen, mieten den Saal. Auch Delegiertenversammlungen auf Kreisebene finden hier immer noch statt.

Das Ballhaus ist vor Feierabend jeden Tag meine letzte Station.

Die Chefs haben die große Palette hergefahren. Monstera deliciosa und südliche Sansevierien. Ein Rednerpult braucht frisches Grün. Zu Füßen der rot eingekleideten Präsidiumstische unsere schönsten Kalthausfarne. Nephrolebis vor allem, aber auch Pteris wimsettii, einige gut gewachsene Zimmertannen, Araucaria excelsa, die setze ich terrassenförmig und kreuzweise im Verbund.

Ich putze aus, gieße und zähle die Pflanzen. Meist sehe ich auf einen Blick, daß wieder einer einen Topf geklaut hat. Asparagus, Spargelkraut, wie die Leute es nennen, das wird am liebsten gestohlen. Die Saalmieter müssen die Verluste nicht auf ihre Kappe nehmen, solange noch andere im Haus sind, solange der Saal nicht verschlossen werden kann. Ich stelle einen neuen Topf in die Lücke. Ich rede nicht darüber.

Das Ballhaus ist groß. Unter dem Saal befinden sich gewaltige Gewölbe, wo früher die Brauerei war. Die Braukessel sind abgebaut worden. Kriegsreparationen. Ab nach Kiew, so hieß es.

In diesen Räumen unter dem Saal sitzt jetzt die SPOWA. Zwei Frauen stapeln Sportbekleidung in die Regale. SPOWA-Jacken, Luftgewehre, Springseile, Keulen, Touristikanzüge, solche Sachen. Neben der SPOWA ist in den freien Gewölben der Zentrale Versand der Kunstblume Sebnitz untergekommen. Packerinnen und Handwerker. Überall, auch auf der Treppe, stehen ihre Kartons, vollgepackt mit naturgetreuen Vergißmeinnicht, Seidenveilchen, Maiglöckchen, samtenen Stiefmütterchen mit allerliebsten Gesichtern, Orientalischer Mohn, wunderbar geformte Knospen, hauchfeine Blüten, Rittersporn, Gladiolen, wie echt aussehende Orchideen. Kunstwerke, die von hier aus in die Welt reisen werden. Von Sebnitz via Dresden nach Mexiko, Venezuela. Ich studiere die Orte, Kundenaufträge rund um den Erdball. Schiffsfracht über die Ozeane und über den Ärmelkanal nach England, Buckingham-Palast.

Sebnitzer Blumen für die Hüte der Queen. Für Mama Queen und für die junge Elisabeth. Blaue Rosen, blaues Laub, alles blau, komisch, nicht immer unsere Geschmäcker, trotzdem, wir sind stolz, daß wir es genauso gemacht haben, wie sie es haben wollen. Manchmal wie echt, manchmal in unnatürlichen Farben. Maler pinseln ja auch, wie sie wollen: blaue Pferde, grüne Gesichter.

Numerierte Paletten stehen in Reihe. Partielisten klemmen an den Kartons. Was versandfertig gepackt ist, kommt bald hoch in die Halle. Im Durchgang zum Saal steht die Waage, eine Weltkarte hängt an der Wand. Wenn alles beisammen und ein Stempel auf den Lieferschein gedrückt worden ist, werden die Handwerker zum Wiegen und Verschnüren gerufen, dann bin auch ich zur Stelle. Scheu am Rande. Zwischen den Kisten. Eine nicht ganz geglückte Seidenkamelie im Latzhosenknopfloch. Hinter der roten Blume verstecke ich meine Neugier.

Kunst ist Kunst, sagen die Männer. Das Zeug mußt du nicht gießen. Das hält sich ewig und länger.

Stimmt, sage ich und beobachte, wie sie es machen. Ohne die Deckel noch einmal hochzuheben, nageln sie die Kisten zu. Dann wird gewogen und die Zollbanderole draufgekleistert. Zum Schluß dreimal groß und leserlich die in Druckbuchstaben geschriebenen Adressen.

Es ist nicht schwer. Ich muß nur warten, bis eine Lieferung mit der richtigen Anschrift im Durchgang steht. Ich habe Glück. Die Kiste geht nicht nur über den Atlantik, sondern direkt nach Michigan, Lansing, in eine *Factory Toys And More.* In einem günstigen Augenblick stelle ich meine Aktentasche neben die Kiste, entnehme den verschnürten, an Herrn von Zahn, American Broadcasting System, Lansing, adressierten Karton, darin Sparkirche nebst Bedienungsanleitung, und plaziere den Karton unter einer Schicht Seidenpapier zwischen künstlichen Frühlingsblumen. Please do send to the correct address. Thanks.

Handwerker verschnüren die Kiste, kleistern das Etikett

auf den Deckel, drücken in einen Klecks klebrigen Lack einen Stempel. Ob das Klauen aufgehört hat, wollen die Männer von mir wissen, denn aus erklärlichen Gründen war die Schuld an der Kunstblumen-Abteilung hängengeblieben. Vielleicht hat mal eine von den Blumenmädchen was Echtes haben wollen, richtige Erde, Dreck und Fäulnis.

Nicht der Rede wert, erkläre ich ihnen. Wegen dem bißchen Asparagus sprengerii. Wir haben noch genug von der Sorte im Kalthaus. Die Handwerker hieven die versiegelten Überseekisten auf einen LKW.

Ich bin unterwegs. In der Altstadt und in der Neustadt. Ich bin verantwortlich für die Dekoration. Daß die Topfpflanzen gegossen werden und auch nach vielen Tagen noch schön aussehen, in der Bar vom Parkrestaurant auf dem Weißen Hirsch, im Elbe-Hotel, im Ballhaus, im Hotel Astoria, wo neue Teppiche liegen und Regierungsgäste wohnen.

Weil die beiden Chefs Monatsbeurteilungen und einen neuen, besseren Betriebsplan schreiben müssen und weil ich mich bewährt habe in Pflanzenkunde und Ordnung, soll ich den nächsten Auftrag von Anfang an ohne Chefanweisungen in die Hand nehmen.

Ich gestalte im Ballhaus Watzke ein Rednerpult.

Aus Laubegast lasse ich weiße Azaleen kommen, reinweiß mit günem Schlund, Sorte Bergkristall, Fünfziger-Durchmesser, vier Hoch-, vier Halbstämme brauche ich mindestens. Für die Delegiertentische bestelle ich zwölf Kisten Schneeprinz, eine weiße Sorte mit rötlichem Strich. Von Topf zu Topf lege ich Bänder aus Efeu, auch um das Rednerpult von Hochstamm zu Hochstamm winde ich eine Girlande. Aus dem Depot besorge ich mir einen größeren Zweiradwagen, um noch mehr von dem Efeu, der sich als Wildwuchs unter den Sträuchern im Park ausgebreitet hat, ins Ballhaus zu transportieren. Ich kann das Geschlinge bestens gebrauchen. Meterlange sattgrüne Ranken. Vom Schneeprinz habe ich nachbestellt. Draht, Hammer, Schere, meine

Messer samt Wetzstein, Lappen, Putzzeug, neuerdings auch Fensterkitt, Fasenzieher und einen Glasschneider habe ich im Handgepäck in der Aktentasche. Eine hohe Leiter trägt der Hausmeister herbei. Es ist die alte Leiter der Fensterputzer, die seit Jahren nicht mehr benutzt wird. Der neue Kollege putzt nur die unteren Scheiben, und zwar mit Glas-Fix und Gummiwischer.

Die Kunstblumen-Sebnitzer stehen in der Tür. Donnerwetter. Der Saal blüht schon jetzt wie für eine Fürstenhochzeit und duftet sogar. Ich bin immer noch bei der Sache. Für den Kronenleuchter erbitte ich warmes Wasser und Imi.

Aus den Lampenfassungen in den verschlossenen Garderobenräumen, aus Kammern und aus den baufällig abgesperrten Marmortoiletten schraubt der Hausmeister gute Glühbirnen heraus. Was von früher noch übriggeblieben ist. Das Glas glänzt, die Lüster strahlen. Efeuumschlungen, Kränze und Schlaufen über dem Arm, steige ich die zirkelspitze Leiter hinan, ich winde das Grün um das böhmische Kristall, lasse Kaskaden fließen. In die heiter lockeren Efeuschaukeln binde ich überall junge weiße Azaleen mit rötlichem Strich. Weil nun einmal die Leiter im Saal steht, putze ich die Spiegel zwischen den Fenstern.

Funkeln, von hüben und drüben spiegelndes Efeugrün, weiße Azaleen, Schneeprinzen, denn ich habe auch über die Spiegel blütendurchwirkte Girlanden gehängt. Ich drahte und nagle, damit die Gebinde nicht runterfallen. Der Hausmeister hat längst wieder Sparlicht gesetzt, bei aller Gefälligkeit, er muß schließlich das Kontingent bedenken und den Feierabend. Nun mach aber einen Punkt: Weißt du, wie spät es ist. Es ist gut, daß er mir die Leiter wegnimmt. Nun kann ich nichts mehr putzen oder aufhängen, ich kann nur noch mein Handwerkszeug zusammenpacken und die Stühle schnurgerade ausrichten und am Schalter neben der Tür zum Schluß schnell noch einmal das volle strahlende Licht anknipsen. Ich lehne mich innehaltend gegen die Wand. Purpurrot leuchten die langen Delegiertentische. Dunkles Efeugrün. Strahlende Azaleen. Im Hintergrund das Rednerpult wie eine weiße Wolke. Fürstlich, königlich. Glänzend wie ein Bankettsaal in einem Palast. Der Hausmeister klappert mit dem Schlüsselbund. Fehlen nur noch Sektkübel, silberne Tabletts mit Wiener Schnitzel und ringsherum Spargel, Zuckererbsen und junge Karotten, Mischgemüse. Er muß es zugeben, denn früher hat er hier als Oberkellner für zweihundert Gäste in einem Streich manches Siebengängemenü auftragen lassen: So schön war der Saal des Ballhauses nie.

So ist auch am Zwingerteich das wiederaufgebaute Kronentor mit den vier frisch vergoldeten polnischen Adlern. Schöner denn je. So nennen wir die Kreuzkirche in ihrer neuen, mahnenden Schlichtheit. Auferstanden: In nie gekannter Schönheit oder *Schöner denn je.*

Im Morgendämmer, während die vollgequetschte Straßenbahn am Ballhaus Watzke in die Kurve biegt, weiß ich allein, was hinter den hohen dunklen Ballhausmauern auf die Delegierten des Stadtbezirkes wartet. Glanz. Ich drücke meine Stirn gegen das kalte Glas des Perronfensters. Keine Müdigkeit mehr. Meine Träume fliegen.

Am nächsten Tag in der *Sächsischen Zeitung* ein Foto. Das Rednerpult, die weiße Azaleenwolke, dahinter irgendwo ein Redner. Nicht einmal die Haarspitzen sind zu erkennen. Darunter steht: *Hermann Matern vor den Delegierten des Stadtbezirkes Nord. Für Einheit, Frieden und Völkerverständigung.*

Den Rücktransport der Azaleen übernimmt ein LKW. Ich belade die Karre mit dem welken Efeugestrüpp. So schließt sich der Kreis. Watzke bleibt immer meine letzte Station. Danach laufe ich auf der Neustädter Seite an der Elbe entlang dem luftig barocken Trümmergebirge der Stadt entgegen, der Oper, der Hofkirche, Schloß, Georgentor, Brühlsche Terrasse. Fensterhöhlen, hohle Türme, zackige Silhouetten. Brückenpfeiler. Ich laufe jeden Tag, denn ich habe mich an die Strecke gewöhnt, es macht mir nichts aus, wenn es regnet. Ich liebe nasse Straßen, nasse Kohle riecht gut, ich liebe die kaltfeuchten Trümmer. Ich freue mich an ihren langen zinnfarbenen Schatten. Auch meinen Schatten habe ich gern. Er spielt mit mir. Er kennt meinen Weg. Die Sonne ist unser König. Je nachdem wie spät es geworden ist, hängt er in verschiedenem Rot, manchmal wie Eisenglut, zwischen Speicher und Zigarettenfabrik. Oder Majestät ist bereits hinter der gläsernen Kuppel verschwunden. Noch so ein Wunder. Wir sagen: Steine sind zu Schutt und Asche geworden, die gläserne, bunt leuchtende Moschee, die *Yenidze*, die Zigarettenbude, hat den Feuersturm überlebt. Glänzend im Abendlicht. Wenn ich die Brücke erreiche, krieche ich aus mir heraus und spanne die Flügel. Mit einem Fahrrad wäre das alles um mich herum vielleicht noch schöner oder mit einer Schreibmaschine oder in einem von Mama geschneiderten Glockenrock. An Tagen, wo ich keinen Karren schiebe, lasse ich einen Stock neben mir her spazieren. Es ist mein Terrain. Unter der Brücke der Blutstrom. Der Fürstenzug. Der Bauplatz am Altmarkt. Die platt aufgeräumte Fläche, wo früher das feste Quartier von Zirkus Sarrasani war, das neue Stadtgrün und der alte Park. Der Botanische Garten.

Die heile Welt meiner Kindheit war ein milchschöner fotofarbener Tag. Ein Spätnachmittag, fast schon ein Abend.

Als der Ort noch eine unzerstörbare Welt mit sichtbaren Menschen war, ist es Abend gewesen. Ich zwischen Mama und Papa auf dem Heimweg. Lindenduft, dabei der Himmel voll Schnee. Die Fensterverdunkelung macht die Stadt zu einer finsteren Burg, aber wir stolpern nicht, weil wir die Ecken und Winkel, die Mauern und Stufen, den Straßengeruch mit unseren Nasen überall ganz genau kennen. Wir haben an diesem Abend meiner Kindheit etwas Außerordentliches erlebt. Eine Zirkusreiterin. Ein Orgelkonzert in der Frauenkirche. Die Weihnachtsausstellung im Albertinum. Lichterpyramiden und ein winzig kleines lebendiges Dörflein im Erzgebirge. Bergwerke. Silberstollen und nicht größer als mein Daumen die schaffenden Menschen. Während alle auf und in der Erde sich regen, arbeitet ein Engel von oben herab. Er schwebt hernieder und segnet die Welt. Er benutzt dazu ein Glöckchen, einen puppenkleinen Fingerhut. Klingbing. Für einen sehr kurzen Augenblick ein hell erleuchteter Bäckerladen, wo wir hineingehen und auf Brotmarken etwas Gebackenes kaufen. Ein Brötchen aus Weizen.

Der nächste Augenblick war bereits ein gestriger Tag.

Ein Tag wie heute.

Heinrich, der schlesische Großvater, hat geschrieben, Rußlandheimkehrer sind drüben im Westen angekommen. Es sollen nun die letzten Gefangenen gewesen sein. Was heißt denn die letzten? Heißt das die allerletzten? Man kann nur weiterhin hoffen. Anton hat nichts gesagt zu dem Brief. Er hat ihn nur hingelegt, damit ich ihn lese. Großmutter hätte das gleiche geschrieben, aber anders, mit einem Trotzdem. Großmutter konnte gar nicht schreiben. Sie hatte es nie gelernt. Der Großvater hat immer für sie mit geschrieben. Jetzt nicht mehr, jetzt schreibt er für sich allein, tunkt die Feder ins Tintenfaß, wartet auf Ruhe in seiner zitternden Hand, setzt einen langen lateinischen Bogen. *Unsere Susanne und Elis Papa Paul kenne ich bloß als solche, die nie nicht schlappgemacht haben.* Schreibt für sich allein, so hoffnungslos vom Hoffen.

Anton schiebt das Tintenfaß, den Block und das Linienblatt auf dem Tisch über die Grenze auf meine Seite, ganz weit in mein Revier, wo ich mit meinen Gedanken sitze. Schreib du den Antwortbrief fertig. Daß wir wohlauf sind, habe ich ihm schon mitgeteilt.

Eli, schreib du.

Mein erster Satz heißt: Kommst du uns mal besuchen, die Frage stelle ich in jedem Brief. Ohne daß wir je darauf eine Antwort erhalten. Heinrich reist nicht, lesen wir zwischen den Zeilen.

Anton sitzt auf dem Sofa hinter dem Qualm, der aus der Untertasse steigt. Eine glimmende Kippe wird Asche und Rauch.

Ich weiß, was es auf sich hat mit der doppelten Verneinung in Großvaters Brief. Eigentlich, so rufe ich schlau, heißt das Ende bei zweimal nein nach der deutschen Grammatik im schlimmsten Fall ja. Schlapp. Verloren. Verlustig gegangen.

Anton hat die neue Zigarette im Mundwinkel vergessen. Ich sehe aus der Ferne, wie drüben auf seiner Seite des Tisches die Asche sich neigt und langsam fällt. Mit der Wahrheit trösten. Das machen die Narren.

Eine Viertelstunde lang läuten die Glocken. Auch die benachbarten von Peter und Paul und die von der Apostelkirche. Alle Kirchen der Stadt. Es ist der 13. Februar. Sie läuten von einundzwanzig Uhr fünfundvierzig bis zweiundzwanzig Uhr. Fünfzehn Minuten, länger hat der erste Bombenangriff vor sieben Jahren nicht gedauert. Vollalarm. Moskito-Jagdflugzeuge mit Christbäumen, die das Quartier markieren. Der Luftschutzwart steht in der Haustür. Heute sind wir dran. Er hält mich nicht auf, weil es in dieser Minute im Hauptbahnhof einschlägt. 770 Lancaster-Bomber. 31100 Luftminen. Sprengbomben, Brandbomben. Ein Feuersturm von 1000 Grad. Man verbrannte, erstickte, verdorrte, wurde zerfetzt oder erschlagen.

Eigentlich bin ich tot.

Auf dem Gelände mit den Schweizer Straßennamen, im früheren Schweizer Viertel, sollen bald ein paar neue Häuser gebaut werden. Zwei- und Dreizimmerwohnungen mit Bad und Zentralheizung. Weil dort alles kaputt war, die Häuser nur Trümmerhaufen und Bombentrichter, die Straßen aufgerissen, verglüht, hat man nach und nach das brauchbare Material, bergeweise geputzte Ziegel, Stahlträger usw., abgeräumt und danach die Fläche als Grünanlage planiert. Wer könnte jetzt noch sagen, wo die Altenzeller Straße, wo das

Haus Nummer 41, in dem wir, sieben andere Familien und der Hauswart, bis zum Bombenangriff gelebt haben, einmal war. Und doch habe ich die Stelle erkannt. An einem Bäumchen in meiner Größe.

Peter von Zahn hat sich gemeldet. Er grüßt seine Hörerinnen und Hörer in Mitteldeutschland. Er sagt die *zahlreichen*, weil er mich nicht allein mit Namen nennen will. *Herzlich willkommen an den Rundfunkgeräten. Guten Morgen, liebe Landsleute.* Mir kommen wieder die Tränen, weil er spricht wie Papa. Diesmal noch deutlicher. Ich halte die elektrische Schnur, damit ich sofort den Radiostecker ziehen kann, falls Anton nach Hause kommt. Aus. Ich will nicht, daß er die Stimme erkennt. Ich fürchte, daß er mit seinen auf Alice und Oper eingestellten Ohren gar nicht hört, wer über den Ozean zu uns spricht. Peter von Zahn wie Papa. Ich schreibe an Peter von Zahn einen Brief. Vorläufig, bis sich eine Gelegenheit zum Abschicken über die Paketpost der Sebnitzer Kunstblumenfabrik ergibt, verstecke ich meine Mitteilungen unter der Matratze. Ich habe ihm viel zu erzählen.

Sehr geehrter Herr von Zahn, der Aufbau Ihrer Heimatstadt geht voran. Man kann im Zwinger wieder durch das Kronentor gehen und Karpfen bewundern. In der Grunaer Straße hat man im Dreiersystem nach der polnischen Kowaljowmethode einen Wohnblock gebaut. Und nun soll es mit dem Aufbau weitergehen, wo wir gewohnt haben. Mama, Papa und ich. In der Altenzeller Straße im Schweizer Viertel. Wir vom Kommunalen Gartenbau haben die Stauden, die vor einigen Jahren hier auf freier Fläche nach bulgarischem Vorbild in einer einzigen Nacht gepflanzt worden sind, dieser Tage in einer einzigen Nacht herausgenommen. Sie sollen in der Stadt, rings um das Stalindenkmal, ein neues, farbenfrohes Unterkommen finden. Dort wollen wir in diesem Jahr keine roten Salvia splendens nana setzen. Wir pflanzen zur Zeit gar keine roten Sterne mehr. Nur noch bunte englische Rabatten.

Was ich Ihnen heute als etwas sehr Staunenswertes berichten möchte, ist vom dendrologischen Standpunkt gar kein Wunder. Sie wissen vielleicht, daß nicht immer das, was besonders alt aussieht, wirklich alt oder gar das Älteste auf der Welt ist. Dies trifft auf fast alle Pflanzen zu, die sich durch Rhyzomen, also Wurzelschößlinge, vermehren. Sie nennen vielleicht eine knorrig krüpplige Felsenkiefer in den Rocky Mountains sehr alt, dabei aber ist ein kleiner, zierlicher Frühjahrsblüher, die Anemone vernalis z. B., um vieles älter. Sie blüht jedes Jahr neu und mit den Jahren fern vom ursprünglichen Ort und ist doch immer die alte Anemone. Die frischen Blüten sind nicht, wie Sie vielleicht denken, Kinder und Kindeskinder, wie bei einem durch Samen vermehrten Löwenmaul oder eben wie bei jener Felsenkiefer, sondern sie ist es immer noch selbst. Die einzige Anemone. Und da es die Natur so hält, habe ich in dem früheren Wohnquartier, wo die Lancaster-Bomber und in den folgenden Jahren unsere Planier- und Pflanzarbeiten drüberhingegangen sind, schließlich doch den Platz finden können, wo das Haus gestanden hat, in dem Papa und Mama wohnten und ich an einem Dienstag im Februar eine silberne Kugel, Bastelzeug und mein sechsjähriges Leben hinaus ins weithin flammende Inferno gerettet habe. Die Linde, in hiesiger Gegend, wie ich heute weiß, eine höchst seltene Tilia cordata, unser in Trümmern und Bombentrichtern versunkener, im Feuer verbrannter Hausbaum, hat aus den jüngsten Geschiebeschichten der Erde heraus an der Kante der neuen Wegbefestigung einen Schößling getrieben. Erst zierlich, aber zähe, nun schon armdick und ungefähr so groß wie ich, einen Meter und siebenundsechzig, und er zeigt bereits den erfreulichen Ansatz einer spindelartigen Krone. Ich muß nicht zweifeln, das Laub, das noch vom Herbst unten liegt, sagt eindeutig Cordata. Meine Erinnerung trügt mich nicht. Es sind die kleinen, etwas schiefen, herzförmig goldenen Blätter, die ich leidenschaftlich wie Laurin, der Zwerg des Reichtums, gesammelt und in meinen vermeintlichen Schutzbau getragen habe. Wie Sie wissen, lieber Herr von Zahn, haben wir in der Stadt viele seltene Bäume. Manche Rarität in nicht wenig Exemplaren. So haben wir in meiner

Nachbarschaft eine Platanenallee, und in der Parallelstraße gibt der botanisch kuriose Ginkgo biloba auf beiden Seiten sommers ein üppiges Straßengrün. Ich kann Ihnen sagen, daß die Früchte des Ginkgo furchtbar stinken. Nicht so die Cordata. Sie ist wahrlich immer noch selten und duftete im Juli ganz wunderbar.

Der Duft der Cordata, der liefert mir den Beweis zum Beweis. Meine Nase erinnert sich. Hundertprozentig, genauso lindensüß hat es vor unserem Stubenfenster zur Sommerszeit gerochen.

Das Terrain ist abgesperrt. Gartenbauleute haben den Mutterboden, der inzwischen über dem Geländer gewachsen ist, zwei Spatenstich tief abgetragen und sichergestellt. Jetzt wird mit einer Planierraupe ein Plateau für die neuen Häuser freigeschoben, der Schutt weggefahren. Ein Bagger steht bereit.

Wenn ich auf meinem täglichen Rundweg vorbeikomme, steige ich über Bretter. Ich verbummle die Zeit. Vielleicht entdecke ich in einer Grube eine Erinnerung. Die verbotene Schere, die ich zum Schluß auf dem Tisch liegengelassen habe. Die Einweckgläser im Keller, von denen ich manchmal träume. Eingekochte Erdbeermarmelade. Schlesische Blaubeeren. Der Baggerführer erklärt mir, daß sie gar nicht bis in die verschütteten Keller hinunter graben werden. Das neue Betonfundament wird wahrscheinlich drübergegossen. Trotzdem bleibe ich lange. Auch weil ich hoffe, daß wir bald ohne Schaden an die Wurzel der Cordata herankommen können. Ich habe extra einen Handspaten mitgebracht. Der Baggerführer sagt, man kann schlecht einen Bogen fahren. Man müßte einen Spezialgreifbagger für die Steinbrocken haben.

Die kleine Linde steckt tief.

Die Bauarbeiter haben sich Mühe gegeben, doch es war nichts zu machen.

Mein Handspaten, meine zehn Finger, die kratzten nur unsinnig in der Erde herum. Man mußte sich wundern, daß das Bäumchen so lange seinen Platz behauptet hatte, ein störender Wildling an der Grenze einer parkartig kultivierten Fläche, die über dem Trümmerschutt ausgebreitet worden war. Ein Teppich, auf dem man gehen und vergessen konnte.

Ich denke, der Standort an der Grenze war ihre Chance. Die Chance der Tilia cordata.

Weitere Chancen nicht ausgeschlossen. Irgendwann in hundert Jahren, irgendwo an einem guten Platz in einem Riß im Beton treibt der Schößling einer inzwischen als Art vergessenen Linde. Im Sommer ein betörender Duft. Futter für Bienen. Wie es dermaleinst war.

Für die vergangenen Monate haben mir die Chefs in Pflanzenkunde und Ordnung eine Eins bis Zwei gegeben. Vielleicht bekomme ich das nächste Mal eine glatte Eins.

Bei der Raum-, Bühnen- und Tischdekoration gilt wie sonst im Leben sehr häufig die Regel: Weniger ist stets genug. So jedenfalls haben mich die Chefs in einem Lehrgespräch unterwiesen. Zurückhaltung, Sparsamkeit. Betriebsökonomie. Wenig ist mehr. Die Farbe Weiß gehört immer dazu, und die teure Pflanze gehört nach vorn, damit der Betrachter das Kostspielige nicht übersieht, oder doch mehr in den Hintergrund, damit die wertvolle Pflanze nicht gleich geklaut oder als Aschenbecher benutzt wird.

Meist übernehmen die Chefs die Auswahl der Pflanzen und die Ausrichtung des Dekors. Mir obliegt das Gießen und Pflegen. Wenn mir einmal ihr Aufbau gar nicht gefällt, versuche ich vorsichtige Korrekturen. Aber so, daß es hoffentlich niemand merkt. Sachsengras muß nicht Topf an Topf gedrängt werden, besser ist ein lockeres, vielleicht sogar in der Höhe gestaffeltes Band. Man braucht recht viel leere Blumentöpfe, aus denen man einen unauffälligen, aber wirkungsvollen Unterbau gestalten kann.

Die berüchtigte Parkhotelbar auf dem Weißen Hirsch, wo sie neuerdings Aquarien mit Wasserpflanzen, Schwertfischen und sogar einen Käfig mit einem sprechenden Kakadu als Schmuckelemente besitzen, versorge ich eigensinnig mit Sommerblumen. Ich hole die Blumen vom Komposthaufen oder unter dem Packtisch hervor. Reste von unseren Blumenfeldern, Abfall, Blumen, die zu kurz oder zu lang sind, Blüten, die in der Farbe oder in der Form nicht stimmen. Aussortierter Morgenschnitt. Den setze ich in Wassereimer. Wenn ich mit meiner Karre am Ziel ankomme, haben sich die Blumen wieder erholt. Die Dahlien strahlen. Die Nelken duften.

Der adlige Dichter hält sich gern, wenn er in der Frühe keine Zigarre mehr hat, zum Trost eine meiner rosa Chapeaunelken unter die Nase. Er packt mich am Ärmel. Mein Rauschengel, tuschelt er in mein Ohr. Oder er nennt mich holde Gärtnerin. Weil er noch seine Zeit braucht, um nüchtern zu werden. Ich habe Anton von dem bekannten Dichter erzählt, nicht zu verwechseln mit dem anderen, der noch bekannter ist und auch hier auf dem Weißen Hirsch wohnt, von dem es heißt, daß er ebenfalls manchmal ins Parkhotel kommt, allerdings am Tage, oben ins Wiener Café. Der zweitbekannte liebt Nelkenduft. Und Geselligkeit. Wenn er mich nicht erwischen kann, redet er mit dem Kakadu. Er versucht ihm das Heil-Hitler-Krächzen zu verbieten. Das hat der Vogel in jungen Jahren gelernt. Kakadus können älter werden als Menschen. Die erzählen noch den Ururenkeln, was früher mal war.

Heil Hitler.

Halt die Schnauze, Hansi, sonst kommst du in die Soljanka. So schimpft nun auch der Koch, der allen zum Tagesanbruch Tassensuppe serviert. Besagte Soljanka. Ich bin verpflichtet zur Diskretion. Das Bargeschehen, der Gast am Tresen mit den Hundertmarkscheinen, geht mich nichts an. Es geht mich nichts an, was sie für Lieder singen und wer von den Zeitungsgesichtern hier war. Ob mit ein oder zwei beschwipsten Damen. Die Umtriebe am Morgen, besonders was die russischen Offiziere betrifft, die eigentlich nichts in der Bar des Parkhotels zu suchen haben. Aber rausschmeißen? Das traut sich nicht mal der Oberkellner, der mir jeden Tag, als wäre er der Lokalchef, ein großes Glas Brause spendiert. Ich verteile die Blumen. Die Servierkellner ärgern sich über die dicken Buketts auf den kleinen Tischchen. Kaktusdahlien, Straußenfederastern und meterlange Gladiolen, Lilien. Weil keine Vasen mehr zu finden sind, zeigen mir die Küchenfrauen die Sauergurkengläser hinten auf dem Hof neben den leeren Flaschen. Wir sind hier keine Blumenschießbude und auch keine Bauernwirtschaft, wir sind eine Nachtbar, wo die Tische für Cocktails, Gespräche und Gästebeziehungen, auch für Aschenbecher und Menükarten frei bleiben müssen. Die Kellner blicken finster auf mein Treiben. Ich bin eine unabhängige Institution. Kommunaler Gartenbau. Ich handle im Auftrag und auch nach meinem Gewissen. Blütenzauberei, wer kann mir die verwehren.

Ich bin der Meinung, daß sich Alice endlich um die Wäsche von Anton kümmern müßte. Wenigstens um die weiße. Die weißen Röhren, die er zum Verkehrsregeln über die Unterarme zieht, den weißen Bezug, der täglich frisch über die Tellermütze gespannt wird. Die weiße Jacke, die er in der Stadtmitte für besondere Regelanlässe trägt, die muß fast nach jedem Einsatz abgekocht, gebleicht und mit Schmierseife gescheuert werden, wenn Alice wenigstens die Verantwortung für diese Jacke übernehmen würde. Alice macht keine Anstalten. Dafür kauft Anton einen Waschbär. Eine Hilfe für mich. Ich weiß ja längst, daß es so was gibt. Maschinen für die Wäsche. In Amerika. Unser Bär ist eine neue Erfindung. Er wurde von den Restingenieuren in den Werkstätten der ehemaligen Schiffswerft Übigau als Massenbedarfsartikel für die werktätige Frau entwickelt. In Antons Firma, wo er das Nieten und Schweißen gelernt und bis zum Umsturz gearbeitet hatte. All die Jahre, außer der Zeit der Arbeitslosigkeit. Da saßen alle zu Hause. Er und seine Brüder. Und haben auf Emma 1 gewartet. Mutter Emma war die einzige, die auf Arbeit ging. Sie hatte jeden Tag Tabak mitgebracht und gute Laune und einen Hering. Der Hering mußte für alle reichen. Wir saßen mit unseren Pellkartoffeln um den Tisch. Der Hering hing an einem Strick von der Decke genau in der Mitte. Zum Dran-Lecken. Das war eine schöne Zeit. Antons Meinung. Keine Lüge, aber auch nicht das, was ich ihm glauben kann. Ein Hering am Strick.

Anton hatte das neue Waschgerät bei Heckerts und Sohn bestellt. Er hat es abgeholt. Er packt es aus dem Karton. Eine elektrische Glocke mit einem kräftigen Stiel. Reinigt nach dem Prinzip Ultraschall. Anton muß die Beschreibung nicht lesen. Es gibt nur einen Dreh. Ein. Aus. Mehr ist da nicht. Wunderbar, nun brauchst du kein Einweich-Imi mehr, und du mußt nicht mehr auf die Bleichwiese mit der weißen Jacke. Du hängst die Glocke in die Wanne, steckst den Stecker in die Stromdose. Ein Daumendruck auf den Schalter, und schon geht es los. Man kann eben immer noch zu dem, was es gibt, etwas Brauchbares dazuerfinden.

Anton versteckt die Wehmut und auch die kleinen Zweifel. Der Glaube gewinnt. Wenn du die Hand ins Wasser hältst, spürst du, was mit der Wäsche passiert. Ihr wird aus allen, auch den verstecktesten, Fasern und Nähten mit allerfeinsten Schwingungen jeder Dreck und Fleck ausgetrieben. Die noch feineren und letzten Endes wirksamsten Schwingungen merkst du selbst überhaupt nicht mehr, die merkt nicht mal ein Hund oder ein Frosch, der ja in den Schenkeln sehr sensibel gebaut ist. Denke beim Frosch an die galvanisierten Schlüssel und die Taschenlampenbatterie. Die allerfeinsten Schwingungen merkt nur die Wäsche. Deswegen das Ultra im Namen. Ultraschall Waschbär. Die Mützenbezüge, die Ärmelschoner, die Jacke wie neu. Schneeweiß wie nie.

Anton hätte das Ding am liebsten auseinandergenommen. Die Schweißnähte aufgemacht, die ihn, den alten Schiffsbauer, an alte Zeiten erinnern. Mal sehen, was drinsteckt an schlauen Drähten. Er klopft mit dem Knöchel ringsherum, oben und unten: Nicht viel drin, klingt hohl. Den Rest von Skepsis schiebt er selbstkritisch auf seinen heimlichen Neid und auf die Umstände, die wir uns eingebrockt haben mit dem Krieg. Schiffe bauen, das ist vorbei. Für Anton und für Mitteleuropa. Man muß froh sein, daß wir überhaupt noch Brot und Elektrisch haben zum Leben. Der Waschbär hat einen Mantel aus Zink. Ein Material, das nicht zu hart und nicht zu weich ist und eine Korrosionsschicht bildet. Nach dem Waschen lasse ich den Bär trocknen, und so muß er laut Gebrauchsanweisung aufbewahrt werden: sicher und vor Hitze- und Kälteeinwirkung geschützt. Ich sperre ihn in den Kleiderschrank. Anton muß sich nun, wenn die Motorradstreife zum Einsatz trommelt, ziemlich dünne machen in seinem Versteck.

Alice hat Mut. Sie wagt viel für uns. Am meisten für Anton. Sie klaut Reiseraucherkarten und Diätweißbrotmarken aus ihrem Schreibtisch im Nährmittelamt. Zum Einkaufen fährt Anton bis in die Rähnitzgasse, oder wir laufen mit den Diätmarken nach Moritzburg, weil wir denken, da kennt uns keiner. Der Kammersänger kommt regelmäßig ins Amt, im Hut ein Kuvert mit Opernkarten.

Bei den Reiseraucherkarten macht Anton mit Tabak-Reinsch halbe-halbe. Sie sind schließlich Nachbarn und alte Kämpfer aus Zeiten des Spartakusbundes.

Mit Reinsch redet Anton über alles. Über Herbert Wehner. Früher ihr Dresdner Kumpel im Bund, heute drüben bei Adenauer ein großes Tier und zwischendurch wer weiß wo und mit wem. Vielleicht redet Anton auch über Alice. Was er an ihr hat und wer sie ist. Emma 2 noch einmal. So sieht Alice aus. Man braucht sich nur das Emma-Foto auf dem Vertiko anzusehen. Das Gesicht, der Blick, die etwas spitze Nase, die dunklen Naturlocken. Was du allmählich erkennst, die Buchstaben ihrer Schrift gleichen sich, als hätte ein und dieselbe Person die Backrezepte und Strickmuster im alten

Haushaltsheft und nun auch die Mitteilungen, die Alice manchmal für Anton durch die Tür schiebt, geschrieben. Ohne Linienblatt grade Zeilen. Jeder Buchstabe klar und lesbar. Immer neue Ähnlichkeiten. Alice ist allerdings größer als Emma und damit ein ziemliches Ende größer als Anton. Das ist ein Unterschied, und da sie nichts dafür können, ist so ein Unterschied wie ein gutes Geschenk. Nur in der Oper, wenn sie vorn sitzen, ist Alice das Großsein peinlich, weil sie den Leuten in den hinteren Reihen die Sicht nimmt. Sie sitzt mit Anton lieber Rang Seite, das hat sie dem Kammersänger mit freundlichen Worten nahegebracht. Deswegen reicht Gottlob Frick statt der besonders guten Ehrenkarten nur noch zweimal *Rang Seite* über den Tresen. Setzt zum Abschied seinen Hut auf. Stets gut gelaunt, beim Heimgehen stets mit einem Überraschungskuvert von Alice unter dem Filz. Wohlverwahrt, was sie an Markenschnipseln gesammelt hat, unverändert reichlich: Fett. Fleisch. Seifenabschnitte, sortiert und mit Stecknadeln zusammengeheftet. So ist Alice: zuverlässig und rücksichtsvoll. Auch Anton sitzt gern im Rang, am liebsten dort, wo er den Dirigenten von der Seite sehen kann.

Anton macht sich fein. Auf Alice warten, das ist Antons liebste Beschäftigung. Er zieht das Grammophon auf und heult vor Freude bei der bestimmten Stelle in der Altrhapsodie von Brahms. Manchmal sperrt er den Mund auf und haucht, ich soll bitte mal riechen. Ich rümpfe die Nase. Raucheratem. Du stinkst, sage ich. Darauf nimmt er eine Pfefferminzpastille aus der Dose von Tabak-Reinsch. Warten ist das beste. Wenn sie kommt, küßt sie ihn gradezu auf die Augenbraue. Zuerst nur, wenn sie dachte, ich sehe es nicht, inzwischen aber immer. Sie könnte den Jahren nach seine Schwiegertochter sein, meine junge schlesische Mama. Ich suche in meinem Gedächtnis, ob ich ein Bild von ihr habe. Meine Mama Susanne im fröhlichen Feldblumenkleid. Alice kommt, um Anton abzuholen. Entweder fertig für die Oper oder, was mir besser gefällt, in Kniestrümpfen, Wanderhosen, mit Rucksack, Seil und Haken, Drillichjacke und geringelter Mütze, die ich ihr gestrickt habe. Ohne Bommel, nur mit einem kecken bunten Schweineschwänzchen, das habe ich mit einem selbstgebauten Strickliesl gemacht. Mit dem Strickliesl, einer leeren Garnrolle, vier zu Ösen gehämmerten Nägeln, stricke ich zur Zeit für Antons Trillerpfeife zum Umhängen eine rote Kordel.

Einmal habe ich ihn auf dem Platz der Einheit auf hoher weißer Tonne gesehen. Seinen konzentrierten Blick, der weit über der Stadt auf einer fernen Bühne ruhte. Fußgänger, mehrere Straßenbahnlinien, aus allen Himmelsrichtungen konnte schließlich ein Auto kommen. Ich bin nicht hingegangen. Ich habe ihn in seiner Vorstellung nicht gestört. Er hatte sogar einen Taktstock. Einen schwarzweißen Stab. Wahrscheinlich dirigierte er *Lohengrin*, Elsa von Brabant, wie sie grade in A-Dur die Szene betritt. Musik und späte Liebe. Alice, sein Leben.

Ich lief mit der Karre neben dem Bürgersteig, ich kam vom Parkhotel. Über den Platz der Einheit wollte ich nun in Richtung Stadt. Er hat mir mit dem Stab den Weg freigegeben, hat meine ratternde Karre, ohne mich zu erkennen, schwungvoll auf Tempo bedacht, am Kreuzpunkt vorbeidirigiert. Das Quietschen, wenn die Straßenbahn die Kurve nimmt. Das Knistern der Bügel an der Oberleitung. Klickklackende Weichen. Knatternde Fahnen. Eine Fahrradklingel. Lauter Töne, die mein Anton von der Tonne herab zu einem Konzert vereint. Piano, molto piano. Wie ich ratternd elbwärts verschwinde.

Einmal trug die ganze Stadt plötzlich eine Tarnkappe. Gegen Mittag hatte es mit rauchigen, aber geruchlosen Schleiern angefangen. Als stürzten Wolken vom Himmel in die Straßen. Als stiege Nebel auf. Dampf aus allen Spalten und Löchern der Stadt.

Hochnebel. Flußnebel. Talnebel, Flächen- und Strichnebel, alles, was es an Nebel gibt, hatte sich über jede meteorologische Erfahrung hinaus zusammengefunden und hatte stetig vom frühen bis zum späten Nachmittag die Stadt am Ende total verschlungen.

Autos und Straßenbahnen müssen stehenbleiben. Radfahrer müssen absteigen und schieben, zum Schluß wissen auch die Fußgänger nicht mehr, wohin sie den Fuß setzen müssen, um den Weg zu finden. Nach Hause. Irgendwohin in Sicherheit. Es sei früher schon einmal unheimlich dicker Nebel durch das Elbtal gezogen, aber so einen gab es noch nie.

Ich taste mich straßab vom Münchner Platz, wo ich im Landgericht eine neue Dekoration in Pflege genommen habe: vom Höhennebel hinunter in das undurchsichtige Talweiß. Man sieht die Hand nicht mehr vor den Augen, das ist kein Sprichwort, sondern eine tückische Wahrheit. Man verliert zuerst die Richtung, dann den Weg, das letzte Ufer, die Pflasterkante, man tastet seitwärts, tritt ins Leere, stolpert gefährlich, irrt über eine zerbrochene Brücke, die Carolabrücke, dort setzt der vorwärts tastende Fuß womöglich statt ans andere Ufer ins Nichts. Freier Fall durch die Wolken. Kaltes Wasser. Die Verräterin Elbe. Mama auf der anderen Seite. Papa im Kessel. Papa sagt, ich soll endlich schwimmen. Kopf hoch und Beine wie ein Frosch. Mama baut eine goldene Brücke. Die älteste Brücke der Stadt. Sie ruht auf fünf festen, in künftigen Zeiten unzerstörbaren Pfeilern. Die Friedensbrücke.

Nebel. Der Horizont hat mich eingeholt. Es ist sogar besser, die Augen zu schließen. Schwarz ist besser als undurchsichtiges Weiß. Die Finger helfen dem Gedächtnis.

Das sind die darunter und dahinter liegenden Räume, die Räume, die einst waren oder die sein könnten, wie die Räume, die sind. Ich taste mich an der Brüstung entlang. Auf die andere Seite. Hinter mir liegt die Altstadt. Ich taste, ich bin mir sicher. Sandstein. Trümmerteile vom Narrenhäusl auf der Neustädter Seite. Links von mir in den Büschen greife ich einen steinernen Fuß. Stalins steinernen

Stiefel. Platz der Einheit. Sonst nichts. Weiter nichts als Nebel. Wo ich genau in der Mitte Antons weiße Tonne finden müßte, trete ich auf weichen Grund. Erde. Dafür brauche ich keine Augen. Ich spüre das grüne Gras und die Blumenrabatten. Es ist mein Beruf. Unterdes ist eine Stille ausgebrochen, als wäre ich die letzte, die immer noch ihren Heimweg sucht. Der Nebel bewegt sich nicht mehr. Der feige sächsische Wind ist samt Rauch und Staub und allem, was sonst herumfliegt, in diesem weißen unbelebten Schlund verschwunden. Wenn ich stehenbleibe, höre ich mein Herz, wenn ich rufe, höre ich aus der Richtung, wo ich das erste Hochhaus Europas vermute, ein Echo, meine gepreßte Stimme: Anton? Über mir, unsichtbar aus Himmels Höhen oder wie aus dem Äther, eine aufgedrehte Radiostimme: Eli, wo kommst denn du her!

Ich habe Anton gefunden, den einzigen Menschen im stadtweiten Nebel, sein Hosenbein. Ich erkenne die knallrote Kordel, die verchromte Trillerpfeife. Das Koppel mit der Pistolentasche, in der er die Zigaretten und das Vesperbrot bei sich trägt. Seine Ohren, die Nase, die nebelweiche Tellermütze. Ich erkläre ihm, daß ich mich vom Münchner Platz bis hierher durchgeschlagen habe.

Was willst denn du auf dem Münchner Platz?

Ich habe im großen Saal des Landgerichts das Grünzeug gegossen.

Nächstens stellst du Blumen auf die Schlachtbank im Schlachthof, sagt Anton, weil er sich über unsere Vielseitigkeit wundert und immer denkt, meine Ausbildung in der Landschaftsgestaltung käme zu kurz.

Ich erzähle ihm, daß ich im Schwurgerichtssaal für einige botanische Raritäten ganz allein die Verantwortung trage. Die müssen feucht gehalten und ins Licht gerückt werden. Ich erzähle ihm nicht, daß ich auf dem Rückweg oft an der Baustelle im Schweizer Viertel vorbeigehe. Der Lindenschößling ist umgekommen. Ein Trümmerbrocken liegt noch am Wege. Darauf ein eingekratztes Kreuz und Zahlen:

9 Frauen, 11 Kinder, 3 Männer. Warum sollte ich darüber reden.

Das kann nicht ewig dauern, sagt Anton. Aber es kann lange dauern. Wir fassen uns an den Händen, los gehts. Richtung Neustädter Bahnhof. Aber wo ist der Bahnhof. Jetzt könnten wir schon an der Ecke sein, wo wir abbiegen müssen. Die Nase stößt an ein großes WARUM. WARUM DER FRIEDEN SIEGT. Es ist die Litfaßsäule an der Leipziger Straße.

Huhu, jemand hat huhu gerufen. Wir rufen huhu und folgen. Neben uns ruft es huhu. Huhu ist plötzlich zu einer Idee geworden. Eine Idee, so schnell wie der Schall. Alle im Nebel aufgelösten Dresdner rufen huhu. Wie Mehlstaub huhu. Wir folgen unserem Huhu, und plötzlich sind wir am Goldenen Lamm, plötzlich sind wir zu Hause.

Anton holt Alice vom Nährmittelamt zu uns herüber. Man muß aufpassen, daß die dicke, undurchsichtige Suppe nicht ins Haus kommt. Schnell die Türen zu. Die Schlüssellöcher zustopfen.

Anton und Alice stehen am Fenster. Sie fassen sich an den Händen, weil wir zusammenhalten müssen, nehme ich auch eine Hand. Alices Finger sind kalt. Anton sagt: Alice, ich lasse dich nicht von hier bis nach Mickten.

Alice wohnt in Mickten am Sachsenbad, normalerweise ein Sprung. Der Nebel zwingt. Wir sind aufeinander angewiesen. Wir haben ein freies Sofa, allerdings im Korridor, den ich passieren muß, wenn ich auf unser Klosett will. Ich muß durch unsere Stube, wo sich Antons Schlafstatt befindet, und durch unseren Korridor. Ich habe ihre Hand genommen. Ich starre durch die Zimmerlinde auf das weltverhüllende Weiß. Was dieser Nebel wohl noch bringen mag, wo das Leben wohl einmal enden wird. Alice wird bei uns bleiben, sie fängt womöglich an, unsere kleine gemeinsame Stube umzuräumen, und Anton macht mit. Das Vertiko, die Sessel. Sie ziehen das Grammophon auf, fangen an zu tanzen, zu kochen. Alice will sich die Haare oder sonst was waschen. Die Schuhe hat sie schon ausgezogen. Sie steht in Seidenstrümpfen auf dem Teppich, in beiden Fersen schon größere, liederliche Löcher. Eine nach oben unter den Rock rennende Masche. In diesem Augenblick, man muß an einen Zauberstab denken oder, technisch, an eine Kulissenmaschine, an Seilwinden, die in aller Eile künstliche Haufenwolken nach oben in den Theaterhimmel befördern, steigt vor meinen Augen und vor Alice und Anton das ganze dicke, bettschwere Weiß vom Erdboden auf, rasch, Meter für Meter, die Stadt kommt nach stundenlanger Abwesenheit wieder zum Vorschein. Man sieht wieder durch. Das Nährmittelamt, das Straßenpflaster, jeder einzelne Katzenkopf ist wieder da. Die Mauer, der Eisenzaun, die Hortensien. Alles am alten Platze, sogar etwas schöner, gelackt, gewienert, aufpoliert. Leben. Jemand öffnet drüben ein Fenster. Im Windhauch eine Gardine. Ein Hut, ein Staubmantel betritt die Straße, Dietrich Dubbert in Care-Paket-Sachen wie ein amerikanischer Stenz. Wo der hingeht, das soll mir egal sein. Die Frage ist, was die Experten morgen im Radio zu der kosmischen Erscheinung sagen werden, und vor allem, ob es jetzt dabei bleibt mit Alice. Ich beobachte Anton. Ich schaue auf Alice. Die beiden stehen wie ein Denkmal in Thule. Ultima-Thule, reglos, inwendig, nun erst recht wie allein auf der Welt, als müßten sie ab jetzt gar keine Meinung mehr haben.

Es bleibt dabei. Es ist der Tag, an dem Alice das erstemal bei uns übernachtet.

Ich habe es längst gespürt. Habe gesehen, wie eingebildet lustig und manchmal krebsrot im Gesicht Gisela mit der Essenkarre im Betriebsgelände einbiegt. Es kann schon Zwölfuhr geläutet haben, aber sie beeilt sich nicht. Sie kommt gemütlich durch das hintere Tor, dabei immer noch so, daß man ihr Faulheit nicht vorwerfen kann. Die Langsamkeit, das ist Giselas Taktik. Wenn ich nicht unterwegs bin, in der Nachtbar oder im Ballhaus oder im Landgericht, sondern mit den anderen in den Gewächshäusern oder im Freiland arbeite, kann ich beobachten, daß sie erst dreißig Minuten nach dem Läuten bei uns ankommt. Den beiden Chefs ist das egal, sie passen nur auf, daß wir nicht länger als eine halbe Stunde essen und Blödsinn machen. Die meisten haben nichts dagegen, daß es schon wieder später geworden ist. Je später wir Mittag essen, um so zeitiger wird Feierabend.

Arbeit hat sehr viele Namen. Umtopfen, Kästen abdecken, Stellagen umräumen, immer das gleiche oder was zu den Jahreszeiten gehört. Huschhusch die Waldfee, unter solchen Sprüchen. Erde mischen, Erde karren, Erde schaufeln. Wir haben eine Norm, einen Dreijahres- und einen Halbjahresplan, dazu Selbstverpflichtungen, die verschieden lange dauern. Über Monate lernen wir zu Ehren von Dr. Nüßlein lateinische Pflanzennamen. Jetzt sind wir bei den Bäumen Nordamerikas angekommen, bei den dreizehn Populus-Arten, die es dort gibt. Unsere Chefs wollen, daß wir im Park einen Kindersportplatz bauen. Dabei können wir Traversen- und Wegebau lernen, die Schichtungen, das verschiedene Material. Steinplatten beschlagen.

Im Büro und daneben in der winzigen Küche hängt je eine römisch bezifferte Wanduhr mit einem eiligen roten Sekundenzeiger. Draußen über dem Bürofenster befindet sich ein elektrisches Horn, das Beginn und Ende der Arbeitszeit und die Pausen signalisiert. Ein Tuten, das die Spaziergänger weithin in den Blumenrabatten des Parks erschreckt. Bis zum Carolasee hört man das tierische Heulen. Wer auf dem Brett über dem Frühbeetkasten beim Jungpflanzen-Pikieren eingeschlafen ist, der wird in der Sekunde aus dem Traum ins Leben gerissen. Mit lahmen Beinen und einem Sonnenstich. Mittag oder Feierabend? Das letzte wäre das beste.

Ich besitze ein Kochgeschirr, darin wird, wenn ich unterwegs bin, meine Mittagsportion aufgehoben. Sobald ich von meinen Außenstationen zurückkomme, sehe ich nach, was drin ist. Ich könnte das Essen im Wasserbad auf dem Elektrokocher vorsichtig aufwärmen. Aber mir schmeckt es besser gleich und kalt. Meist bleibe ich in der Küche. Ich stülpe einen Eimer um und nehme das Kochgeschirr auf den Schoß.

Während ich auf dem Eimer sitze und löffele, wäscht Gisela die Näpfe, die Kübel. Sie scheuert und räumt, uns gehört die Zeit. Wir reden darüber, was uns am besten schmeckt und wieviel wir davon essen könnten. Aber Gisela hat gar keinen Appetit. Auch ich bin satt. Eigentlich will ich überhaupt nichts mehr essen.

Gisela schüttet das Spülwasser mit Schwung in die Fliederbüsche. Ich habe immer noch Pause. Noch zehn gemütlich schöne Minuten, aber daraus wird etwas anderes, wahrscheinlich ein Augenblick der Wahrheit, wo gutes und schlechtes wie Salz und Zucker zum Verwechseln ähnlich aussehen. Giselas Stimme.

Du kennst doch Maxim?

Sie wartet nicht, daß ich es zugebe, sich achtet nicht einmal auf meinen Schreck. Sie sagt gleich: Du dachtest vielleicht, er ist verschwunden. Er ist nicht verschwunden. Er ist da. Er hat sich eine andere Ruine gesucht. Er hat sogar eine Eingangstür und eine Adresse. Ich gehe jeden Tag mit der Essenkarre bei ihm vorbei.

Sie zeigt mir einen lilablauen Fleck unter der Bluse zwischen ihrem Hals und der Schulter. Hier siehst du, ich liebe Maxim.

Gisela füttert Maxim. Jeden Tag. Wie früher ich. Sie liebt ihn. Wie ich oder wie? Was Gisela damit meint, wenn sie sagt: ich liebe Maxim, verbiete ich mir zu fragen. Es ist eine sehr große Frage. Statt dessen erkundige ich mich, wie sie es macht bei Kartoffelpuffern oder Koteletts, wo die Stückzahl stimmen muß. Gisela sagt, daß sie immer einen Esser mehr unterschreibt in der Verwaltung, das habe noch keiner gemerkt. Weil keiner die Listen prüfe. Es gäbe gar niemanden in der Verwaltung, der dafür da sei. Keinen Listenprüfer. Keinen, der zählt. Niemanden, der sich um Ziffern kümmert.

Es entstehen Lücken in unserem Gespräch. Weil ich sprachlos bin. Weil ich erfahre, wie Gisela es macht mit ihren Geheimnissen, die eigentlich meine sind. Mein Löffel. Maxims Löffel. Ich löffle den Rest aus, wische den Löffel ab. Ich teile ihr mit, daß ich Maxims Löffel bewahre. Was sagt Gisela? Maxim ißt mit Besteck. Er kriecht nicht mehr aus dem Kellerfenster wie in der vorigen Winterbergruine, er hat eine Eingangstür, eine Adresse und Besteck. Messer, Gabel. Sogar einen Kompottlöffel. Gisela hat listige lustige Augen und eine Mäckifrisur wie Romy Schneider in dem Film *Wenn der weiße Flieder wieder blüht.* Die Frisur hat sie schon lange. Seit sie Essen holt. Ich versuche, an ihrer Seite zu bleiben. Wir arbeiten beide im Kompostrevier. Wir schaufeln. Lauberde. Moorerde. Torf. Wir richten das Sieb für die Komposterde.

Gisela erinnert mich an Maxims schöne weiße Hände. Er ist Bäcker, sagt sie. Deswegen ist er geflohen, weil er kein Bäcker sein wollte. Woher geflohen, auch das kommt heraus, aus Annaberg, wo seine Eltern eine Brot- und Feinbäckerei, fast schon eine Konditorei, besitzen. Konditor, auch das sei kein Beruf für Maxim. Gisela stützt sich auf den Schaufelstiel. Sie erzählt, während ich die Komposterde zu einem Haufen aufsetze, schnurgerade, zu einem ordentlichen Trapez. Eine Erdkröte, die ich auf die Krone meines Werkes gehoben habe, blickt aus klugen goldenen Augen. Ein Rotkehlchen springt von meiner Schaufel auf meinen gestiefelten Fuß. Es ist das Rotkehlchen, das immer dabei ist. Überall und bei jedem. So daß wir uns fragen, ob es immer dasselbe ist oder ob es mehrere gibt, die uns weismachen wollen, daß sie selten sind, einsame Einzelgänger, die unserer besonderen Liebe bedürfen. Bis hinunter in den Fuß, wo der Vogel sitzt, poltert mein Herz. Maxim sei nicht direkt aus Annaberg, sondern vom Sonnenstein geflohen. Von der Burg, wo sie ihn hingebracht haben, weil er in der Backstube seines Vaters verschiedene Zettel unter die heißen Brote gekleistert habe. Englische Sprüche. Germany fini. Da wurde er für meschugge erklärt. Erst für halb und dann für ganz. Es gab allerdings bis zuletzt gefährliche Leute in Annaberg und auf der Burg, die ihn für einen Simulanten gehalten haben. Als die Russen kamen, waren nur noch die wenigsten übrig auf dem Sonnenstein. Auch Maxim war fort, er war geflohen. War verschwunden. War weder auf den Anwesenheits- noch auf den langen Totenlisten zu finden. Sonnenstein, da muß Gisela nichts weiter erklären. Sonnenstein, das ist die Anstalt, wo man hingebracht wurde, wenn man ein unwertes Leben war. Maxim lebt seitdem, wie er will. Er geht nicht zurück nach Annaberg.

Gisela hat für Maxim Rasierzeug und Sachen besorgt. Zigaretten konnte sie ihm keine mitbringen. Er braucht keine, weil er kein Raucher ist. Aber zum Tauschen sind Zigaretten immer noch gut. Ich schenke Gisela eine volle Yenidze-Schachtel. Nach der alten Klaumethode gesammelt. Für Maxim. Unseren Maxim. Maxim besucht die Hochschule. Er drängelt sich zwischen den anderen Jugendfreunden in den Saal. Auditorium maximum, sagt Gisela.

Er hört Vorlesungen. Er ist ein stiller Gast. Ein Gasthörer. Er studiert. Was?

Physik, sagt Gisela. Sie erzählt auch noch, welche Physik, sie sagt, er studiere Metaphysik, sie weiß, wozu Maxim einmal gut sein wird als Metaphysiker. Er kann die Welt von seinem Standpunkt aus ganz genau erklären. Außerdem kennt er den Menschen. Die Grenzen seiner Vernunft und sein Leib-Seele-Verhältnis. Warum die Liebe durch den Magen geht. Ein kausales Problem des Bewußtseins. Ich hänge an Giselas Lippen.

Wie sie so spricht, ist sie meine Freundin geworden. Ich habe ein gemeinsames Interesse. Maxim.

Die Stadt leidet keine schwere Not mehr. Es fliegen wieder ein paar Tauben herum. Auf dem Pflaster vor dem Ballhaus Watzke sammeln sich Spatzen. Es sind Vögel, die womöglich den Kalender kennen.

Einmal in der Woche ist Liefertag. Die Brauereipferde kommen. Wo früher eigene Braukessel standen, muß heute bei Watzke auswärtiges Bier geliefert werden. Der Bierkutscher steckt die Peitsche weg. Er setzt den Bremsschuh. Außerdem schiebt er einen Keil unters Rad. Doppelt hält besser. Dann endlich steigt er in die Lederschürze. Das ist für die Pferde das berühmte Pawlow-Signal. Sie wiehern vor Lust. Die Spatzen eilen herbei. Von der Schürze oder von den Pferden gerufen. Zwei gut gefüllte Freßsäcke, die bekommen die beiden Kaltblüter direkt vor die Mäuler gebunden.

Während die Fässer über Schräge und Rutsche von der Fuhre hinunter in den Keller poltern, haben die Spatzen das Paradies. Hafer fällt, erst vorn aus dem Sack, den die Pferdeköpfe beim Fressen freundlich schwenken, endlich auch hinten. Ein hochgehobener fuchsroter Schweif gibt der Spatzenschar das Signal. Man eilt von Angebot zu Angebot. Von vorn nach hinten.

Die Stadt atmet. Die Bombenangst fährt aus den Tagessorgen in die nächtlichen Träume. Es gibt furchtlose Hunde, die mit alten Frauen in den Nebenstraßen spazierengehen. Gemüse-Müller kaut auf einem Mohrrübenstengel, wenn er seine Ernte in der Neustädter Markthalle verkauft. Das hilft, munter zu bleiben und zu vergessen.

Ich lasse mir im Salon Kruse die Haare abschneiden und im Industriegelände ein Fahrrad vorführen. Da ich keine Naturlocken habe, ist es bei mir schwierig mit einer Wasserwellenfrisur. Alice tröstet. So brauche ich keine Zopfhalter mehr und kann nie mehr welche verlieren. Sie kämmt mich mit einem neuen elastischen Kamm, versucht einen Scheitel zu ziehen, schmiert Pomade, damit sich die Borsten hinter die Ohren legen. Anton sagt: Wie du aussiehst, das ist Körperverletzung. Ich sage: Das muß so sein, denn es ist eine Streichholzfrisur, jedes Haar wird gleichmäßig auf drei Zentimeter Länge geschnitten. Mich selber tröste ich mit dem Winter und meinen Bommelmützen.

Noch ist Sommer. Und in der Apostelkirche kommt es nicht so darauf an. Dem lieben Gott ist egal, wie man aussieht. Anton und Alice nehmen mich mit ins Sonntagskonzert der

Instrumental- und Chorvereinigung Sachsen. Musik der Familie Bach. Wir sitzen auf Seitenplätzen, damit Alice wegen ihrer Größe und ihrem Naturlockenkopf vor dem hinten sitzenden Publikum kein schlechtes Gewissen haben muß. Bevor das Konzert beginnt, wechsele ich auf einen freien Platz in der Mitte. Ich lasse mir nichts entgehen. Es werden bis zu sechsstimmige Choralmotetten mit und ohne Generalbaß gesungen. *Unser Leben ist ein Schatten*, vom Bruder des Urgroßvaters unseres berühmten Johann Sebastian. Dann ein Stück, bei dem die Musikwissenschaftler immer noch streiten, ob es der Vater von Bachs erster Frau, die auch eine geborene Bach gewesen war, also Johann Michael Bach, oder ob es unser Bach selbst komponiert hat. Der Chorleiter wendet sich extra außer Programm an das Auditorium, er muß uns das sagen, viel Wissenswertes, weil er in seinem Element schwimmt. Er sagt: er bade in Bächen. Seine Meinung will er uns nicht vorenthalten, wir werden gleich selbst hören. *Daß meine Augen sehen dich in aller Freud.* Alles spricht für Johann Sebastian. *Dem höchsten Gott allein zu Ehren, dem Nächsten, draus sich zu belehren.* Er redet über mich hinweg, ich sehe die Jackenknöpfe, die impulsive Bauchatmung direkt vor mir, vor meiner Nase der Sonntagsgeruch seiner Hose, über mir sein Gesicht, seine wahrlich sprühende Begeisterung. Eine ansteckende Begeisterung. Herzüberfließend. Während er dirigiert, zähle ich die Frauen im Chor, die er angesteckt hat. Lauter Infizierte, Kranke mit glänzenden Fieberaugen. Jubelnde Stimmen. Ich zähle die vielen Verliebten. Doppelchörig, vielstimmig. Die zwölf Augenpaare im Sopran, die glühend auf sein Zeichen warten, die Sängerinnen im Alt, die heftig parieren, die Schmachtenden, die Schmollenden, die Verschlagenen, die Fordernden, die Verlangenden, deren Schluchzen man klar heraushört. Was die Kehle nicht singt, sagen die Augen, es ruft das erregte Herz. *Fürchte dich nicht, ich bin bei dir, weiche nicht, denn ich bin dein Gott. Ich stärke dich. Ich helfe dir. Ich stärke dich. Ich helfe dir.* In stürmischem Wechsel, bis der Atem ausgeht und die Seele schwebt. Auge in Auge, Herz in Herzen mit dem Chorleiter. *Ich stärke dich, ich helfe dir.*

Anton hatte seinen Musikertraum begraben. Er hatte ihn begraben, bevor er ihn noch geträumt. Etwas anderes ist Alice. Sie ist kein Traum. Sie ist sein Leben. Seine erste Aufmerksamkeit. Auf dem Heimweg fassen sie sich an den Händen. Ich laufe hinterher, nicht nur deshalb, sondern weil ich voll bin mit Musik. Wie eine angeschlagene Glocke. Denken ist besser als Wissen, aber Fühlen ist noch schöner. Ich fühle mich allein. Die beiden reden darüber, ob man in der Kirche applaudieren darf oder nicht. Kommt darauf an, sagt Anton. Alice meint: Bei so einem einzigartigen Dirigenten, da muß man. Der Zauber flieht. Das Wort erstirbt. Weil eine Seele blutet. So eine Liebe läuft manchmal ganz plötzlich Gefahr. Alice tut alles, um den Herzstich zu mildern. Kommt wirklich darauf an. Sie geht immer mit hängenden Flügeln, weil sie größer ist als Anton. Jetzt geht sie geduckt wie eine Entenmutter. Ich lasse mich weiter zurückfallen. Nun ist der Abstand groß genug, ich denke mir Anton und Alice als ein schönes Liebespaar, wahrscheinlich in einem russischen Roman, wahrscheinlich von Puschkin. Besitz spielt keine Rolle. Anton, ein vitaler, in der Stadt lebender Landgraf. Alice, die Tochter eines alten, hoch kultivierten Adelsgeschlechts. Verwandte der Onegins. Ich als Antons Enkelin bin auf dem Land geblieben, komme aber gelegentlich auf Besuch. Immer wenn der Großvater mich sehen möchte, bin ich augenblicklich zur Stelle. Ich reise mit der Kutsche bis zur nächsten Bahnstation, weiter geht es per Expreßzug in einem samtgepolsterten Coupé mit geschliffenen Fensterscheiben, draußen fliegt die Landschaft vorbei. Kuhweiden, Wälder, sanft hüglige Wiesen und Felder, mal ein Fluß, schnell ein See. Im Augenwisch ein Dörflein. Kaum gedacht, bin ich da. Mein Großvater, ich entdecke ihn auf dem Bahnsteig. Übermütig vor Freude winkt er mir mit dem Strohhut entgegen. Ich sehe, ich höre, wie er ruft: Alice wartet. Glücklich. Weil ich angekommen bin, weil aus ihm die Wahrheit spricht, denn tatsächlich, auf dem Vorplatz steht eine noch schönere Frau, als ich sie in Erinnerung habe, sie ist aus einem offenen schneeweißen Daimler ausgestiegen, sie kommt auf uns zu, streckt beide Hände, um mich zu empfangen, sogar zu umarmen. Anton und Alice, sie in blütenfrohem Sommerkleid, er in hellem Anzug, ein glückliches Paar, so spazieren sie vor meinen Augen über den Platz vor dem Bahnhof, wo nichts zerbrochen ist, kein Haus, kein Dach. Die Fenster blitzen. Anton, so will es das Glück, um etliches größer als Alice. Man kann diesem Paar auch von hinten ansehen, wie sehr es zusammengehört. Gepäck müssen wir keines schleppen. Ich bin ohne Gepäck gereist, ich brauche nichts, weil ich das Schönste auf dem Leibe trage.

Maxim braucht eine neue Hose. Wir suchen im Bekleidungshaus Schuppan eine Keilhose aus, weil uns die besser gefällt als eine Überfallhose. Auch Edmond Dantès, der Kapitän des stolzen Schiffes Pharao, hat so eine ähnliche Hose angehabt. Im Film *Der Graf von Monte Christo.* Jeder zahlt die Hälfte. Mein Teil kommt aus der Fahrradgeldschachtel. Gisela hat zur Hose eine Militärjacke aufgetrieben, die wir gemeinsam umgestalten. Gisela trennt überflüssige Teile ab, Schulterstücke, Kragenspiegel. Ich sticke kleine Eichenzweige, Blätter und Früchte auf die Revers und die Ärmelaufschläge, außerdem suche ich im Kommodenschub ungefähr passende Knöpfe. Patronen rollen mir durch die Finger. Ich ärgere mich über die Pistole zwischen der Wolle, mich stört Antons Nachlässigkeit. So etwas gehört unter Verschluß oder in ein sicheres Versteck, jedenfalls nicht in einen Kommodenschub, in dem ich nach Hirschhornknöpfen suche. Ich wünsche mir eine waffenfreie friedliche Kommode. Ich wünsche mir jemanden, der mich hütet und mit mir rechnet. Aber Anton läßt das Zeug einfach liegen. Als hätte ich immer noch keinen Verstand.

Gisela und Maxim haben Eintrittskarten zum *Tanzvergnügen* im Haus der Jugend. Komm doch mit, sagt Gisela. Oder kannst du nicht tanzen? Daß ich keine Eintrittskarte habe, macht mir wenig Kummer, aber wie steht es mit Giselas Anmerkung zu meinen Talenten?

Ich weiß nicht, ob ich tanzen kann.

Ich habe es seit jenen Versuchen mit der Katze nicht wieder probiert. Ringelreihe. Die Katze mußte mir die Vorderpfoten reichen. Und die schlesischen Großeltern, bei denen wir auf Sommerbesuch waren, ein letztes Mal im Dorf an der Katzbach, haben ein letztes Mal gelacht. Beide auf der Bank unter dem blühenden Fliederbusch. Die Katze auf Hinterbeinen und ich im Schmetterlingskleid, ich kann grade freihändig meine ersten Schritte gehen, schon will ich tanzen und schon ist Schluß. Aus der Traum.

Die Katze war mit langem Schwanz und großen Sprüngen über die Wiese gefegt. Die Probierzeit vorbei, der Fliederbusch sonstwo.

Ich weiß nicht, ob ich tanzen kann.

Vielleicht geht es mit dem Tanzen wie mit dem Schlittschuhlaufen und Skifahren, mit dem Bergwandern und auch mit dem Schwimmen, man muß die Beine vom Grund hochnehmen, darf das Atmen nicht vergessen. Die Hände halten die Balance. Wenn man so im Wasser ein Stück vorankommt, ist es gut. Die meisten, besonders Kleinkinder, können das von Natur. Auch singen kann man von Natur. Vieles ist angeboren.

Mit dem Stielbesen im Arm hole ich mir Zuversicht. Haltung wie einst mit der gutmütig auf Hinterbeinen tappenden schlesischen Katze. Schritte vor und zurück. Musik tönt aus dem Trichter des Grammophons. Drehen. Wahrscheinlich steckt das Tanzen in jedem Menschenbein, man muß dem Bein und dem Menschen nur Musik geben und darf, während die Musik spielt, nicht mehr anhalten, nicht stolpern oder den Tritt verlieren. Rundherum und voran. Tango oder Walzer. Man gehorcht der Musik.

So fest im Glauben an die natürlichen Fähigkeiten des Menschen, steige ich in meinen lila Triumph aus dem Westen und in das nachtblaue Kleid meiner Großmutter Emma 2. Sogar in ihre Spangenschuhe bin ich hineingewachsen. Gegen meine Frisur kann ich leider nichts machen. Ich versuche mit Speckschwarte einen goldenen Glanz in die gestutzten Haare zu bringen. Auch gegen manche Gerüche ist schwer anzugehen. Ich bin sehr froh, daß ich gestern keinen Schweinemist vom Volksgut Pillnitz abladen mußte, denn der Geruch von Schweinemist kriecht unter die Haut, er steckt hinter den Ohren, zwischen den Zehen und wahrscheinlich im Zwerchfell, man wird, trotz Wurzelbürste, Bleichsoda und Pfefferminzkraut, den Mist nicht mehr los, man hat an dem Tage den Ruch eines Schweins, über die Woche schnuppern die Leute, die in meine Nähe geraten. Ich habe Glück. Ich rieche nach Erde, Biertheke und kaltem Rauch, wie eine Nachtbar, wenn der Tag anbricht. Um dem zu begegnen, stopfe ich Blüten, Rosenblätter, Levkojen, in die Schuhspitzen und in mein Hemd, mit Gummi und Sicherheitsnadeln mache ich unter meinem Kleid weißen, wunderbar duftenden Flieder fest. Für die Lippen nehme ich Bimsstein, Lippen vorschieben und tüchtig reiben, das macht einen kirschroten Mund. Auf die Augenbrauen schmiere ich mit dem kleinen Finger Ruß von den Ofenringen, schwungvoll dämonische Bögen, wie ich es bei der Schauspielerin Henny Porten im Zirkusfilm *Eins zwei drei Corona* gesehen habe.

Ich bin gerüstet und ziemlich überzeugt. Ich zweifle nicht an meiner Erscheinung.

Gisela hat sich ähnlich fein gemacht, allerdings ohne Ruß und Bimsstein. Um gut zu riechen, besitzt sie ein Fläschchen in einem zierlichen seidenen Beutel, ein Duft, den ich von den Damen aus der Nachtbar kenne. *Russisch Leder.* Sie trägt ein rosa Glasperlonkleid und neue weiße Leinenschuhe. Die Locken liegen frisch und stolz um ihren Kopf, nach Größe sortiert, wie kupferne Sprungfedern. Stolz geht sie an Maxims Arm, den sie Horst nennt, weil er mit Vornamen Horst heißt und mit Nachnamen Maxim. Gisela und Horst sind per Du. Ich sage Herr Maxim. Er trägt die neue *Graf-von-Monte-Christo*-Keilhose. Wir haben bei Schuppan eine grüne ausgesucht, denn die gab es nur einmal, während uns die schwarzen und braunen Hosenstapel viel zu alltäglich düngten. Grüne Keilhose, grauer Trachtenjanker, wie wir die umgestaltete Militärjacke nennen. Ein Herr von fünfundzwanzig Jahren.

Ich in meiner pflanzengrünen Einfalt bin für Gisela keine besondere Überraschung. Sie hat gleich gewußt, daß ich nicht werde tanzen können, aber unserem Kavalier hat sie mehr zugetraut. Wenigstens eins, zwei, Wechselschritt. Wenigstens Walzer rechtsherum. Warst du denn noch nie tanzen?

Eigentlich nein, sagt Horst Maxim.

Den Einlaß zu überlisten war nicht schwer. Ich trage statt Handtäschchen eine Gießkanne, darin steckt mein Kamm, mein Taschentuch und der Bimsstein für meine Lippen. Die Kanne war gleich auch meine Eintrittskarte.

Ich komme, um zu gießen. Die Cyclamen brauchen Wasser. Oder etwa nicht?

Cyclamen, was soll denn das sein?

Alpenveilchen, die Dekoration vor der Tanzkapelle.

Ach so die. Der Einlaßdienst schiebt die nachdrängelnden Hände mit Eintrittskarten beiseite, er gibt die Tür frei für meine Dienste.

Damit bin ich im Haus, treppan und im Saal. Mitten in einem Tango.

Zur Flucht ist es zu spät. Ein Herr in dunkelblauem Anzug mit sehr scharfer Bügelfalte bittet um die laufende Runde. Wir haben noch nicht einmal Plätze gefunden. Gisela und Maxim übernehmen für diesen überstürzten Anfang meine Kanne. Sie nicken mir von der Tür aus aufmunternd zu. Wir warten auf dich. Ich gleite auf das Parkett.

Der Herr in Dunkelblau sagt am Ende: Es ist noch kein Meister vom Himmel gefallen. Ein gnädiges Urteil.

Fliederdolden, Düfte, liegen hinter mir auf dem leeren Tanzboden. Alles Sachen, die an mir locker geworden sind.

Der Parkettdiener bleibt mit dem Kehrblech im Saal. Er fragt sich, wo das Zeug herkommt. Blüten. Rosenblätter. Bevor ich in der nächsten Runde eine welke Dolde mit dem Fuß über das Parkett schleudern kann, bückt sich mein Kavalier. Gehört die Blume Ihnen?

Die meisten Tänzer brechen mit meinem stummen Einverständnis das Experiment vor dem Ende der Touren ab. Wollen wir jetzt mal pausieren? Ich nicke. Ich klemme die restlichen Blüten fest. Flieder unter den Achseln. Eine duftende Treibhausrose halte ich zwischen den Hinterbacken. Mit vorsichtigen Schrittchen folge ich den Erlösten. Ich denke daran, daß die Herren für das Vergnügen bezahlen müssen. Sie müssen an der Kasse Tanzmarken kaufen. Denn nach der ersten Musiknummer geht der Saalordner mit einem Teller herum. Er sammelt die Blechmarken ein. Die scharfe Bügelfalte macht um mich einen deutlichen Bogen.

Es dauert seine Zeit, bis alle wissen, wie es um mich bestellt ist. Bis ich eingesehen habe, Tanzen ist nicht wie Schlittschuhlaufen, wo man bei den ersten Versuchen ein wenig stolpert, bald aber losläuft. Tanzen ist wie Mathematik. Im Kopf muß man zählen und Figuren kennen. Die Kerle lassen die Pfoten von mir, sie huschen über das Feld, verschwinden wie in alten Zeiten die schlesische Katze.

Bei der ersten Damenwahl läßt Gisela den ungeschickten Horst einfach sitzen. Sie wendet sich an einen richtigen Tänzer und bleibt fortan bei ihm.

Gisela tanzt wie eine Elfe. Sie schwebt am Tisch vorbei, an dem wir sitzen, ich und Herr Horst Maxim. Tellerweit schwingend ihr rosa Kleid, elegant ihr Duft, das *Russisch Leder*. Die Sprungfedern auf dem Kopf haben sich aufgelöst in ein kupfernes Drahtgewölk. Kaltwellkrause. Ihre linke Hand liegt auf der Schulter oder auf dem Jackenärmel des Herrn. Der Siegelring glänzt.

Ich trinke den ersten Wein meines Lebens. Einen Freudenberg. Einen lieblichen weißen Lößnitzer. Gisela hat eine ganze Flasche für uns beide als Damengetränk bestellt. Maxim hält ein großes Radeberger vom Faß in den Händen. Gisela tanzt. Ich bin durstig, ich fülle mein Glas. Maxim erzählt sehr viel vom Wesen der Zeit. Es gibt eine Krankheit, die heißt Eilkrankheit, Velocititis, von Velocitas, das heißt die Eile, schon der biblische Adam habe an dieser Krankheit gelitten. Und so sei Ungeduld seit Adams Zeiten bis heute das eigentliche Übel, das uns das Paradies genommen habe und Unheil bringe.

Ich nicke seit seinem ersten Wort. Ich zeige glühendes Einverständnis, obwohl man die Sache vielleicht auch andersherum drehen könnte. Wie steht es mit der Trägheit zum Beispiel. Ich trinke vom weißen lieblichen Wein.

Es ist Damenwahl. Ich wähle Maxim. Wir versuchen es mit der Mathematik. Es ist ein Walzer. Bis drei zählen. Im Takt bleiben.

Alle Beziehungen der Dinge untereinander sind wahr, es irrt nur der Mensch, der sein Verhältnis zu sich, zu anderen und den Dingen nicht finden kann. Zwischen meinen Schulterblättern juckt eine welke Fliederdolde, kriecht langsam den Rücken hinunter. Eine Rose fällt. Der Parkettdiener eilt mit dem Kehrblech.

Ich fliege. Eine Kunst, die ich sonst nur unter freiem Himmel beherrsche – Fliegen. Musik schafft unendlichen Raum. Die anderen Tänzer rollen wie bunte Kugeln weit an den Rand. Einzig Maxims redender Mund.

Liebe! sagt er.

Ein Irrtum? vermute ich eilfertig, doch mit gepreßtem Herzen.

Ja, flüstert er.

Ja, sage auch ich und füge listig hinzu: aber – ein Irrtum, der durch nichts sonst zu widerlegen ist.

Aus dieser List entsteht der erste Kuß meines Lebens. Jedenfalls eine Berührung unserer Lippen bis hin zu einem kandiszuckersüßen Aneinanderklirren unserer Schneidezähne. Ich bin gleich unsicher, ob ich die bierduftenden Maxim-Lippen auf meinem Mund so nennen darf. Kuß. Sein Flüstern: Alle sicheren Wahrheiten sind unwiderlegte Irrtümer. Weil ich keine Vorstellungen mitgebracht habe, höchstens die Selbstversuche auf dem eigenen Handrücken, die lilablauen Flecke an der Wade und überall, wo ich mich selbst beißen und küssen kann. Es brennt wie Pfeffer auf meinem bimssteinroten entzündeten Mund. Maxims Lippen? Schmetterlingsflügel? Ich will mich erinnern. Aber das Ereignis ist viel zu kurz, so kurz und von himmlischen Schwingungen begleitet, daß es nicht in diesem Raum geschehen sein kann, und wie soll man sich an ein Ereignis erinnern, das sich nicht wiederholen läßt? Ist denn das Wahrheit? Ein erster Kuß.

Um das Feuer meines Mundes nicht zu löschen, will ich fortan schweigen. Gisela setzt sich zu uns, erschöpft, zufrieden. In Geberlaune. Weil kein Wein mehr da ist, bestellt sie für jeden ein Glas Limonade. Ich sage dem Ober mit einem stummen Zeichen, daß ich nichts mehr trinke. Durst ist gut. Verdursten ist herrlich. Unterm Tisch kippe ich zertanzte Blüten aus den Schuhen und Blut. Wahrscheinlich Blut.

Nach Hause schaffen ist Pflicht für den Herrn. Es gehört zum Anstand, wie die Verbeugung beim Holen, wie der Dank mit höflichem Diener am Ende der Tour und das Tanzmarkenzahlen und das Tragen der Handtasche, wenn einem die Dame gefällt. Horst Maxim hat für uns beide zu sorgen. Für mich und für Gisela. Für ihr Perlentäschchen und meine Gießkanne. Ich weiß, wo Gisela wohnt. Es wäre praktisch, wenn wir zuerst gemeinsam bei ihr vorbeigingen, von da aus könnte Maxim mich am praktischsten allein nach Trachau begleiten, ich schätze, sechs Kilometer, und die sind bei einem zügigen Schritt in einer guten Stunde zu machen. Ich bin das Laufen gewöhnt. Von zu Hause in die Gärtnerei und von da zur Parkhotelbar und weiter. Gisela rechnet anders. Sie hat eine andere Geographie im Kopf. Andere Pläne. Als sie merkt, daß ich ihnen nicht von der Pelle rücke – es ist mein Naturrecht, jetzt nicht zu weichen –, und auch sieht, daß Maxim zu ihrer Perlentasche bereits die Gießkanne trägt, fragt sie nach meinem kürzesten Weg.

Diesen Weg gehen wir zuerst. Gisela rechts an Maxims freiem Arm, ich links von ihm. Er hat die Gießkanne und das Perlentäschchen in seinen linken Ellenbogen gehängt. Seine Hand. Ich halte seine linke Hand. Und jetzt? Wir gehen. Gisela bestimmt das Tempo. Meine wunden Füße in Emmas Spangenschuhen. Die Absätze krachen auf dem nächtlichen Asphalt wie Eselshufe auf Glas. Kilometerlang. Ich bin verzweifelt und froh, denn unter dem Klappern hört man mein Herz nicht schlagen. Ich bin zu Hause. Früher als gedacht, weil wir fast gerannt sind. Die beiden, Gisela und Horst Maxim, haben noch einen weiten Weg. Eine sommerliche Nacht, süß wie Maxims biertrunkener Mund. Das Rotkehlchen ist ein Frühaufsteher. Es singt schon gegen halb vier. Ich weiß nicht, wo. Irgendwo in den Sträuchern des Nährmittelamtes muß es sitzen.

Der Waschbär ist ins Gerede gekommen. Sein Reinigungsprinzip, die Sache mit dem Ultra-Schall. Man habe Begleiterscheinungen registrieren müssen. Anton sagt, er habe gleich insgeheim gezweifelt, ob das Waschen mit dem Bären nur gut sein könne. Er habe an die im Ultrabereich liegenden Schwingungen während der Wäsche gedacht, die für die Dreckentfernung von Vorteil seien, aber selbstverständlich nicht nur auf die Waschwanne begrenzt blieben, sondern sich auf alle umliegenden Räumlichkeiten übertragen würden. Auf die Waschkellerwände, auf die Fußböden, auf alles. Er hatte es geahnt und bald gesehen. Der dauernde Betrieb solcher Geräte, der macht nicht nur sauber, der macht Schaden. Stell dir mal vor, jeder hat so ein Ding. Und alle lassen den Bären los. Die Stadt brummt. Die Möbel zappeln, die Wände wackeln, dein Hinterteil registriert ein dauerndes Beben. Das ist ja beinahe, als hätten sie in der Schiffswerft eine Bombe erfunden, die nach und nach die restlichen Häuser in der Stadt zerreißt. Einen Sprengstoffersatz. Eigentlich hatten solche Leute wie Anton, Schiffsbauer, Techniker, Ultraschallexperten, als es anfing mit dem Bären, gleich ihre heimlichen Bedenken. Das seltsame Zittern in der Luft, das Klirren in den Vitrinen, als würden feindliche Bomberverbände anrücken, so klang das. Aber man war inzwischen so weit, daß man nicht mehr bei jedem Sirenenton blaß werden und nicht bei jedem Gewitter an den 13. Februar denken wollte. Man erschrak zwar noch, aber man war unterdes bereit zum Verdrängen. Denn darauf kam es an. Auf Übungen im Verdrängen, es durfte ruhig ein bißchen rumpeln und donnern. Der Himmel baut Spannungen ab. Die Erde arbeitet im Innern an einem Beben, das ist normal.

Doch jetzt wird geredet. Jetzt wird sogar gehandelt. Herstellungsverbot für den ultraschallbetriebenen Waschbär. *Produktion untersagt*, heißt die Überschrift in der Zeitung. Grade jetzt, wo ihn, trotz der wackelnden Wände, noch so viele Leute kaufen wollten. Trotz der unerwünschten Begleiteigenschaften. Gläserklirren, Rütteln. Erinnerungen an Explosionen. Druckwellen. Steigende Nachfrage.

Nicht nur die Produktion, auch der Gebrauch der Geräte kommt ins Gerede. *Stoppt den Waschbär. Waschbär belästigt Bewohner.* Am Ende behauptet die Zeitung: *Waschkraft in Frage gestellt.*

Was heißt hier: Waschkraft in Frage gestellt? Ich, Raphaela Reich, habe mich an die Kräfte des Bären und an die Bequemlichkeit beim Wäschewaschen gewöhnt. Aber nur zehn Minuten, so Antons ängstlich opportunistische Einrede.

Zehn Minuten Bärenwäsche können sehr lang sein.

Ich versuche den Ultraschall im gemeinen Hauslärm zu verstecken. Ich pfeife und drehe das Radio auf. Ich rede mit mir. Über die Endlichkeit. Ich spüre, wie der Fußboden bebt. Die letzten Minuten halte ich, während der wild gewordene Bär samt Zinkwanne durch die Waschküche tänzelt, den Atem an. Für Antons Mütze, für seine Ärmel, für eine reinweiße Jacke.

Es hatte sich längst unterderhand herumgesprochen, der Bär hat wohl selten irgendwo ein Haus umgerissen, aber man weiß inzwischen, der Bär ist ein gesundheitliches Risiko. Durch sein Gerüttel macht er Fehlgeburten. Wer wolle, so heißt es, könne mit dem Waschbär eine Schwangerschaft unterbrechen.

Gisela ist froh, daß ich einen Waschbär besitze.

Du bist meine letzte Hoffnung.

Wir starten eine wirklich große Wäsche. Alle Gardinen, sämtliche Kissenbezüge, Tischdecken und Taschentücher. Die Arbeitssachen. Gisela drückt ihren dürren Bauch gegen die große Wanne. Ich halte von der anderen Seite mit meinen Rippen dagegen. Zwischen uns in der dampfenden, schlingernden Wäsche der wütend stampfende Bär. Die Wände vibrieren. Am Abend hängt Gisela an meinem Arm. Ich schleppe sie in Richtung Straßenbahn. Das ist ihre letzte Hoffnung. Die Bahn, das Rennen, Aufspringen. Am nächsten Morgen vor Arbeitsbeginn nickt sie mir zu. Grün wie ein Lilienstengel, aber froh.

Ich probiere mit einem Topfdeckel, dann nehme ich eine leere Zigarrenkiste. Die stecke ich in den Hosenbund. Eine kleine Beule über meinem Bauch. In gesegneten Umständen. So schiebe ich mit der Grünzeugkarre bergan. Am Hauptbahnhof vorbei. Ich habe sämtliche Sansevieria-trivasciata-Töpfe aus dem Kalthaus in der Karre. Dekorationspflanzen für das Landgericht auf dem Münchner Platz. Ich fahre hintenherum, durch den großen Hof, wo früher die Hinrichtungen stattgefunden haben. Man sieht die Stelle, wo es war, das Fallbeil oder der Galgen. Hier ist der Eingang zu den Zellen, den Todeszellen, wie es heißt. Der Pförtner hat mir einen Aufgang gezeigt, wo ich von hinten auf kürzerem Weg hinaufgehen kann. Der Verhandlungssaal liegt im ersten Stock. Ich muß die Pflanzen einzeln hinauftragen. Es sind große Exemplare, einen Meter hoch, Fünfunddreißiger-Töpfe. Auf meine anderen Umstände kann ich kaum Rücksicht nehmen. Der Pförtner hat den Saal aufgeschlossen und gefragt, ob er Licht anknipsen soll. Ich lasse es duster. Es ist ein hoher, holzgetäfelter Raum mit Klappsitzen wie im Kino Titania. Eine nüchterne, terpentingetränkte Arena. Fenster hoch oben unter der Decke. Mit einem Gelenkgestänge klappe ich die Flügel auf. Luft.

Die Chefs haben die Hauptsache schon vor dem Richtertisch aufgestellt. Keine Blütenpflanzen, nur Grün. Grün als ein Kessel. Das kommt davon. Das ist die andere Seite des Paradieses. Die Sansevierien soll ich hinter den Schranken des Gerichts an der Wand entlang aufstellen. Weil sich an der Wand direkt unter dem Gestirn der großen Vier, den Bildern von MarxEngelsLeninStalin, ein Riß gezeigt hat, Putz ist heruntergefallen, ein Schandfleck. Im frisch aufgetragenen Bohnerwachs rutschen die großen Töpfe wie geschmiert.

Fünf gut gewachsene Sansevierien bilden einen natürlichen halbrunden Schirm. Der Saum eines tropischen Waldes. Wer nicht weiß, was los ist, nimmt das Grün als Verheißung, als Hoffnungsfarbe. Dekorieren ist täuschen. Wie die Liebe in einem Gedicht.

Mir bleibt kein weiterer Spielraum für Gestaltungsideen. Kleine Korrekturen, Pflegearbeiten, mehr nicht. Ich überlege, ob ich nicht wenigstens auf den Tischen und auf der breiten Brüstung vor der Anklagebank ein paar Usambaraveilchen verteilen sollte. Schattenpflanzen, die mit dem Nordfensterlicht und auch mit der Temperatur zufrieden sind, oder ich besorge noch ein paar Stiefmütterchen, schlichte Pflanzen, aber mit lebhaften, das Gemüt erfreuenden Farben. Ich denke an ein versöhnendes Element in der Ecke zwischen Richtertisch und der Seite der Verteidigung. Ich denke an eine Myrte, einen flammenförmig gezogenen Strauch. Er steht in diesen Tagen in selten schöner Blüte. Ein Hauch von Weiß im südlich dunklen Blattgrün. Ein Schleier der Unschuld. Ich müßte dann allerdings jeden Tag herkommen, um zu gießen. Denn ballentrocken darf meine Myrte in ihrem Topf nicht werden. Sonst wäre sie bald ein Besen.

Noch am Nachmittag karre ich den Busch von unserem

Kalthaus zum Gerichtsgebäude am Münchner Platz. Als Tisch- und Rampenschmuck habe ich mich für die Stiefmütterchen entschieden. Die sind sowieso übriggeblieben. Die werden für die Pläsierbeete und Rabatten in der Stadt nicht mehr gebraucht. Die Chefs beobachten aus dem Bürofenster, was ich treibe. Ich brauche Töpfe und Erde. Und Kisten für blau, weiß und gelb. Ihre billigenden Augen ruhen auf meinem Tun, aber dann auch auf meinem gewölbten Bauch. Mit vierzehn, und überhaupt ein Skandal. Sobald wie möglich wollen sie sich über meine Umstände Klarheit verschaffen, ob es andere sind und warum und von wem. Klarheit verschaffen, fragt sich, wie?

Ich staple die Kisten auf meiner Karre. Die Gießkanne binde ich an den hinteren Holm. Am Nachmittag bin ich mit der Ausgestaltung des Gerichtssaales zufrieden. Vom Schandfleck in der Stirnwand ist auch beim zweiten Blick nichts mehr zu sehen. Die Myrte streckt ihre mit zarten weißen Blüten betüpfelten Zweige. Bunte Stiefmütterchen auf Tischen und Balustraden. Sie duften sogar.

Als ich am nächsten Morgen mit der Gießkanne meine Pflegedienste antreten will, hat die Hauptverhandlung im Schwurgerichtssaal schon begonnen.

Ich öffne leise die Polstertür. Eine Schreibmaschine hämmert. Setzt einen Punkt. Schlägt eine neue Zeile. Ich trete in ein höfliches Schweigen. Zuschauer in der Zuschauerarena warten auf mich. Ich halte die Gießkanne und bleibe neben der Tür. Der Richter und zwei Schöffen sind am Platze. Drei sehr junge Angeklagte, fast Schuljungen, sitzen dort, wo sie hingehören, auf der Anklagebank. Verteidiger, Staatsanwältin, alles da. Weil ich gut gelüftet habe, riecht es nicht mehr wie gestern nach grauer Luft und Bohnerwachs, es riecht nach Viola tricolor odorata und ein wenig nach Myrte. Süß wie Engelsmilch. Betörend. Die Gießkanne steht neben mir. Das Wasser für die Sansevierien. Die müssen erst einmal warten.

Der Richter steckt schon tief in seiner Beweisführungs- und Klagerede, tief in der Geschichte, er wühlt in den Mappen und dünnen Durchschlagpapieren, und weil er den Zettel nicht findet, wühlt er weiter in seinen Gedanken. Jetzt, wo wir alle den Frieden sichern müssen, wollen einige junge Menschen unter uns Unruhe stiften. Es drängt ihn noch einmal und sofort, von gestern zu erzählen. Vor zehn Jahren habe er selbst hier an dieser Stelle gesessen. Fünfundzwanzig Jahre alt. Vom Tode bedroht, allein, weil er das Ende des Krieges habe beschleunigen wollen, er und seine Kommilitonen, vor einem Gericht, das immer noch unbelehrbar durch das Elend und die Verbrechen an der Front, im Hinterland und in der Heimat an einen Endsieg geglaubt habe. So habe er auf der Anklagebank gesessen, und nachts habe er in einer Zelle unten im Keller dieses Hauses auf seinen Tod gewartet. Und am nächsten Morgen wieder hier oben im selben Saal, dann unten im selben Keller, dann oben zum gleichen Verhör und unten im Keller. Der damalige Richter, Volksrichter vom Volksgerichtshof, habe Anklageschriften verlesen, für jeden eine. Volksverräter. Wir sollten sterben unten in der Hofecke. Durch Erschießen. Er redet und kommt zurück. Vom Richtertisch in den Keller. In die Hofecke. Vor das Erschießungskommando. Er nimmt einen Schluck Wasser. Er räuspert sich. Er schweigt im Gedenken an das Neue und das Alte. Ohne Vernunft keine Verzweiflung und kein Glaube. Da hört man ein lautes Gähnen. Hintereinander wird in den Reihen der Zuhörer laut gegähnt. Er bleibt tapfer bei der Sache. Unserer Sache. Einer Sache von mindestens vier Dimensionen. Aus der Vergangenheit zu künftigen Generationen, vom Keller zum Himmelslicht, auf das wir noch warten müssen. Auf das Licht längst gestorbener Sterne. Hinzu kommt, daß er keinen hiesigen Dialekt spricht, auch nicht wie ein Leipziger, nicht einmal sächsisch spricht er. Er redet wie seine randlose Brille so fein, wie von der Kanzel oder vom Katheder. Er hat schütteres Haar, mit seinen fünfunddreißig Jahren eine Halbglatze, mindestens.

Aber die Angeklagten haben alle einen wollig pelzigen Haarschopf. Die jüngeren, die Brüder, haben krause dunkle

Locken, wo ein Kamm es schwer hat. Wie zwei schwarze Schafsköpfe. Der dritte hat dichtes blondes, bei jeder Bewegung über die Stirn stürzendes Haar. Augen hinterm Vorhang. Eine große Haarklemme könnte ihm nützlich sein. Der war es, der hatte hinter den dichten blonden Strähnen gleich am Anfang der Richterrede einmal deutlich, und gewiß herablassend, gegähnt. Der hat angefangen.

Ich stehe an der unteren Arenatür, wie ein zusätzlicher Wachtposten, die Gießkanne als Waffe. Auf Friedenswacht. Weil mir die Beine weich werden, schiebt mir der Saaldiener einen Stuhl zur Seite. Der Richter findet kein Ende für seine Geschichte. Auch er, wie ich, wie die Gläserne Frau, wie die moscheeartige Zigarettenfabrik, wie die Loschwitzbrücke, so ein Überlebenswunder. Die Bombenflugzeuge hatten ihn, einen aus Hannover stammenden Jurastudenten, aus der Todeszelle am Münchner Platz befreit. Er hatte die beiden großen Angriffe überlebt, war aus den Gefängnistrümmern geflohen und bis zum eigentlichen Tag der Befreiung untergetaucht, bei Pirna, in einem Flüchtlingslager. Als Findelvater einer fünfköpfigen Geschwisterschar.

Ein Kreuz hatten die drei Angeklagten gebaut und auf der Anhöhe bei Wallroda-Radeberg angezündet. Nach dem Vorbild der faschistischen Geheimorganisation Ku-Klux-Klan. Sie hatten sich aus weißen Bettlaken auf der Nähmaschine der Oma von den beiden Brüdern Zipfelmützen und Pelerinen genäht und waren damit auf Friedhöfe gegangen. Lange wird über das Holzkreuz, die Wühlarbeit, wie die Staatsanwältin das Abbrennen nennt, und über die Zipfelmützen geredet, über die Löcher für die Augen und über Taschenlampen und Musik. Warum Mambo-Club? Warum sie sich ausgerechnet Mambo-Club genannt haben, will ein Schöffe wissen. Die drei heben die Köpfe, zwei schwarze Schafe und die blonde Gardine, weil sie das selbst gern wüßten, warum? Aber solche Blickkontakte, solche Fragen sind nicht erlaubt. Einer sagt, das sei ihnen eingefallen. Das war ein Einfall. Club und Mambo. Negermusik, schimpft die Staatsanwältin, doch der Richter erinnert an Paul Robeson, Louis Armstrong, das wahre Amerika. Ein Viervierteltakt, kreolisch. Wahrscheinlich aus Kuba. Der Richter ist jeden Augenblick im Bilde.

Die beiden Schwarzhaarigen sind Brüder. Weil sie noch nicht fünfzehn sind, dürfen sie auf eine Bewährungsstrafe hoffen, doch Tobias Jäger, der Blonde, ist schon sechzehn. Er wird als Kopf der Verschwörer ausgemacht. Verbindung zur USAF-Historicale Research Division, so heißt es. Dollars, Schallplatten und eine RIAS-Adresse liegen zum Beweis auf dem Tisch. Zu allem Übel hatte er schon in der Schule Gedichte geschrieben, lauter Zeug mit sogenannten freien Rhythmen. *Wie ein Dynamo kreist die Sonne, die Sonne, aha, die Sonne.* Zehn Seiten seines Notizbuches waren abhanden gekommen. Wohin? Er hatte sie zerkaut. Tobias Jäger, stehen Sie auf. Warum haben Sie die Blätter Ihres Notizbuches zerkaut? Tobias: Ich frühstücke am liebsten Gedichte. Über dem Gerichtssaal liegt ein langes beredtes Schweigen. Der Schöffe fragt: Warum ißt einer seine eigenen Worte? Die Staatsanwältin sagt es: Weil er schuldig ist.

Nach einer Verhandlungspause, das Publikum und das Gericht hatten den Saal noch nicht wieder betreten, aber die Polizisten hatten die Angeklagten schon in die Bänke geführt, schleppe ich geschäftig meine Gießkanne durch den Saal. Frisches Wasser. Ich gieße die Stiefmütterchen, die Töpfe, mit denen ich die Anklagebank dekoriert habe. So gewinne ich eine gute Position. Wie ein Fels vor Tobias, meinem blonden, auf die dreckige Erde gestürzten Engel. Die Gießkanne. Mein Rücken deckt meine Hand. Ein zusammengerollter Zettel. Der Blumentopf. *Deine Gedichte gefallen mir, nur Mut. Gruß Raphaela (Eli).*

Die Abende verbringe ich strickend. Für Tobias eine Mütze, eins der Zweirechts-Zweilinks-Exemplare in wechselnden Farben ohne bewußt gewählten Grundton, die Schlußmaschen zusammengezogen, das dabei entstehende Loch durch eine Bommel kaschiert oder gekrönt. Aus lindgrüner

Wolle, einem besonders kleinen Restknäuel in der Größe eines Amseleies, versuche ich einen Schuh, winzigen Schaft, zierliche Ferse, mit zwei Drittel ruhenden Maschen, ein gelungener Versuch. Füßlein, Spitze, am Ende ein Fädchen. Ich sitze am offenen Fenster, mal in meinem Boudoir, mal auf einem Sessel hinter der Zimmerlinde und damit eigentlich schon in Antons Lebensbereich. Es ist ein Ausbreitungsversuch. Eine Probe. Gisela, Maxim, ich bin eine Wiege aus grünem Holz. Wer will, kann die schwellende Knospe unter der Epidermis erkennen. Pochendes Wachstum, gefältelte, geschachtelte Blätter. Lebendige Blütenaugen. Blutende Rinde.

Die kleinen lindgrünen Sachen und mein Zigarrenkistenbauch. Antons Auge ruht sinnend auf mir. Wie noch nie. Erschrocken, neugierig, ärgerlich. Schwankend, ob Erziehungsheim oder zum schlesischen Heinrich in den Westen. Zum Urgroßvater will er sich nicht küren lassen. Alice braucht ihn als jugendlichen Berggefährten und Musikliebhaber. Urgroßvater und im Korridor eine Kinderwiege. Um Himmels willen, bloß das nicht. Er will Tabak-Reinsch ins Vertrauen ziehn. Ihm fällt der liebe Gott und der in Verruf gekommene Waschbär ein. Ein Trost, daß wir den im Schrank aufbewahrt haben. Der Lehrbetrieb schickt, an Anton adressiert, einen Brief und bittet um Auskunft. Wie es um das Allgemeinbefinden und meine Umstände bestellt sei. Mein ratloser Erziehungsberechtigter will Zeit gewinnen: Er preist mein Dasein. *Mein Mündel ist in diesem Jahr so weit ich urteilen kann dank frischer Luft etwas zu Kräften gekommen. Man hofft das Beste. Stets Ihr Anton Reich.*

Ich habe die kleinen lindgrünen Schuhe beiseite geräumt und die Zigarrenkiste aus dem Hosenbund verschwinden lassen. Seit Tobias in mein Leben getreten ist, kann ich so viel Aufmerksamkeit nicht gebrauchen. Weder Giselas noch Antons, noch die der Chefs. Ich darf nicht einmal mehr auf mich selber neugierig sein. Ich suche meinen alten Platz. Im Boudoir sitze ich wie ein Schneider auf meinem Paradiesbett. Ringsherum Bibliotheksbücher mit Gedichten und Wolle für

Mützen, solange die Restknäule reichen. Die Tür ist geschlossen. So höre ich weder Musik noch Peter von Zahn. Ich gehöre mir.

Wo also bin ich, wenn das Ich weder im Körper noch in der Seele wohnt.

Auf der Straße bin ich die mit der grünen Karre. Gute Zensuren in den botanischen Fächern, sehr gute in Ordnung, Fleiß und Arbeitsgestaltung. Anton wendet sich beschämt, aber noch mehr erleichtert seiner Alice zu. *Herzinniglich.* Wie wenn er statt Urgroßvater noch einmal Vater würde, wenn ich, Raphaela, ein Onkelchen oder Tantchen bekäme und damit einen Anwärter auf gestrickte Babyschuhe? In der Kommode sind die Schuhe mit der eigens von mir erfundenen Ferse erst einmal gut aufgehoben. Gisela macht ein freundliches Gesicht. Sie bringt zuverlässige Mittagsportionen. Mein Essen steht jeden Tag im Essenträger bereit. Ich bewege mich durch die Stadt wie ein perfekter Schatten. Ich beeile mich, wenn ich die Stadtsilhouette hinter mir habe, ich nehme mir Zeit, wenn die besten Trümmer vor mir liegen. Scherenschnitte, südlicher Himmel. Brühlsche Terrasse. Georgentor. Hofkirche. Leute kreuzen meinen Weg, ich rede mit ihnen, doch sie haben mich gleich vergessen, alte Bekannte haben mich wahrscheinlich noch nie gesehen. Ich erkenne sie, aber sie erinnern sich meiner nicht. Die beiden Frauen zum Beispiel, die ich tagelang vom Parkhotel bergab in die Elbe-Hotelbar geschleppt, der Dichter, auf dessen Schoß ich frühmorgens gegen sieben gesessen habe. Der mit seinen KGB-Geschichten und dem Geheimwissen um die Zarentochter Anastasia, die Schätze der Zarenfamilie lägen tausendprozentig in den Banktresoren von Engeland. Die Sachbearbeiterinnen im Landgericht, die mich um rosa Nelkensträuße mit Schleierkraut gebeten haben. Manchmal suchen sie auf meiner Stirn einen Namen, ich helfe ihnen, sage einmal kurz: Eli, aber meist laufen sie an mir vorbei, ohne mich zu erkennen. Sie hören meinen Gruß und gehen weiter. Ich bin ihnen nicht neu, aber vollkommen fremd. Ich lebe als Schatten. Und so finde ich leicht die richtige Spur.

Tobias sitzt in der Marienhofstraße. Die liegt abseits meiner täglichen Wege, aber nicht weit von meinem Nest, beinahe in der Nachbarschaft. Ein ehemaliges Erziehungsheim, das man gleich nach dem Krieg mit einem hohen grünen Russenzaun abgesperrt hatte. Paß bloß auf, sonst kommst du in den Marienhof. Als Schulkinder sind wir manchmal dort vorbeigeschlichen und haben durch die Astlöcher die Gefangenen gesehen, wie sie unter Russenbewachung mit Rutenbesen den Hof gekehrt haben. *Idi sjuda*, haben die Russen gerufen. Wir sollten weggehen oder herkommen, beides schien uns gleich gefährlich, und so sind wir mit Tempo davongerannt. Ich kenne die Astlöcher in den Brettern und die Maulbeerbäume, eine heckenartige Pflanzung, die früher bis auf die nackten Äste gestutzt und durchsichtig war. Ich finde die alten Löcher und dieser Tage ein wunderbar wildes Gestrüpp. Man kann sich dahinter verstecken, man kann sogar ungesehen in die Äste klettern. Der Hof, wie ich ihn kenne, sauber gekehrt. Zwei Pfosten. Ein Volleyballnetz. Ein ausgetretenes Spielfeld. An den Fenstern des Gebäudes sind Eisenstäbe festgemacht worden. Der Eingang ist mit einem gewaltigen Stahltor gesichert. Eisenspitzen und Spiegel. Darüber gleichfalls aus Eisenstäben gebogen und zusammengeschweißt: Makarenko, der neue Name des ehemaligen Marienhofs auf der Marienhofstraße. Um die Bommelmütze abzugeben, habe ich lange warten müssen. Bis eine zivile Ablösung kam, die verstand, was ich auf dem Herzen hatte. Hau ab, sagte sie, während sie die Mütze für den Makarenko-Gefangenen Tobias Jäger in der Beuteltasche versteckte. Laß dich bloß nie wieder blicken. Viele Stunden mußte ich in den Maulbeersträuchern hängen, um Tobias eines Tages zu sehen. Im Schlosseranzug mit einem roten M auf dem Rücken, aber mit meiner Mütze. Daran habe ich ihn von meinem Hochsitz her unter den Hofgängern gleich erkannt. Dann habe ich es auch an den Bewegungen gesehen, wie er den Kopf drehte und warf, als müßte er den blonden Vorhang wegschwenken, aber seine Haare steckten ja unter der Mütze. So dachte ich. Tobias beim Volleyballspiel. Er war es. Tobi, der hilfsbedürftige Engel.

Er ist es. Ich weiß, ich habe es gesehen: seine blonden Haare stecken nicht unter der Mütze. Sie sind ab. Er hat unter der Mütze eine Stoppelglatze und große, papierdünne Ohren. Ich habe den Rhythmus gefunden. Seine Hofzeiten. Ich hatte mir angewöhnt, wie eine Amsel zu schnalzen. Den Frühlingslockruf des Weibchens. Dagdag. Und manchmal habe ich von meinem Ast herab ein Stiefmütterchen über den Zaun geworfen. Das konnte ihm ein Zeichen sein. Eine Erinnerung an mich, an eine, die ihm im Gerichtssaal erschienen war, mit Gießkanne und schriftlichem Gruß und Trost, in der Mitte ein Blumentopf, die Viola tricolor, eine duftende Art, also tricolor odorata.

Es hat eine Weile gedauert, ehe er die Streublümchen auf dem Volleyballspielfeld auf sich bezog. Ehe er sich bückte. Stiefmütterchen.

Ich hatte eine samtblaue Blüte geworfen. Jemand schießt mit Blumen. Wo? Von oben. Er blickte in den Himmel, und ich versteckte mich nicht. Ich war darauf vorbereitet. Mit einer Rolle Drops und einem Gruß, der lautete: *Das Herz hat seine Gründe, die die Vernunft nicht kennt.* Bevor er einen Drops auswickelte, steckte er den Gruß in den Mund, versetzte ihn mit Spuke und schluckte. Er hatte mich erkannt. Wie ich auf dem Baum für ihn da bin.

Und ich erkannte meine Schuldigkeit. Das Herz hat seine Gründe, die die Vernunft nicht kennt. Das wußte ich von Maxim.

Wieder nahm ich Geld aus der Fahrradkasse. Ich kaufte im SPOWA-Lager des Ballhauses Watzke einen Herren-Touristik-Anzug, eine Damen-Touristikjacke und zweimal Wandersocken. Anzug und Socken versteckte ich hinter dem Waschbär. Die erdfarbene Jacke aus gutem Segeltuch zog ich gleich und nunmehr gegen alle Wetter an. Sollte ich Gisela einweihen? Wer redet, muß auf Fragen gefaßt sein. Ich würde keine Antworten wissen. Zum Beispiel, warum ich die Sachen gekauft hatte. Warum ich immer noch kein Fahrrad besaß. Wie sollte ich mir, geschweige denn ihr, das erklären? Es war besser, ich schwieg und machte mich auf bewährte Art zum Schatten.

Das Herz hat seine Gründe, die unsere Vernunft nicht kennt.

Im Lernaktiv war ich, wie die Namensliste beweist, jedesmal anwesend. Hinter dem Namen Eli lauter schnell fertige fromme Häkchen. Keine Fragezeichen, nach denen die Chefs mich prüfen und rundherum zur Rede stellen müßten. Die Angaben in meinem Berichtsheft waren vollständig, ich konnte sogar die anderen abschreiben lassen. Die täglichen Wetterprotokolle entsprachen den Tatsachen. Die Chefs machten manchmal Stichproben. Verglichen unsere Temperaturangaben mit der Wetterecke in der Zeitung. Mich konnten sie nicht überführen. Ich besaß ein Minimax-Thermometer mit beweglichen Stiften, ein kleines Magnethufeisen. Einmal am Tag notierte ich die höchste und tiefste Temperatur. Ich hielt den Zeigefinger hoch und spürte, woher der Wind weht. Ich kannte das Wolkenschema und die Keplerschen Planetenbahnen und auch die Keplersche Faßregel. Um die freie Seite im Heft zu füllen, die Wochenendseite, schrieb ich jeden Sonntag, wenn die Radiosendung mit Peter von Zahns Gruß aus Amerika vorbei war, die ich, um mich vor mir selbst zu tarnen, jetzt wieder hörte, einen Aufsatz über ein freies Thema. Unsere Laubbäume im Herbst. Das Geheimnis der Lilienknolle. Parsifal und die Zeit. Die Vogelinsel Hiddensee. Ich schrieb mit grüner Barock-Tinte. Den Füllfederhalter hatte mir Alice geschenkt, einen grau-marmorierten Montblanc, mit BB-Feder. Gold! hatte Anton gesagt. Golden war die Zeit im Boudoir. Ich hatte die Nähmaschine abgebaut und damit einen Tisch gewonnen. Auch unseren Grammophonschrank hatte ich ausgeschlachtet, um daraus einen richtigen Schrank zu machen.

Raum für besondere Sachen. Zu fünf Jahren verschärfter Erziehung im Jugendwerkhof war Tobias verurteilt worden. Sollte ich den Richter aufsuchen? Ich wußte, daß sich sein Büro in der ersten Etage der Außenstelle des Landgerichtes befand, ich hatte sogar herausgefunden, wo er wohnt. In Laubegast an der Elbe. Einmal hatte ich mich mit dem Fährschiff übersetzen lassen. Ich bin bis zu seinem Haus gegangen. Ein weinberanktes, niedliches Häuschen mit einer graugetigerten Katze. Sie hatte zusammengerollt auf dem Sims in der Sonne gesessen. Im Buchsbaumgeviert Rosen und Rosen. Es fiel nicht auf, daß ich lange mit meinem Karren am Zaun verweilte, die Rosenhybriden betrachtend, während ich in meinem Kopf überlegte, was ich ihm genau sagen wollte. Freiheit für Tobias. Sollte ich, falls er um die Hausecke käme, auf die Knie fallen und bitten. Revision, Berufung, Wiederaufnahme eines schiefgelaufenen Verfahrens. Sollte ich den Klingelknopf am Torpfosten drücken? Es war das einzige Zeichen, das zu ihm paßte. Zu seiner feinen Brille und dem dünnen Haar. Ein ovales, schnörkelloses Messingschild, darauf der in lateinischer Schreibschrift eingravierte Name: Dr. jur. Hans Jochen Poss.

Die Katze hatte mich gesehen. Sie machte einen Buckel und sprang. Sie strich mir um die Beine. Gab mir Legitimation, hier zu sein. Streicheln und horchen.

Im Haus rührte sich nichts. Niemand scheuchte mich fort. Ich ging von alleine.

Ich laufe noch einmal an dem Haus in Laubegast vorbei. Diesmal auf der anderen Seite, zügig, ich bleibe keinen Augenblick stehen. Es ist eine Übung, ich übe das Vorübergehen, ohne daß ich gesehen werde. Ich bin eine leise ratternde Karre. Ein grüner Fleck, der schnell verfliegt.

Am besten, ich verschwinde beizeiten. Niemand sieht mich. Keiner weiß, daß ich auf der Welt bin. Nur so fällt mir vielleicht etwas ein. Nur so kann ich hoffen.

Es ist ein schöner Tag im Frühling. Anton will mir unbedingt im Toscana-Eck ein Stück Dresdner Eierschecke spendieren. Er hat an der Straßenbahnhaltestelle auf mich gewartet. Seine weiße Tellermütze, die kleine dünne Männergestalt. Blaue Uniform, Koppel, Stab und Signaltaschenlampe. Trillerpfeife mit roter Kordel um den Hals. Lederne Pistolentasche, in der er wieder die Zigaretten und das Vesperbrot bei sich trägt. Gerade jetzt will er mich verwöhnen und anerkennen als liebstes Kind, Enkelin, Lebensmenschen, jetzt, wo ich für niemanden auf der Welt bin. Er verzeiht sich seine Trauer um den einzigen Sohn und mir mein unverhofftes Dasein. Er will einfach ein bißchen froh sein, daß ich lebe. Wir müssen nur ein paar Schritte gehen. Die Tür zum Toscana steht offen. Hinter Glas sieht man silberglänzende Platten mit Prager Schnittchen, Weißbrot, korrekt belegt mit Ei, Schinken, Salami, Petersilie. Türme von gleichmäßig in Quadrate geschnittenem Blechkuchen. Mandel, Mohn, Apfel und die berühmte Dresdner Eierschecke. Es riecht nach Bohnenkaffee. Man steht und genießt. Ich nehme statt des teueren Bohnenkaffees noch ein Stück Kuchen mit einer frischen Kuchengabel auf einem frischen Teller, diesmal Mandel, Bienenstich, wie es heißt. Anton kippt aus einem Porzellannäpfchen Sahne in den heißen Kaffee. Er nippt, schluckt, er zeigt mir: genießen braucht Zeit, er entzündet eine Zigarette. Er hat extra auf mich gewartet, um mir vorzuführen, wie es sich im Luxus lebt und wie es ist, wenn wir an diesem Leben teilnehmen. Gefältelte Seidenpapierservietten, Spitzendeckchen aus weißem Papier. Verkäuferinnen mit Häubchen und Tortenschaufeln. Die anderen Toscana-Gäste sind gewiß schon zum zweitenmal hier.

Anton hätte mir noch ein drittes Stück Kuchen spendiert, so leichtlebig macht ihn das märchenhafte Angebot, so besoffen macht ihn der Frieden. Er zupft mich väterlich am Ohr, holt nach, was er vielleicht hätte tun sollen, als ich ihm im Spiegelsaal des Schlosses Hirschstein lebendig übergeben wurde, derweil er fest glauben mußte: ich bin tot, aber meine liebste Mama und mein glücklicher Urlaubs-Papa, sein einziger Sohn Paul Simon, leben. Für sie gibt es Hoffnung. Für mich gab es keine.

Anton schmunzelt still verzückt in den Duft verströmenden Kaffee. Bohne, sagt er. Fast so selig wie meine früh verstorbene schlesische Großmutter in der neuen Heimat im Westen, dort war so ein Luxus gleich mit dem Notwendigsten aufgekommen. Wirtschaftswunder. Sie hatte das noch erlebt, den Aufschwung, die Wunderzeichen, und mich während der Schulferien daran teilhaben lassen: Bratheringe, Streuselkuchen, ortsüblicher Krümelpudding – für Flüchtlinge ein fremder, liederlicher, dazu mit Alkohol verrührter, aber gern ausprobierter Genuß –, die Wollstrickjacke, ein Kleid aus violett changierendem Taft.

Anton nippt und sagt: So muß es sein.

Der Kaffee, so weiß, so zwei Stück Zucker, so süß, so heiß. Der Frühlingstag. Ich, Eli, als seine Gästin. Unsere Stunde. Jedes für sich und alles zusammen. So muß es sein.

Ich packe die Gelegenheit. Ich horche ihn aus. Ich beginne mit Anton Semjonowitsch Makarenko. *Der Weg ins Leben. Flaggen auf den Türmen.* Bücher, die ich für mich und für Anton aus der Bibliothek im Puschkin-Haus ausgeliehen habe. Wie die Sowjetunion ihre straffälligen Revolutionskinder in Erziehungsheimen zu guten Menschen gemacht hatte. Am besten erziehe man mit Vertrauen, so schreibt Makarenko, der tüchtigste Erzieher der Welt. Vertrauen, sagt Anton, das sei ihm in den Büchern oft wie eine Finte vorgekommen. Vertrauen, das ist ein besonders gefährlicher Trick. So gut wie eine Strafe oder so schlecht. Ich höre mir Antons Meinung an, ob Finte oder nicht, ob Makarenkos Bücher richtige Romane sind oder vielmehr erfundene Tatsachen, ich streite nicht, ich will etwas anderes wissen. Ich ziele direkt in Antons gute, leichtlebige Laune.

Ob er den Jugendknast Makarenko in der Marienhofstraße kenne?

Antons dritte Zigarette, eine zweite Tasse Bohnenkaffee auf dem hohen Konditoreitischchen, das zwischen uns steht.

In der Marienhofstraße wird Arbeitserziehung gemacht, sagt Anton.

Wie bei Makarenko?

Genauso, mit sogenanntem Vertrauen. Die Bewacher verstecken sich hinter den Büschen.

Hinter welchen Büschen?

Hinter dem Gebüsch auf dem Heidefriedhof.

Auf dem Heidefriedhof?

Ich tupfe die letzten Krümel vom Kuchenteller. Neben uns der Betrieb der Genießer. Vor dem großen Toscana-Fenster die durch den Frühling schlüpfenden Straßenbahnen.

Dort am Massengrab wird ein Denkmal gebaut, sagt Anton. Es müssen Bäume gerodet werden. Sandstein wird angeliefert, Platten, Quader, schweres Material, dafür werden die Gefangenen vom Marienhof gebraucht. Lauter junge Kerle. Das Denkmal soll am 13. Februar fertig sein. Zum Jahrestag der Zerstörung.

Ich will noch wissen, woher er das weiß, ob aus der Zeitung oder woandersher.

Ich weiß es, sagt Anton.

Tasse und Teller leer. Alles abgegessen. Drei Kippen. Asche. Noch bevor Anton zahlt, senken wir den Blick. Er legt einen roten Fünfzigmarkschein auf den Tresen. Zwei Mark bekommt er zurück. Wir fallen in ein erschrockenes Schweigen. Gehen schweigend nebeneinander, vorbei an Heckerts und Sohn Eisenwaren, am Ratskeller, an Zeuners Kneipe vorbei, durch die Unterführung, ein Sprung zum großmächtigen Palast, in dem wir wohnen. Barocke Fensterbögen, Wiener Rauhputz, 1912 für arme, kranke und kinderreiche Familien gebaut.

Die Butterration kühlt im Spülkasten. Der Herd wird nicht mehr angefeuert zum Kochen. Wir besitzen eine elektrische Platte. Grammophon haben wir nur noch das kleine auf der Kommode, weil ich das zweite, das Schrankgrammophon, ausgebaut habe. Der Schrank steht in meinem Boudoir. Darin bewahre ich die Briefe auf, die ich vom Roten

Kreuz bekommen habe. Antwortschreiben auf meine Anfragen zum Verbleib meiner Angehörigen.

Mutter: Susanne Reich, geboren in Neukirch, Schlesien.

Vater: Paul Simon Reich, geboren in Dresden.

Meist heißt es nur: Der Suchvorgang konnte nach der letzten Anfrage nicht vervollständigt werden. Wir bemühen uns jedoch weiterhin. Sie erhalten umgehend Nachricht, falls wir die Akte durch neue Erkenntnisse ergänzen können. *Von Anfragen zu bereits bearbeiteten Vorgängen bitten wir abzusehen.*

Im Schrank liegen Heinrichs Osterpostkarte, sein Brief und eine Postkarte von einem Schlesiertreffen in Bielefeld. Er schreibt, was er dort erlebt hat: Es rieche im ganzen Ort wie Pudding, wegen Oetker, wegen der Puddingfabrik, *da kannst du Dir denken, wie groß.* In kleinerer Schrift schreibt er, wer alles nicht dagewesen ist. Schon gestorben. Doppelpunkt. Immer kleiner die Buchstaben, damit der letzte Tote noch in die Ecke paßt. Auch der und auch die noch. Mein Berichtsheft liegt in dem Schrank, den ich mir eingerichtet habe. Fächer aus Sperrholzplatten. Zigarrenkisten, eine für die Fahrradkasse, die andere für Ausweise und Lesewunschzettel für die Bibliotheken neben dem Sachsenbad und im Puschkin-Haus. Die Entwürfe zu den Sonntagsseiten in meinem Berichtsheft hebe ich auf. Manchmal denke ich mir zwei Aufsätze aus, dann muß ich entscheiden, welchen ich mit dem Montblanc ins reine schreibe. Königin Anna – Mutter der Armen oder Granulation von Superphosphat. Weil ich nicht jeden Tag in den Maulbeerhecken am Jugendknast hocken darf, habe ich zum Zeitvertreib angefangen zu malen. Ein Nephrolebis-Farn, Sorte Fanny Hensel, ist mir ziemlich gut gelungen. Ich tusche mit grüner Tinte, andere Farben habe ich nicht. Tabak-Reinsch schenkt mir schönes Malpapier, auch Seidenblätter, die ich zum Schutz zwischen meine grünen Gemälde lege.

Es ist nicht schwer, unsichtbar zu bleiben. Man muß nur auf eine bestimmte Art auf der Welt sein. Das Berichtsheft sollte immer pünktlich auf dem Tisch der Chefs liegen. Wenn die Schaffnerin durch die Straßenbahn drängelt, hat sie meinen Fahrschein bereits geknipst. Ihre eiserne Schaffnertasche keilt seitlich in meine Rippen. Wer ist hier noch zugestiegen? Ihre Stimme geht an mir vorbei. Mich muß sie nicht fragen. Ich bin abgefertigt.

Meist gehe ich zu Fuß. In Lappland oder in der Karelofinnischen Sowjetrepublik würde ich auf Schneeschuhen laufen. In Dresden mit seinen südlich barocken Trümmern, den freien Flächen und kleinen Bergen bleibt mir ein Traum von einem Fahrrad. *Diamant*, blau, mit Sportbereifung und Vorbaulenker.

Wiedervereinigung und Frieden. Nie wieder Krieg. Hinter solchen Schildern ziehe ich mit einer echten roten Nelke im Haar oder im Knopfloch durch die Stadt. An den Neubauten auf der Grunaer Straße, an den Trümmern der Frauenkirche vorbei, bis zum Theaterplatz, wo vor der durchsichtigen Opernruine ein Podest steht, von dem herab die Aktivisten winken. Die Schalmeienkapelle spielt. Das Lautsprecherecho folgt uns bis hinunter an die Elbe. Wir haben uns in Kette quer durch die Kundgebung vom Platz geschlängelt. Friedrich, Gisela, alle. Wir hocken auf den Ufersteinen. Wir ziehen Schuhe und Strümpfe aus. Von den Gummistiefeln habe ich weiße empfindliche Füße. Die Kerle wagen einen Sprung, versuchen ein paar Schwimmzüge gegen die Strömung. Wir wissen von Strudeln, von unberechenbarer Gefahr, den Tücken des Wassers. Von Gewaltkräften, die in den Abgrund reißen. Manche meinen: die größte Gefahr wären die Abwasserrohre. Gisela sagt: Ganz Dresden kackt in die Elbe.

Wer unerkannt durch die Stadt gehen will, sollte immer einen Karren schieben oder hinter sich herziehen, am besten einen zweirädrigen, gummibereiften Kastenwagen. Darin verschiedene Blumentöpfe, widerstandsfähiges Grünzeug zum Dekorieren, Gießkanne, Spaten, kleine Baumsäge, die Aktentasche mit den Gärtnermessern, eine Feldflasche voll Tee, eine Semmel, ein Apfel. Wenn die Leute aufblicken, dann spaziert ihr Auge zu der Karre und zu dem, was darin ist. Zimmertannen. Farne. Palmen. Ein Gewächshaus auf Wanderschaft. Na gute Fuhre!

Gummistiefel sind trotzdem von Vorteil. Man geht zwar mit empfindlichen Füßen, aber auf leisen Sohlen und kommt durch alle Wetter mit ihnen. Die tarnfarbene Touristikjacke hat sich bewährt, sie deckt mich und meine blaue Latzhose zu. Ich verschwinde in ihr.

Ich eile zwischen den Stationen, der Bar auf dem Weißen Hirsch, wo die großen internationalen Schieber verkehren, dem Tanzsaal im Elbe-Hotel, wo die kleinen Haie ihr Becken haben, von dort zum Hotel Astoria, wo die neuen chinesischen Teppiche liegen und die offiziellen Gäste unterkommen, und manchmal laufe ich noch zum Ballhaus Watzke, wo seit den großen Tagen der Stadtbezirkskonferenz wegen Baufälligkeit nur noch Kaninchenhalter und Schrebergärtner ihre Versammlungen und Vergnügen abhalten. Ich eile zum Gerichtsgebäude. Wie eine Burg aus dem Tausendjährigen Reich, so steht es und genügt den neuen, verschärften Sicherheitsbestimmungen nicht mehr. Ich hüte die in Hochblüte stehende Myrte, den Lorbeer und die Sansevierien im leer geräumten Haus. Das Landgericht ist umgezogen.

Drei Tage lang herrscht Stille im Korridor und im Saal. Man hört die eigenen Schritte. Dann sitzt ein neuer Pförtner hinter dem Portal in der Loge. Ein Hochschulpförtner. Die Studenten sind da. Sie springen die Treppe hinan, nehmen drei Stufen auf einmal, klettern über die Reihen, schlagen die Klappsitze. Wer pünktlich ist, gewinnt.

Maxim im ehemaligen Schwurgerichtssaal, wo vor wenigen Monaten Tobias als Verbrecher im Sinne des Landfriedensbruchsparagraphen zu mehreren Jahren Jugendstrafe verurteilt wurde. Ein Professor für Romanistik redet vom geschmückten Katheder herab, in Düfte gehüllt, über Blaise Pascal.

Meine Gießkanne gilt als Ausweis, sie überzeugt den neuen Pförtner, sie öffnet die Tür. Ich bin dabei. Ich sitze am Rande, still auf einem Notstuhl, weil ich zu spät gekommen bin, weil ich den Vortrag des Professors nicht stören will. Weil ich hoffe, daß Maxim mich sieht. Ohne daß ich mich bemerkbar mache. Ich höre zu. Ich bin ein Hörer. *In einem Garten ging das Paradies verloren. In einem Garten wird es wiedergefunden.* Sagt Pascal, sagt der Professor.

Bis zum Schluß bleibe ich sitzen, bis die Studenten laut und lange auf die Klapptische klopfen, ich halte andächtig die Gießkanne auf dem Schoß. Ich lasse Maxim keine Sekunde aus dem Auge, auch nicht am Ende, im Chaos des Aufbruchs. Maxim. Er kommt die Stufen herunter, wie gerufen läuft er mir in die Arme.

Ich habe dich längst gesehen, sagt Maxim.

Ich prüfe schnell die Erde in den Töpfen, ob die Sansevierien schon wieder Wasser brauchen. Ich gieße den Myrtenbusch, danach sause ich die Hintertreppe hinunter. Im Hinrichtungshof neben dem Hinrichtungspodest habe ich meine Karre abgestellt. Maxim wartet auf mich. Wir suchen eine Bank unter den jungen Bäumen am Münchner Platz. Wir reden über Pascal und den Professor, und dann bitte ich Maxim um seine genaue Adresse, die Nummer der Ruine in der Winterbergstraße, und ich frage ihn, ob er, wenn die Zeit gekommen sei, schweigen könne, gegen jedermann, auch gegen Gisela.

Er verspricht es, und ich küsse ihn, wir drängen uns fest aneinander, wir umarmen uns, und es ist der herrlichste Sommertag, den ich jemals erlebt habe. Maxim muß gehen, weil die Vorlesung wieder beginnt. Ich gebe ihm den Apfel aus der Aktentasche und einen Zettel, darauf steht Tante Selmas Adresse in Schwiegershausen, letzte Bahnstation im Osten, ihr Haus mit dem Gemüsegarten im abschüssigen Gelände, unten im Tal, der Graben und über dem Graben der Westen mit dem schlesischen Großvater Heinrich.

Maxim verschwindet samt Apfel und Botschaft hinter dem Portal, und ich nehme Anlauf, ich renne neben der Straßenbahn. Hinter mir die holpernde Karre. Ich fliege über die

Gleise, die zum Hauptbahnhof führen, über das Hygiene-Museum mit seinen Ausstellungsräumen, darin die bunt geäderte, mit Nerven, Muskeln und Därmen durchschlängelte Gläserne Frau, weiter über das Georg-Arnhold-Bad mit dem Zehn-Meter-Sprungturm, von dem herab ich jetzt gewiß ins Tiefe springen würde. Vom Fünfmeterbrett habe ich es inzwischen versucht, aber von ganz oben war ich bis heute zu feige. Die Herkulesallee, gesäumt von den Linden, die ich gepflanzt habe, lauter armdicke Bäumchen. Herkules, der Sandsteinheld, hat grade noch nebenbei, eine Zugabe zu seinen zwölf Heldentaten, einen altägyptischen König besiegt. Busiris ist tot. Herkules senkt die Keule, die Muskeln müde, die Lider schwer. Der Sandstein verspricht eine längere Pause, einen Herkulesschlaf. Ich setze die Bremsklappen, um mit meiner Karre auf der breiten, schnurgeraden Allee zu landen. Es ist nicht mehr weit.

Im Betriebsbüro sind die Kisten angekommen. Bücher und optische Instrumente. Mikroskope, Lupen, ein Fotoapparat. Lauter Sachen, die Dr. Dr. sc. nat. Nüßlein an uns adressiert hatte, bevor er nach seiner Haftzeit zu seinem Bruder nach Tübingen gegangen war. Wir wußten von Friedrich, der in unserem Namen und mit unseren Unterschriften während der Monate Briefe an den verehrten Meister geschrieben hatte, daß er uns Bücher schenken wollte, aber wir hatten keine Ahnung, daß er uns seine ganze Bibliothek hat einpacken lassen. Die Kisten mußten durch eine wochenlange Lesekontrolle, um uns durch Schundliteratur nicht zu gefährden, und nun waren sie da. In der Mittagspause haben wir den Schul- und Speiseraum gescheuert und angefangen, Regale zu bauen. Die Chefs hatten Bretter, die eigentlich zum Schattieren der Frühbeete bestimmt waren, für die Bücher freigegeben. Am Wochenende arbeiten wir die ganze lauschige Nachtigallennacht. Manche sagen, es seien Sprosser, die sich beim Singen so eifrig gebärden, aber wir zählen die Schläge. Es sind sieben, und damit haben sie sich den Namen Nachtigall verdient. Aus dem Gehölz am Carolasee und ganz in der Nähe vom Botanischen Garten kommt ihr Gesang. Wir streichen die Regale rot. Wir besitzen eintausend Bücher. Unseren Schul- und Speiseraum nennen wir von nun an Bibliothek. Wir beschließen eine Ausleihefrist, dazu für die Regale eine Fach- und Länderordnung. F 30, das ist ein Buch über Pascal. BR 12, das ist *Tote See* von Jorge Amado, D 123, das ist *Der Zauberberg* von Thomas Mann, die drei Bücher will ich als erstes mitnehmen.

Friedrich weiß, wohin wir den Dankesbrief an Nüßlein adressieren können. Wir leben in seinem Geiste. In unserem regionalen Bereich der sächsischen Flora kennen wir alle Wildpflanzen, ihre Familien, Gattungen und Arten. Exkursionen, die sonst Nüßlein mit uns unternommen hätte, haben wir seit dem Tag seiner Verhaftung, zu Zeiten, da ich noch prämierte Essenholerin war, allein machen müssen. In die Elbseitentäler oder nach Tharandt in den Heinrich-Cotta-Berggarten im Zeisiggrund und in den neuen Teil auf dem Knieberg oder in die Parks und in die Spezialgärtnereien. Einmal sind wir mit der Eisenbahn nach Potsdam zu Stauden-Foerster gefahren, um den Senkgarten und die neuen Phlox- und Ritterspornsorten anzusehen. Diese Reise ging noch auf einen Plan von Nüßlein zurück. Er hatte uns dort angekündigt, denn er kannte den berühmten Staudenzüchter, und Foerster schätzte unseren Nüßlein, wie wir in seinem Hause eindrücklich erfuhren. Frau Foerster hatte uns alle als die jungen Freunde des lieben Nüßlein in die Veranda gerufen, dort aßen wir Marmeladenschnitten, tranken Tee und bekamen einen neuen, farbig gedruckten Katalog mit den Foersterschen Staudensortimenten. Zum Abend hörten wir im Haus ein Konzert. Wilhelm Kempff spielte auf dem Piano. Die Sonate Nr. 8 von Ludwig van Beethoven und als Zugabe *Die Brautfahrt der Unterirdischen* aus den *Norwegischen Bauerntänzen* von Edvard Grieg. So habe ich es mir zum Merken in meinem Gärtnerkalender notiert.

Auch bei Kakteen-Haage in Erfurt sind wir gewesen. Von daher rührte unsere Kakteenecke, die inzwischen keine Ecke mehr ist, sondern über eine und eine zweite Stellage hinauswächst. Ableger seltener Arten und Sämereien von Haage persönlich.

Sehr geehrter Herr Doktor Nüßlein, wir möchten uns für die vielen schönen Bücher, den Fotoapparat, die Mikroskopiersachen und alles andere herzlich bedanken. Es ist sehr schade, daß Sie nicht mehr bei uns sind. Erlauben Sie, daß wir Ihnen auch künftig über unsere Wanderungen mit dem Bestimmungsbuch sowie über unsere Züchtungsversuche berichten. Leider sind uns etliche Unternehmen im Gewächshaus fehlgeschlagen, auch einen Baldrian, Valeriana angustifolia, konnten wir bisher im Ziegengrund noch nicht finden. Es handelte sich leider immer nur um den Baldrian mit großen Trugdolden, aber das ist doch laut Wünsche/Schorler die V. exaltata? Im Sommer bekommen wir draußen vor der Stadt am Elbufer auf brachliegendem Land ein Mitschurin-Feld, auf dem wir Apfelsinen- und Zitronensämlinge setzen sollen. Jungpflanzen, die aus dem Warmhaus in Kalthäuser und dann in gepackte Kästen gesetzt worden sind. Aber was wird mit ihnen im Freiland? Was wird im Winter? Die Elbe kann sie nicht auf Dauer schützen, die friert manchmal selber zu. Wir wissen nicht, wo die nötige Wärme hernehmen. Viele Grüße indessen.

Wir schreiben, nach Alter geordnet, unsere Namen unter den Brief. Ich bin die letzte, ich schreibe: *und Eli.*

Wieder schlagen die Nachtigallen. Friedrich nimmt mich auf den Gepäckträger seines Fahrrads, damit ich die Straßenbahn noch erreiche. Es wird jeden Tag spät. Das Einfärben der Präparate beim Mikroskopieren ist eine Kunst für sich. Friedrich radelt quer durch den Botanischen Garten, ich springe ab, um die Tore auf- und zuzuriegeln. In der Straßenbahn sehe ich, bevor mir die Augen zufallen, ein Gesicht in der Scheibe. Mama.

Ich zeichne einen Plan. Den kürzesten Weg vom Heidefriedhof zur Winterbergstraße. Den Wilder-Mann-Berg abwärts, die Großenhainer Straße immer südlich voran, dann durch die Unterführung der Eisenbahngleise, an der Ruine vom Japanischen Palais vorbei, schließlich über die Brücke, quer durch die besten Trümmer der Stadt, Georgentor und Schloß, weiter die Neubauhäuser, das freie Feld, der Park. Darin male ich an einer Stelle neben dem Botanischen Garten am Dahlienquartier ein lachendes Gesicht mit Beinen, Gummistiefeln. Darunter schreibe ich: ICH. Weiter den Weg, den ich vom Essenholen ganz genau kenne. Eine Straßenecke. Ein Pfeil, der auf einen Steinhaufen zeigt. Neben dem Einstiegsloch eine Rose. Maxims Unterkunft. Ich falte die Zeichnung so klein wie eine Zigarette.

Anton klopft an die Tür. *Morgefrüh ist die Nacht vorbei.* Einer seiner weisen Sprüche.

Anderntags trenne ich am Bund der Touristikhose, die ich hinter dem Waschbär aufbewahre, ein Stück von der Naht auf, zwei Zentimeter, das muß genügen. Darin verstecke ich meinen Plan.

Wir arbeiten jetzt hauptsächlich in den Sommerblumen oder in den Staudenrabatten des Parks. Spaziergänger beneiden uns um unseren schönen Beruf. Immer an der frischen Luft. Der GROSSE GARTEN ist die grüne Lunge der Stadt und ein Kunstwerk, geschaffen von der Natur und von uns Menschen. Gartenmeister Karscher hat das meiste gemacht. Französisch, wie es die Könige wollten. Wir pflegen das Rondell um die *Zeit raubt Schönheit* von Pietro Balestras. Manchmal fragen uns die Spaziergänger aus, sie wollen Pflanzennamen wissen, oder sie lassen sich die Sandsteinfigur erklären. Friedrich kennt eine andere Deutung des Werkes von Balestras. – Der Mann sei nicht die Zeit, sondern Boreas, ein wilder Wind, der Kälte, Eis und Finsternis bringe, und die Schönheit heiße Oreithya, wie eine berühmte Neride. Sie würde gerade von Boreas entführt. Wir nehmen mal die Version vom Wind, mal die von der Zeit, mal sagen wir: Das ist Kuno der Lahme oder Schleicher Rudi.

Wenn das Rondell fertig ist, gehen wir wieder in die barock gestalteten Staudenbeete rings um die Ruine vom Italienischen Palais. Immer im Kreis. Zurückschneiden, hochbinden, nachpflanzen. Auf Frühstück, Mittag und Abend warten. Aber ich bin meist unterwegs. Ich trabe durch die Straßen. Von der Morgendämmerung bis zum Finsterwerden. Wenn ich mich beeile, habe ich mehr Zeit, als der Tag hergeben will. Wenn ich es richtig anstelle, überhole ich die Sonne, sie lacht, sie schenkt mir eine Stunde im Hörsaal am Münchner Platz, ich renne für Maxim, eile, um die Frühstückspause auf unserer Bank zu gewinnen.

Es gibt ein drohendes über meinen Wegen schwebendes Wort, das heißt: Semesterschluß. Es steht auf der Mitteilungstafel im Treppenflur. *Semesterschluß aus technischen Gründen vorgezogen.*

Wenn ich es richtig anstelle, könnte ich schlauer sein als die Kalender und Stundenpläne. Es liegt nur an mir. Ich muß mich beeilen, dann gewinne ich Zeit. Zwei Stunden jeden Tag. Der Professor kennt mich inzwischen. Die Kleine vom Kommunalen Landschafts- und Zierpflanzenbau. Oder die Gestiefelte Gärtnerin, sie sitzt in der Arena ganz unten, direkt an der Tür, dem früheren Eingang des Hohen Gerichts, die Gießkanne zu Füßen. Die Aktentasche als Schreibtisch auf den Knien, Heft und Stift wie die Studenten.

Das Buch *Rot und Schwarz*, über das der Professor schon viele Tage redet, habe ich gelesen. Ich leihe es mir noch einmal aus. Die Nummer F 41 in unserer Nüßlein-Bibliothek.

Ich habe mir angewöhnt, jeden Tag um die gleiche Zeit die Marienhofstraße entlangzuwandern. Um nicht gesehen zu werden, muß man zeitgenau sein. Es ist wie mit dem Glockenläuten und mit anderen pünktlichen Erscheinungen des Tages, die Leute haben sich daran gewöhnt, es fällt auf, wenn nichts schlägt oder klappert, wenn meine Karre nicht vorbeirollt, wenn meine Mütze fehlt. Dann wäre im Nachmittag ein kleines Loch, ein Nichts, über das man sich wundern müßte.

Ich bin wie das Schlagen der Turmuhr, wie das Quietschen der Straßenbahn, wie ein hintergründiges Rauschen, wie Staub, wie ein Vogel, an den man sich nicht erinnert, weil er jeden Tag am Fenster vorüberfliegt. War es ein Spatz, eine Schwalbe oder ein Augenflimmern oder ein übergangener Schlaf. Wenn ich zweimal nicht käme, würde man mich am dritten Tag kennen. Als die mit der Karre, die plötzlich fehlt. Man sieht, was fehlt. Ich bin am Platze. Unwahrnehmbar wie nichts.

Ich werfe einen Apfel über die Maulbeerhecke. Das Gelände hinter der Hecke gehört zur Jugendstrafanstalt Makarenko.

Jemand wird den Apfel finden. Ein Sträfling oder ein Bewacher, eine Wespe, gefolgt von einem neidischen Schwarm. Wer es wissen will, kann erfahren, wo die bewachte Gruppe junger Männer mit den geschulterten Spaten herkommt. Dreckige Schuhe, Sägestaub. Kiefernnadeln. Anton hat es mir selbst erzählt. Die schuften auf dem Friedhof in der Heide. Dort werden sie mit Vertrauen bestraft. Was ich gesehen habe, habe ich gesehen.

Ich schließe die Augen und lasse es erst einmal finster werden, dann lasse ich es probehalber ein bißchen regnen. Mit dem nächsten Apfel, den ich hinüberwerfe, führe ich eindringlich Rede. Du bist bestimmt für einen, der dich finden soll.

Wenn ich an meinem Platz bin, wird mich niemand erkennen. Nur wenn ich fehle, fragen sie, wer ich bin und was ich mir im stillen denke.

Ich renne, weil die Chefs, Kuno der Lahme und Schleicher Rudi, auf mich warten oder Anton und Alice.

Jede Woche zeige ich im Lehrgespräch, was ich fachlich gelernt habe. Die Chefs, Kuno der Lahne und Schleicher Rudi, stellen Fragen. Nach der Hymenocallis zum Beispiel. Familie? Ich sage: Amaryllidaceae, und lege los. Sage, daß der Namen aus den Wörtern hymen und kallos besteht, auf deutsch: Haut und schön, daß die Staubgefäße durch eine tellerförmige Nebenkrone verbunden sind, daß die Gattung ungefähr 50 Arten umfaßt und daß sie hauptsächlich in den tropischen und subtropischen Gebieten der Neuen Welt zu Hause ist. Daß die Pflanzen eine Zwiebel oder einen zwiebelartigen Endstamm haben, daß die Blüten in Dolden beisammenstehen und, wie bereits erwähnt, eine ansehnliche Nebenkrone bilden. Ich sage nicht Blüte, ich sage: Schauapparat, diese Nebenkrone ist der Schauapparat der Hymenocallis. Farbe: weiß oder gelb. Blütezeit: immer. Duft: köstlich und stark. Ich gönne mir endlich ein bißchen Luft. Ich atme leise.

Ich habe ohne Pause geredet. Denn ich will ihnen weismachen, daß ich geeignet bin.

Ich ernte ein Lob. Ein mündliches und ein schriftliches. Das schriftliche soll von meinem Erziehungsberechtigten zur Kenntnis genommen werden.

Da wird sich dein Opa sicherlich freuen.

Ich klemme das Berichtsheft unter den Arm. Jetzt stehe ich still, von außen betrachtet: grün und bescheiden wie ein Schachtelhalm, neben dem Schreibtisch herum. Ich habe gelernt und geredet. An Gebetes statt meine botanischen Kenntnisse. Damit mein Wille geschehe im Himmel und auf Erden und auf dem Heidefriedhof.

Die Spitze des rechten Gummistiefels quietscht nervös auf dem geölten Boden.

Muß mein Opi heute noch unterschreiben?

Das hat Zeit, sagen die Chefs. Zufrieden, fast stolz auf mich, als hätten sie mit mir einen Blumentopf gewonnen.

Unter meinen Rippen staut sich Hoffnung. Der Gummistiefel verstummt. Ich bin bereit. Ich bin die, die ihr erwählen müßt. Ich sehe sonst keinen anderen Weg. Es hat gut angefangen mit einem schriftlichen und mündlichen Lob, nun warte ich noch, daß ihr mir den Auftrag gebt. Ich stehe vor euch in Mütze und neuer Touristenjacke, die meine komische blaue Hose verdeckt, mit meinen schönen, heute etwas nervösen Stiefeln und den Kenntnissen, die ich habe. Ich weiß über Seltenheiten, also auch über die Hymenocallis Bescheid, und in der Stadt kenne ich mich aus. Auf geradem

Weg bin ich flink. Ich weiß die Karre zu lenken. Die Familie der Ericaceae habe ich ausführlich im letzten Sonntagsaufsatz beschrieben. Ich bin die richtige. Ich bin geeignet.

Ich stehe unter der römischen Bürouhr und höre endlich den einmütigen Beschluß, eure freundliche Stimme vom Schreibtisch.

Ich soll die Pflanzen aus der Erikengärtnerei zum Heidefriedhof transportieren: Erica primavera und Erica carnea. Nimm mit, soviel deine Karre trägt.

Ich nehme den Auftrag wie die Sphinx im Sandmeer von Giseh mit butterfeinem Lächeln.

Mein Auftrag. Er ist die einzige Möglichkeit, und ich habe sie fest in meinen Fäusten, ohne die Hilfe einer Sternschnuppe, die alle Wünsche erfüllt. Der Auftrag ist mir zugefallen. Weil ich zur Stelle war.

Am nächsten Morgen erklären die Chefs vor Arbeitsbeginn in einer kleinen Rede, was es mit dem Erikentransport zum Heidefriedhof auf sich hat. Das Mahnmal zum Gedenken an die Toten der Bombennacht am 13. Februar 45 würde erneuert, würde endlich mit einer Steintraverse versehen. Die Fläche davor müsse gestaltet werden. Eine ehrenvolle Aufgabe für die Jugend, meinen sie, sei das, die Pflanzung zwischen der Feuerschale und dem großen Gedenkkreuz.

Wir nicken. Für die 350000 Toten der Bombennacht und für den einen, den das Räumkommando eine Woche danach wegen einer Teekanne erschossen hat.

Die Eriken müssen aus der Erikengärtnerei in Laubegast abgeholt werden.

Die Augen der Jugend schauen auf mich. Ich bin am besten. Ich bin geeignet. Ich bin davongekommen. Ich habe den Auftrag. Er wurde mir bereits gestern erteilt. Ich bin ein Fels. Stumm und stolz wie die steinerne Barbarine in der Sächsischen Schweiz. Die Chefs sagen: Eli ist bereit. Eli, nimm die großen Stapelkisten, damit paßt das Doppelte auf die Karre, nun beweise, was du kannst, zeige, was du gelernt hast und wo dein Herz sitzt. Links, bei der Arbeiterklasse.

Eine Ehre. Eine Schinderei, der Weg von Laubegast zum Heidefriedhof.

Einer muß es ja machen.

Ich bin schon unterwegs. Meine Karre wartet. Sie steht am Werkzeugschuppen, weil sie Luft braucht und Öl. Für die Radlager und die Achsen nehme ich rötliches Schmierfett. Die Chefs geben mir einen Zugriemen, den ich mir über die Schultern binden kann. So gewinne ich Kraft. Die *Sächsische Zeitung* druckt einen Artikel, dazu ein Foto von mir, wie ich eine Kiste Erica carnea schleppe. Überschrift: *Auf unsere Junggärtner ist Verlaß.*

Mir ist, als müsse ich jemandem für besonderen Beistand danken. Maxim. Mama und Papa hoch in den Wolken. Dem Kieselstein in der Hosentasche, den ich an der Elbfähre am Ballhaus Watzke aufgehoben habe. Weil er mit mir kommen wollte als ganz kleine Last und als Ersatz für eine Taschenuhr oder als Talisman. Ich müßte endlich wieder einmal meinem Sonntagsredner Peter von Zahn in einem Brief meine Anhänglichkeit und Dankbarkeit bekunden. Wahrscheinlich habe ich einen Gott in Amerika, der von dort aus das Leben lenkt. Wahrscheinlich habe ich mehrere Götter. Zwei englische Wesen sitzen in meinen Achselhöhlen, sie heben mich hoch, sie halten mich fest. Nur Mut, flüstern sie, während ich renne, und ich juble laut:

Ich werde mich darum kümmern. Um Heideerde und Dünger und was man sonst noch für die Bepflanzung rings um einen Gedenkstein und für die Wegbegrenzung braucht.

Während ich davonfliege, danke ich meinen Freunden, Friedrich, Gisela, meinen Chefs für die gute Meinung und das Vertrauen und die Vergeßlichkeit, denn daß die Dekoration im Gerichtsgebäude, das jetzt provisorisch von der Hochschule für Vorlesungen genutzt wird, immer noch steht, gründet sich gewiß allein auf ihre Schußligkeit. Chefs sind Menschen. Ich habe zu danken. Meinen Beinen. Den Gummistiefeln. Den Sansevierien, der Myrte, den Lorbeerkübeln, sie brauchen mindestens dreimal in der Woche Wasser und Pflege. Ich bin zur Stelle. Ich bin da.

Ich frühstücke mit Maxim auf der Parkbank. Zum Abschied schiebe ich den warmen Kieselstein aus meinem Mund unter seine Zunge. So kannst du an mich denken. So kannst du für mich beten. Ein Gedenkkieselstein.

Am Sonntag zelebriere ich eine Stunde des Gedenkens und der Besinnung.

Anton hat frühmorgens den Rucksack gepackt. Er ist mit Alice und dem Wanderrucksack unterwegs. Das Radio sowie alle drei Sessel stehen mir zur Verfügung. Der ganze Tisch gehört mir. Anton hat seinen Pullover liegenlassen. Den stopfe ich in die Kochkiste. Seine Hausbabuschen schiebe ich unter das Sofa. Jetzt ist keiner mehr in der Stube, so bin ich allein.

Peter von Zahn spricht per Draht aus Amerika. Musik, seine Stimme, während ich die Pistole halte. Sie liegt schwer in der Hand. Schwerer als eine Rosenschere. Es ist die alte 1920 Walther Ich habe keine Ahnung, wie man eine Pistole zerlegt. Sandpapier, Putzwatte, ein kleiner Schraubenzieher, mehr fällt mir nicht ein. Weil ich in das Schießloch Leinöl gegossen habe, halte ich die Pistole gegen Dubberts Decke. Der Spiegel zeigt mich, wie ich bin. Allein, erst halb angezogen, in Schlüpfern und Socken, Wellenzwicker in den Haaren, die rechte Hand erhoben. Eine Partisanin gibt das Signal. Ich suche die Patronen zwischen der Wolle. Es sind zwölf. Die graue Schachtel ist voll.

Peter von Zahn erzählt über Jugendliteratur in Amerika. Das liebste Buch seiner Kinder: *The Giving Tree.* Von Shel Silverstein. Ein Junge verliebt sich in einen Baum. Aus den Blättern des Baumes macht er sich eine Krone. So wird er zum König des Waldes, so lebt er viele Jahre im Schatten des Baumes und von seinen Früchten und mit den Jahren sogar von seinem Holz. Am Ende steht er als alter Mann vor dem Baumstumpf.

Ich kann dir nichts mehr geben, sagt der Baumstumpf.

Ich brauche nichts mehr, sagt der Alte, ich wünsche mir nur einen Ort zum Ausruhen.

Well, said the tree, an old stump is good for sitting and resting. Sit down and rest. And the boy did.

Die Pistole wickle ich in ein Handtuch. Die graue Schachtel nehme ich mit.

Es muß ein Sonntag sein. Es ist Mai, man erkennt das Jahr an den alten Frauen, die mit ihrer Gartenbürde den Wilder-Mann-Berg besteigen. Maiglöckchen, Vergißmeinnicht. Körbe mit Stiefmütterchen. Pflanzbesteck. Friedhofsgeräte. Ich überhole mit meinen trainierten Beinen und dem leichten Gepäck, Gewicht ungefähr ein Brot, aber klein, es paßt samt Handtuch in meine gehäkelte, mit Seide gefütterte Umhängetasche. Ich habe mich sonntäglich angezogen. Bordürenrock, weiße Bluse und frische Frisur, lockere Wasserwellen.

Hinter Leidtragenden, Kränzen, Schleifen, die zur Kapelle gehen, wandere ich den Hauptweg hinunter. Die Glocke bimmelt, es ist die letzte Beerdigung an diesem Tag. Auch eine Glocke braucht einmal Ruhe.

Als erstes besichtige ich den Bauplatz. Der Sockel für die Feuerschale wurde schon aufgestellt. Die Arbeiten an der Rabattenbegrenzung, am Weg und am Fundament des Kreuzes haben angefangen. Material liegt bereit, behauene Sandsteinplatten, Kiesberge, Bretter, unter Zeltbahnen Zement. Es gibt noch reichlich zu tun. Ich schätze ab, wieviel Eriken ich brauchen werde. Zweihundert oder vierhundert, jedenfalls etliche Fuhren.

Der Heidefriedhof ist aufgegliedert in verschieden gestaltete Quartiere. In manchen sind die Holzkreuze schon umgefallen, die Steinplatten von Gras überwuchert. Ein früherer Urnenhain hat sich wieder zum Waldrevier gewandelt, manche Gräber liegen im Unterholz. Blaubeerreviere. Hohe Kiefern. Ich habe, nicht weit vom Weg entfernt, einen guten Platz gefunden. Unter Birken, im Farnkraut versteckt, ein grüner Hügel, eine im Moos versunkene Bank, darunter liegt Laub. Eine Höhle. Ein Nest. Wenn man will, ein gemütliches Bett. Ich lasse den Ort unberührt. Hier walten Zeit und Natur. Eine einzige Erdbeere zupfe ich vom Strauch. Wie eine Amsel, die das Leben leicht nimmt. Ich merke mir eine Buche am Weg, deren Art ich nicht kenne, vielleicht kann ich später einmal mit Nüßlein korrespondieren. Silberweiße Borke, geschlitzte Blätter. Vielleicht später, jetzt braucht die Buche keinen genauen Namen. Ich merke mir die Stelle, wo sie steht, die russischen Schnitzereien am Stamm. Buchstaben. MUP. In unserer Schrift liest man Mup, aber in Wirklichkeit heißt es Frieden. Russisch Mir. Es sind kyrillische Buchstaben.

Bergwärts führt das eingehegte Gelände durch ein Zaungatter in den offenen Wald. Bevor ich auf die betriebsame Hauptstraße stoße, wo die Busse nach Moritzburg verkehren, muß ich es wagen. Ich habe den welterfahrenen Alten in der Bar vom Parkhotel ausgefragt. Er war besoffen genug, so daß er sich über meine Fragen nicht gewundert hat. Ich habe Puschkins Geschichte *Der Schuß* gelesen. Nichts brachte guten Rat. Aus der Erzählung erfuhr ich nur, daß man eine Pistole pflegen und daß ein guter Schütze jeden Tag üben muß, jedenfalls wenn er eine Fliege an der Wand oder wenn er in einem Gemälde aus bestimmten Gründen ganz genau noch einmal ins selbe Loch treffen will.

Ich weiß nicht, wo man drauf drücken muß, damit das Magazin herausfällt. Das Handtuch liegt ausgebreitet auf einem Baumstumpf, darauf die ölig blanke Pistole. Wenn ich könnte, würde ich schießen, aber ich weiß nicht, wie. Ich halte den Lauf an den Bäumen vorbei, berühre mit dem Zeigefinger den Hebel, den der Alte, der Ritterkreuzträger, Major der Schlacht von Mort Homme, unser guter Gast in der Nachtbar am Weißen Hirsch, in seiner weinbrandseligen Schlauheit ZÜNGEL genannt hat: Das Züngel ist der Punkt, da gehts los. Kein Züngel dran an meiner Pistole. Ich suche einen Entspannungsdrücker oder eine Ladeanzeige oder

Spannungsanzeige. Das Gerät stellt sich tot in meinen Händen, leblos, arglos wie eine Zuckerzange. Unter meinen Rippen pocht derweil ein Klöppel der Angst. Züngelsicherung. Schlagbolzensicherung. Ich drehe und drücke, rüttele an den besagten Teilen. Spüre das Pochen unter den Rippen und plötzlich ein Fingerzucken. Das, was der Alte Magazin genannt hatte. Von der Magazinsperre freigelassen, von der Magazinfeder herausgeschoben. Leer. Eine leere Hülle. Ich habe es gehofft, aber ich konnte es nicht wissen.

Spielst du mit? rufen mir die Dubbert-Kinder entgegen. Sie haben im Hof ein Hupfkästl in die festgetrampelte Erde gekratzt. Himmel und Hölle. Spielst du mit? Ich hänge meine Umhängetasche an die Klopfstange.

Augen zu. Ein wohlkalkulierter Schritt auf dem vorgezeichneten Terrain. Bin ich? Die Dubbert-Kinder schreien Himmel oder Hölle, manchmal schreien sie Donner oder Blitz. Ich darf die Augen aufmachen, um selbst nachzusehen, ob ihr Urteil stimmt. Bin ich mit dem Fuß im Himmel gelandet oder bin ich auf einen Strich getreten. Bin ich? Ich schließe die Augen.

Himmel. Himmel, schreien die Dubbert-Kinder. Bin ich? Wenn sie Hölle rufen, sage ich noch mit geschlossenen Augen: Das gilt jetzt aber nicht. Bevor wir uns richtig streiten, frage ich, warum Dieter nicht mitspielt.

Ach der, sagen die Dubbert-Kinder. Der Stenz. Der ist nicht zu Hause. Nie ist der zu Hause, weil er ein Stenz ist.

Da habe ich auch keine Lust mehr auf Hupfkästl. Die Kleinen halten mich an der Tasche fest. Wollen wir Dieters Ball mausen und bissl bäbbeln?

Nee, sage ich, in meinen Sonntagssachen bäbble ich nicht. Und so bewahre ich uns vor der Schimpfe, die schon hinter dem Küchenfenster der Hausmeisterwohnung lauert. Hier wird nicht gehupft und gleich gar nicht gebäbbelt.

Ihr verdammten dreckigen katholischen Luder.

Die Erica carnea gehört zu den Moorbeetkulturen. Sie braucht sauren Boden. Halbschatten. Blütezeit: zeitiges Frühjahr. Die schönsten Sorten gibt es in den Gärtnereien bei Seidel und Urbsch in Laubegast. Weiß bis dunkelviolett. Farbintensiv, regenfest, bienenfreundlich. Weil sie im Jahr den ersten Honig bringen.

Die Chefs haben die Bestellung schon aufgegeben.

Ich übe Geduld. Es ist nicht leicht, langsam zu gehen, langsam den Löffel heben, ewig kauen. Langsam die Seite im Buch umblättern, das ist eine Kunst, halblaut, leise Falterflügel der Sehnsucht. Nüßlein hat uns ein neues Buch geschickt. Gedichte, die wir auswendig lernen sollen, damit wir unterwegs immer was im Kopfe haben.

Was soll mein Blut nun?
Tauben und Tau waren Leben
Tauben und Tau sind auch Tod …
Ach Gräser, ihr Stengel der Sterne:
Was für ein Wind reißt euch fort?

Ich schreibe an Tante Selma in Schwiegershausen einen Brief. Ich schreibe langsam, damit man meine Schrift gut lesen kann, lauter Sachen über unseren Doktor Nüßlein. Irgendwo in der Mitte plaziere ich seine neue Adresse. Ich schreibe sie in großen Druckbuchstaben, damit Tante Selma meine Gedanken errät. Meinen Plan, den ich für mich in meinem Kopf selbst noch nicht fertig habe. Ich grüble und schreibe, daß Dr. Nüßlein viel über die Entwicklung und Verbreitung unserer Pflanzenwelt weiß, und wie es so geht mit Anton und Alice, wir haben neuerdings einen elektrischen Kochtopf. Uns geht es gut.

Der Brief muß erst dort sein. Man weiß nicht, wie lange ein Brief vom Briefkasten in Dresden N 23 bis nach Schwiegershausen unterwegs ist.

Bis vor kurzem bin ich am liebsten gerannt. Jetzt gehe ich Schritt für Schritt. Tempo und Langsamkeit dienen einer

Sache. Es sind zwei Möglichkeiten oder, wie Maxim sagen würde, zwei Prinzipien. Meine zwei Künste. Damit mache ich mich unsichtbar.

Ich gedulde mich.

Ich erwarte mit Trauer im Herzen die Semesterferien.

Ich erwarte voll Hoffnung die Pflanzzeit für die Heide. Man kann bereits im Frühsommer beginnen. Dann können die Pflanzen im Sommer und Herbst noch Wurzeln treiben. Dann könnte die Winterheide im Februar zur Einweihung des Mahnmals bereits in Knospe stehen oder gar schon blühen. Es kommt auf das Wetter an, und es ist wichtig, daß man die Jungpflanzen in frostfreien Zeiten fleißig gießt.

In diesen Wochen ist es um das alte Gerichtsgebäude still. Die Studenten sind fort. Semesterschluß schon im Juni, weil es im August bereits wieder losgehen soll, erst mit der Erntearbeit auf den Feldern, dann mit dem Studieren. Die Kübelpflanzen im Vorlesungsraum *Geschichte des Spätmittelalters*, wie der Gerichtssaal laut Türschild jetzt heißt, habe ich während der Ferienzeit näher ans Licht geschoben. So schaue ich von oben herab in ein grünes Wäldchen und auf das Katheder, das auf dem Podest steht, wo früher die Anklagebank und die Rampe fest verankert waren. Man sieht noch die Bolzenlöcher und die Umrisse auf dem Fußboden. Man riecht frisches Bohnerwachs und neue Wandtafelfarbe. Ich habe ein Fenster aufgemacht. Ich sitze in der Reihe, wo sonst Maxims Platz war, um so zu atmen wie er. Seine Luft. Ich lasse mich kühl umfächeln. Und warte auf seine Gedanken, die lieben schönen Sprüche. *Glaube nicht, daß die Zeit deine Wunden heilt. Die Zeit verscheucht nur den Schmerz*, und sie raubt, wie wir Parkgärtner wissen, die Schönheit. Ob Maxim darin einen Streitpunkt erkennt? Ich wälze in meinem einsamen Mund einen neuen Kieselstein hin und her. Der Stein ist größer als der, den ich Maxim unter die Zunge geschoben habe. Ich knirsche schwer.

Die Gießkanne hockt auf dem Platz neben mir. Die Aktentasche halte ich zwischen den Füßen. Manchmal lese ich ein paar Seiten, denn ich habe über die stillen Wochen gern ein Buch in der Tasche, meist einen Roman. *Krieg und Frieden* von Tolstoi. *Anna Karenina* habe ich gelesen. Manchmal lese ich in den Spinnweben, die in den Fensterwinkeln hängen, oder in den Rissen der Holzpaneele. Wie in den vergangenen Jahren auf meiner Schulbank. Ich finde die beiden Augen, die Acht, das Zeichen des Schweigens. Ich denke mit gefalteten Hände an das Leben, wie es ist und wie es werden soll. Ich denke an die Zigarrenkiste mit dem Fahrradgeld. Und an die Zukunft, wenn ich dermaleinst ein Fahrrad haben werde. Ich denke wieder einmal an die Fünfmarkstücke und den Zehnmarkschein von meinem schlesischen Großvater. Ich denke an seine Tränen, denke, wo meine Gedanken so lange gewesen sind. Seit meinem letzten Besuch bei ihm und meinem Gang über den Roten Buckel. Schwarz über die grüne Grenze. Ich denke daran, wie ich zwei Kerle auf einmal liebe. Zwei und wieviel Träume. Das Für und Wider für mich und die beiden. Ich bin glücklich, sage ich mir. Und ihr sollt es werden. Eines schönen Tages.

Und das ist ein Moment, wo man die richtige Sekunde verpaßt. Sie ist vorbei. Die Vergangenheit ist nicht mehr herzuholen. Ich bin schuld und die Stille um mich herum. Ich habe ja nicht mal eine Armbanduhr, die im Saal ein Geräusch machen könnte.

Er ist durch die untere Tür hereingekommen. Ein Mensch, verpackt in einen weiten gepfefferten Anzug, klein, dünn, runder Kopf, große Ohren, gekämmt, gescheitelt das lichte eselsgraue Haar. Die Krawatte ein weinroter Strick. Hornbrille mit dicken Gläsern, wahrscheinlich eine Lesebrille, die er vor Eifer auf der Nase herumträgt. Strebt mit quietschenden Gummisohlen um das grüne Wäldchen herum direkt zum Katheder. Es ist zu spät. Ich darf nun nicht mehr atmen. Herz, halte stille.

Sehr geehrte Genossinnen und Genossen, der Mensch ist nicht fähig, in der Leere seines Ich *zu bestehen, er ist unfähig, wahrhaft Mittelpunkt zu sein. Er sagt: mein Hund, mein Platz an der Sonne, womit der angemaßte Besitz aller Dinge der Welt begonnen hat. Er ist den Sachen und den Geschöpfen durch den Wunsch seines Herzens verfallen. Doch das Herz ist eine Null.*

Der Zeigefinger weist über das Pult in den Saal, als säße der Mensch in der Leere seines Ichs ganz hinten oder oben auf einem Sims, ich suche verstohlen. Oder meint der Finger und diese Stimme nun gar mich. Hat er das Klopfen gehört? Mein Herz. Hätte ich Mut, würde ich ihm jetzt ein Zeichen geben. Ich halte die Luft an. Herz, halte stille.

Wenn die richtige Sekunde vorbei ist, beginnt die falsche Zeit. Sie wird mit jedem Augenblick falscher.

Es ist meine Schuld.

Der Klappsitz schlägt. Die Gießkanne. Ihr tumultartiger Sturz. Hohles Blech in gemächlichen, aber laut scheppernden Saltos die Mitteltreppe abwärts. Schreck und Erlösung. Doch der Mann redet weiter. Mit einer beschwichtigenden Geste. Herz, halte stille. Er hebt beruhigend die Hand. Er schließt die Augen, bis das aufsässige Instrument unten vor dem Katheder in stecknadelfeine unparteiische Ruhe verfällt.

Das Herz, so beeilt er sich fortzufahren, *das Herz bezeichnet wie in der Geometrie den Anfangspunkt einer Beziehung. Es beginnt also etwas, das von dem Axiom aus eindeutig ist. Es ist in ihm ein Mittelpunkt bestimmt, das ist die Mitte. Aber es kann auch Punkt der Peripherie sein, alsdann steht es in der höheren Ordnung, aus der ich gestoßen worden bin.*

Liebe Genossen, ich will euch erklären, wie es bei mir dazu kommen konnte.

Da raffe ich schnell mein Zeug zusammen, Aktentasche und Buch. Damit schiebe ich mich an den leeren Sitzen entlang. Durch die Pause, die er mir gewährt. Ich packe die Gießkanne, die Unruhestifterin. Ich rolle den Kieselstein zwischen die Backenzähne, mit schwer behinderter Zunge erkläre ich, daß ich nur gießen und keinesfalls stören wollte.

Ich schließe leise die Tür. Eine Polstertür. Noch aus Schwurgerichtstagen. Es hat keinen Sinn zu horchen. Ich weiß ja selbst: Die höhere Ordnung heißt Liebe.

Eli geht.

Die Hintertreppe führt in Spiralen hinunter zum Flur, wo sich die Gefängniszellen befinden. Todeszellen, hat mir der neue Pförtner erzählt. Willst du mal gucken? Verliese, eine Pritsche, ein Schemel, ein Trog, Sachen, die ich nicht vergessen kann. Der Flur führt in den Hof mit dem glatt gemauerten Podest in der Ecke, der Hinrichtungsplatz. Hier wartet meine Karre auf mich. Langsam gehen, schleichen, das ist vielleicht eine Möglichkeit.

Von Ort zu Ort. Drei Stunden vom Münchner Platz bis zur Herkulesallee. Eine Eidechse verharrt auf dem Trümmerstein, Margeriten, Kinderblumen, blühen auf dem Schotterfeld. Und ich, wie im Traum, noch sonstwo: im Hörsaal oder im Gerichtssaal oder in den Maulbeerhecken auf der Marienhofstraße, unter der Bank auf dem Heidefriedhof, die kalte Pistole in der gehäkelten Umhängetasche, oder ich bin an der Elbe, an der Stelle, wo die Fähre vorsichtig, aber dann doch mit Gepolter anlegt. Manchmal bleibe ich stehen. Ich atme, als wäre ich müde. Ich setze mich auf das Geländer der Brühlschen Terrasse. So sieht es aus. Aber das täuscht. Denn ich habe mich inzwischen in ihre Gedanken geschlichen. Dort bin ich. In Maxims Hunger und in Tobias' Hoffnung. Dort niste ich mich gemütlich ein.

Dort also bin ich, wenn das Ich weder im Körper noch in der Seele wohnt.

Aber unsere Chefs, Kuno der Lahme und Schleicher Rudi, rufen: Huschhusch die Waldfee. Der Gartendirektor ruft: Schneller, schneller. Tempo beim Abladen von Schweinemist und Mutterboden, beim Packen der Frühbeete, beim Schattieren und Pikieren, Umtopfen und Blumenschneiden, -bündeln und -verpacken. Wir haben wie die fertig ausgebildeten Arbeiter neuerdings auch eine Norm. Man muß in einer Stunde eine ganze Menge schaffen. Im Büro liegen die Listen.

Wer weniger als 100 Cyclamen umtopft, bekommt weniger Geld. Die Zentrale hat die Normen erhöht und den Stundenlohn gekürzt. Vor Anstrengung sperre ich den Mund auf.

Eli spuckt Kieselsteine.

Im Kommunismus braucht man kein Geld mehr. Unsere Ururenkel bekommen Fahrräder für: umsonst. Vielleicht auch schon wir. Kommunismus und Natur. Die Natur, jedenfalls die Botanik, kennen wir schon ein bißchen.

Wir verteilen unter uns besondere Titel. Wir nennen uns Experte.

Kakteen-, Farn-, Dahlien-Experte. Friedrich ist ein Felsenbirnen-Experte. Ich bin neuerdings ein Experte für Moorbeetkulturen. Insonderheit für Heide. Erica carnea. Blüht im Frühling, manchmal schon im Februar. Diese Erikenart teilt in manchen Gegenden den Namen mit dem verwandten Heidekraut Calluna oder auch mit der Glockenheide, Erica tetralix, Die meisten Moorbeetkulturen heißen für den Laien einfach nur Erika oder Heide, in verschiedenen Gegenden sagen sie: Schrubberheid oder Borkheid oder Tannmies oder Waldleuchter oder Römertee, Brüsch oder Heidebesen.

Auf Tetralix werde ich verzichten, sie steht zwar gut zwischen der Carnea, aber die Tetralix braucht stets nasse Füße, und wer kann ihr die auf dem Friedhofsgelände über Jahr und Tag versprechen. Auch von der Schottenglockenheide, Erica cineria, lasse ich meine Finger.

Also Erica carnea und Calluna vulgaris, dabei bleibt es, davon suche ich mir ein Blütenspiel in den Farben Weiß und Dunkellila, ich denke daneben aber auch an das Laub, an eine Sorte wie Gray Carpet, eine niedrige silberne Pflanze, und an Karin Blum, die über das ganze Jahr mit ihren Blättern kräftig gelb aussieht.

Die Touristenhose liegt, in Wachstuch verpackt, unter der Bank. Die Pistole habe ich bei mir. Gesichert im gehäkelten Beutel. Den Beutel trage ich nicht als Umhängetasche, der steckt in der Aktentasche beim Werkzeug und dem Vesperpäckchen. Die Aktentasche hat ihren Platz auf der Karre zwischen den Kisten. Beladen komme ich aus Laubegast. Ich spanne mich in die Riemen, um die Last den Wilder-Mann-Berg hinaufzuhieven.

Ich schaffe vier Fuhren pro Tag.

Manchmal bleibe ich kurz vor der Kuppe stehen. Die Beine knicken. Die Karre zieht rückwärts. Die Erde mit ihrer Schwerkraft will gegen mich gewinnen.

Bei der Nachmittagsfuhre ist mir der Riemen von den Schultern gerutscht. Ich konnte die Karre am Berg nicht mehr halten. Vierhundert Golden Flame, Topfware, die Aktentasche mit Inhalt sind ohne mich mit Karacho rückwärts bis hinunter in die Großenhainer Straße geholpert.

Die Karre lag umgekippt am Endstationsschild. Als ich angerannt kam, fuhr die Bahn grade in die Wendeschleife. Ich konnte die auf den Schienen liegende Aktentasche in letzter Sekunde retten. Beim Zusammentragen der Pflanzen und der Kisten, die sonstwo lagen, haben die Schaffnerinnen mit zugepackt. Am Ende brachte der Fahrer einen Beutel, gehäkelt, eine Tasche zum Umhängen. Das gehört doch sicherlich dir? Lag hinter der Bahn.

Ich habe ihm die Tasche aus der Hand gerissen und konnte vor Schreck nicht aufhören mit dem Danken. Danke schön. Ich dankte so sehr, daß der Fahrer mich plötzlich komisch ansah. Schon gut, sagte er und kehrte mit einem Schienenbesen die Topfscherben auf einen Haufen. War es Mißtrauen, oder hatte er Mitleid, ich weiß es nicht. Scherben bringen Glück, sagte er. Wenn nicht heute, so doch morgen. Danke allen, die mir geholfen haben.

Ich habe Tobias entdeckt, in einem Trupp vom Marienhof. Tobi. Tobias. Die Mütze habe ich gleich gesehen. Und er hat mich erkannt. Das Zwillingsgestrick. Meine Mütze. Die Gießkanne. Erst ist er erschrocken gewesen, dann hat er mir zugenickt. Im Nieselregen sein nasses Gesicht. Kannst du hexen? Ich schüttle den Kopf, ich sage nein. Stumm, aber deutlich, damit er mir gar nicht erst solche Kunststücke zutraut. Solche wunderbaren Sachen. Ich bin, wo du bist.

Ich habe meine Karre unter einen Baum gestellt.

Ich pflanze einen Heideteppich, auf die Steckschilder schreibe ich, wie es später aussehen wird. Weiß bis dunkelviolett, lilarosa, hellpurpur und lachsrosa und dunkellilarosa, hellrosa, blaßlila und wieder weiß. Alba pumila, eine nur 10 cm hohe Sorte. Ich gestalte ein Relief und eine künstliche Perspektive. Eine Verjüngung in Richtung der Stele, auf der sich die Opferschale befindet. Die Marienhöfler setzen aus Sandsteinriemen eine Wegkante. Genau an einer Richtschnur entlang und so, wie es der Meister ihnen erklärt hat. Mit natürlicher Fuge. Ich muß nur auf den Augenblick warten, wenn Tobias wieder zum Materialplatz geht. Das nächste Mal bin ich bei ihm, denn dort hängt meine Jacke. Im Trockenen unter dem Baum. Dort habe ich die Aktentasche versteckt. Dort steht die Karre, wo ich die Pflanzen abhole, die ich brauche. Jetzt Nana compacta oder kriechend Kees Gouda oder die Sorte mit den gedrehten Spitzen, die purpurrote Kuphaldtii. Wo die Steine liegen, wo meine Karre steht, das ist der Kreuzpunkt unserer Lebensbahnen.

Ich sage: Morgen findest du unter dem dritten Stein von unten einen Zettel mit einer Skizze. Eli, Eli, sagt er. Ich sage: Jetzt sei mal still.

Während ich eine Kiste mit Pflanzen von der Karre hebe, während Tobias die Steine auf seine Hucke stapelt, erkläre ich, daß er auf eine Buche achtgeben soll. Auf Buchstaben in der Rinde, Russenschrift. Die Buche steht am Hauptweg, daneben führt ein überwachsener Weg ins Gelände. Ich beschreibe ihm die Bank, wo die Touristiksachen liegen. Genaue Skizze auf dem Zettel, den er morgen unter dem dritten Stein finden wird. Allerdings die Buche mit den Buchstaben, die soll er sich heute schon merken, denn nur samt Buche wird er die Skizze verstehen können.

Die Buche kenne ich, sagt Tobias. Er späht aus, wo die

Aufseher ihre Augen haben. Er schwingt sich die Steinlast auf den Rücken. Mup, sagt er. Ist es die?

Die ist es, rufe ich hinter ihm her. So flüstert der Wald. Fagus silvatica laciniata. Ganz genau. Angst und Glück, beides zusammen heißt: Fagus silvatica laciniata. Die Nüßlein-Bibliothek hatte mich unterdes auf den Namen gebracht.

Ich pflanze. Ich krieche auf den Knien und stehe bis ans Ende der Zeit nicht mehr auf. Ich bete und erfülle die Norm. Ich übererfülle. Ich bin ein Normenbrecher. Jemand, den man verprügeln müßte. Ich merke nicht, wie böse ich bin. Wie ich vor lauter Lust die Sitten verderbe. Ohne Bummelpause schlage ich mit dem Handspaten Löcher, ich bette die jungen Wurzeln der Moorbeetpflanzen in die Erde: hellpurpurrosa, lavendel, zartlila, violett. Erica carnea. Ein weitläufiger Heideteppich.

Wenn Tobias vorbeikommt, um neue Steine zu holen, sagt er: Mup. Mit tiefer Stimme, fast, als würde er rülpsen. Mup, rülpst er noch einmal, mein Prinz. Mup.

Ich wühle in der Erde. Mup.

Kyrillisch gelesen heißt das Mir, also Frieden. Wir sagen: Mup. Am Abend tut mir das Kreuz weh. Vor Glück und weil ich im Inneren so wild gelacht habe. Als wäre ich ein junges Vaterundmutterkind. Ein Kitz, ein Kalb, ein Frischling.

Anton ist selten zu Hause. Er hat sich mit Alice zusammen einen Schrebergarten angeschafft. Nähe Sachsenbad, mit Laube, Elektrisch- und Wasseranschluß, also eine Übernachtungsmöglichkeit. Sparte Paradies, Rosen-, Ecke Veilchenweg. Die Parzelle mit dem schiefen Klarapfelbaum, leicht zu finden, falls du uns mal besuchen willst.

Als ich hinkam, hat Alice im Liegestuhl gelegen. Die Bienen summten in den Apfelblüten. Anton steckte irgendwo hinter der Laube. Ich habe ihn pfeifen gehört. Triumphmarsch aus *Aida*. Da ist mir eingefallen, daß ich am Bahndamm nachsehen wollte, ob die sächsische Distel blüht. Nüßlein hatte es in einem Brief an Friedrich wissen wollen.

Anton hat das Bild von Emma 2 auf dem Vertiko hinter die Muschel geschoben. Er hat den Milchkochtopf mit ins Paradies genommen und eine Postkarte von Heinrich hingelegt. *Ihr Lieben Alle. Die Zeiten mit Schulferien, die sind ja nun leider vorbei und so wird es wohl dieses Jahr nichts mit Herkommen und Honigholen. Ich werde, wenn ich geschleudert habe, selbst über den Roten Buckel zu Selma radeln. Die wird Euch mit einem Durchreisenden einige Gläser von der Kleetracht zukommen lassen. Selma ist immer noch die Alte und ich bin es im ganzen gesehen auch. Dasselbe von Euch hoffend, verbleibe ich Euer Heinrich.* Am Rande: TREFFEN *war Diesjahr in Peine. Alle waren da, nur die Gestorbenen nicht.*

Das ist Großvater Heinrich. Wie ich über Selmas Osterbrief weiß, übernachtet er manchmal bei ihr. Einmal im Monat springt er über den Graben, um ausgelesene West-Zeitschriften zu ihr in den Osten zu bringen, den *Immenvater* und *Poetschkes Gartengemüse.* So sind sie, die Nachkriegs-Großväter. Sie werden immer jünger statt älter und schöner. In Zeiten, in denen es viel mehr weibliche als männliche Menschen gibt, werden alle Männer schön, und die alten Witwer haben unverhofft an allen zehn Fingern eine Chance. Lauter junge Soldatenwitwen oder so tüchtige Frauen wie Alice. Mit Schauer und Wonne denke ich an meinen männlichen Menschen Maxim. Schon über zwanzig Jahre alt und entsprechend weise.

Ich schlage die Florentinergardinen zurück. Ich blinzle mit salzigen Augen hinauf in den Junihimmel. Ob Mama mich sieht? Das Rote Kreuz hatte mir erneut mitgeteilt, daß sie immer noch keine Angaben machen können. Die Spur von Susanne Reich verliert sich bei Frankfurt/Oder. Eine Zeitlang hat sie mich als weiße Wolke begleitet. Jetzt versteckt sie sich meist. Es ist niemand da, der mich kennt und im voraus weiß, wo ich einmal enden werde.

Gegenüber auf dem Zaun vom Nährmittelamt sitzt eine Taube. Sie nickt. Sie dreht die Pupille. Hau ab, ich scheuche sie vorsichtshalber davon.

Es ist gut, daß ich keinen Mitwisser habe.

Ich lege drei Wollknäule bereit. Für Tobias und Maxim. Darin das Geld, das mir der schlesische Großvater als Grundkapital zum Sparen geschenkt hat. In der grauen Wolle steckt der Zehnmarkschein, in den beiden grünen Eierlein stecken die Fünfmarkstücke. Die Skizze, die den Weg von der Buche zur Bank markiert und das zweite Begräbnisläuten als Zeitpunkt angibt, will ich schnell greifbar im lila Triumph unterbringen. Weitere Anhaltspunkte habe ich in die Touristikhose, die schon unter der Bank liegt, eingenäht. Für alle Fälle. Verschlüsselte Adressen. Halb in russischer, halb in lateinischer Schrift.

Ich habe alles bedacht. In der Nacht stecke ich noch einmal den Kopf aus dem Fenster. Keine Wolke. Sternklarer Juni. Mit dem Andromedanebel und dem Großen und Kleinen Wagen im Westen. In der Verlängerung des Hinterteils blinkt der Polarstern. Wenn du den am Himmel gefunden hast, weißt du auf der Erde überall, wo du bist. Dein Standpunkt ist klar, dein Ziel ist sicher. Du mußt nur immer einen Fuß vor den anderen setzen. Es ist wichtig. Den Polarstern mußt du kennen, dann kann dir als Karrenfahrer weder in den Straßen der Stadt noch in der kasachischen Steppe etwas geschehen. Der Stern leitet Könige wie Vagabunden, Seefahrer und Wandersleute. Ich kneife die Augen zu. Ich muß nicht erst lange am Himmel herumsuchen. Ein Blick, und ich habe ihn. Stern Alpha im Kleinen Wagen, Stella polaris, weil er fast in der nördlichen Erdachse steht.

Der Tag beginnt mit hellblauem Himmel, wolkenlos. Es ist wichtig, daß ich etwas wage. So früh am Morgen ist kaum einer unterwegs. In der Straßenbahn bin ich mit der Schaffnerin allein. Heute wirds schön, sagt sie, das Wetter meinend. Ich glaube nicht, daß sie mit mir redet. Aber ich folge ihrem Blick zu den Häusern, hinter denen die Sonne steht.

Obwohl, so sagt sie, Vögel, die früh singen, holt die Katz. Wer weiß, ob es hält.

Weil an den Stationen sowieso niemand aussteigen noch zusteigen will, zieht sie beizeiten den Bimmelstrick zum Weiterfahren. Ohne Halt direkt dem Morgenrot entgegen. Bis ich zum Absprung am Griff der offenen Wagentür hänge. Haltestelle Herkulesallee. Der Fahrer sieht mich im Spiegel. Er stoppt und fährt.

Die Morgensonne spielt um die Locken der steinernen Heldenfigur. Herkules, eigentlich Herakles, er sieht aus, als wollte er gähnen. Die Straßenbahn knirscht, quietscht, entschwindet, läßt mich in der Stille zurück. Das strahlende Licht hat alle Wesen zur Ruhe gebracht. Der Nachtschwärmer schläft, und der Frühaufsteher hat noch Zeit. In den Linden hängen seidene Sonnenstreifen. Die Vögel haben pünktlich und heftig aus der Nacht in den Tag hinein gesungen. Nach dem kräftigen Auftakt wird deutlich pausiert, auch die kluge Taube auf dem Torpfosten zum Georg-Arnhold-Bad macht einen Morgenschlaf.

Das Wasserbecken, wo über Tag vor lauter Volk und Geschrei kein Wasser mehr zu sehen ist, liegt still und glatt wie ein Spiegel. Gleißendes Licht. Lautlosigkeit. So besteige ich den Turm. Klettere am Dreimeter-, dann am Fünfmeterbrett vorbei. Ich blicke nicht zurück. Auch von ganz oben schaue ich nicht hinunter. Auf der Plattform beinahe im Himmel ziehe ich alle Sachen aus. Ich knote ein Bündel. Ich werfe es in die Richtung, wo ich die Liegewiese vermute. Wo das Zeug genau landet, weiß ich nicht. Ich weiß, daß ich nun auf das Sprungbrett steigen werde, ich werde meine Schritte setzen, als wollte ich über den Steg und dann in der Luft dem Polarstern entgegengehen. Die Arme an den Körper gepreßt, so mache ich mich zu einem Fisch, aber die Hände spreize ich ab, damit ich wenigstens Reste von Flügeln habe, wenigstens einen kleinen Halt in der Luft.

Ich habe längst einmal vom Zehnmeterturm springen wollen. Als ich grade vier Jahre alt war, hat Papa von oben einen Kunstsprung gemacht. Eine doppelte Schraube rückwärts. Und ich wie ein Frosch vom Beckenrand hinein, Kopf unter Wasser, so konnte ich schwimmen. Hoch die Nase, Elinchen, hat Papa gerufen, oder willst du ein Frosch sein. Menschen müssen die Nase aus dem Wasser stecken beim Schwimmen. Papa hat mir das Schwimmen beibringen wollen, aber dann kam der Herbst und im nächsten Sommer der Feldzug nach Osten. Er hat nie gesehen, wie ich schwimme. Mein Papa, der Kunstspringer. Ich habe mir aus einer Unterhose von Anton einen zweiteiligen Badeanzug geschneidert, Streublümchen draufgestickt. Vom Fünfmeter-Brett hechten, das habe ich schon probiert.

Flügelreste oder Flossen. Ich bin ein Frosch. Ich höre ihn rufen. Ich sage, das macht doch nichts, wenn ich ein Frosch bin. Du kannst mich doch trotzdem lieben, Papa. Ich höre mich rufen. Ich fliege.

Das Fliegen habe ich sofort vergessen. Die Kunst gehört den Vögeln und einigen auserwählten Tieren, den Fledermäusen und Flughunden. Mich hat man nicht dafür bestimmt.

Ich stoße aus der Tiefe ans Licht. Zeit zum Atemholen habe ich nicht. Ein Zehnmetersprung ist eine Sekundensache. Dreimal tauche ich ein, die Zehe des rechten Fußes in der Mitte des Punktes, von dem aus die Ringe über das Wasser sonstwohin flüchten. Vielleicht in ein Ohr. Gottes Ohr? Die Hände immer noch Flügel oder Flossen. Der Frosch taucht unter. Der Mensch taucht auf. Das alte Geburtsgesicht, die Nase kraus, die Augen immer noch geschlossen. Rauschende Luft.

Eli, Eli, du bist angekommen. Es ist nicht nötig, daß ich schreie.

Auf der Wiese mein Bündel. Der Bordürenrock, die Kräuselkrepp-Bluse. Ich bin unter dem blauen Himmel. Und das ist der Beweis.

Gisela fragt mich, warum meine Haare so naß sind.

Ich sage: Ich bin vom Zehnmeterbrett gesprungen.

Du spinnst, sagt Gisela.

Warum glaubst du mir nicht?

Schon alleine, weil die Badeanstalt viel später aufmacht. Erst um zehn. Und überhaupt.

Gisela schleppt die sauberen Essenkübel aus der Küche. Ich suche ein Handtuch für meine Haare und bin froh, daß sich niemand weiter darum kümmert, warum ich den Sprung vom Zehnmeterturm heute gewagt habe. Kein Mutsprung, sondern ein Sprung, um mir Mut zu machen. Niemand weiß, warum ich so etwas brauche. Mut und Zuversicht.

Was gibts 'n heute zum Essen? frage ich munter.

Quarkkeulchen und Apfelmus, antwortet Gisela.

Eu, sage ich, weil das von unseren Lieblingsessen das liebste ist. Eu, und bevor ich mit meiner Karre losziehe, richte ich mich vor Gisela auf und sage in hochmütigem Opferton: Du kannst meine Keulchen an Maxim verschenken, dann hat er heute mal ganz viel.

Leise, sagt Gisela, du mußt leise sein.

Ich wiederhole, befehle beinahe: Heute mindestens zwölf Keulchen für Maxim, weil ich das will. Gisela zuckt die Achseln. Ich bin kein Frosch. Ich habe es mir bewiesen.

Ich verlasse mich auf dich, so rufe ich laut von draußen in die Küche. Gisela schaut mir erschrocken hinterher. Was ist denn mit dir los.

Ich bin fort, ich renne. Einmal hin und zurück.

So ziehe ich die letzte Pflanzenfuhre den Berg hinan. Während ich Tempo mache, werde ich von den Marschierern vom Marienhof überholt. Zwölf blaue Anzüge mit einem M auf dem Rücken noch schneller als ich und im Gleichschritt. Ein Meister aus der Steinmetzwerkstatt und ein Wachhabender mit Koppel und Pistole sind ihnen ohne Tritt auf den Fersen.

Jungs, helft mal dem Frollein. Halt. Nicht alle zwölfe.

Tobias läßt sich nicht verscheuchen. Er hängt fest an meiner Karre. Holz vom Holze. Wir sind eine Gestalt, die aufwärts fällt. Ich liege im Riemen. Ich halte die Deichsel: Langsam, langsam befehle ich mir. Unter den Stiefelsohlen schwindet der Boden. Ich muß achtgeben, daß ich den Kontakt mit dem Straßenpflaster nicht verliere, wenigstens die Fußspitzen sollten die Kopfsteine noch berühren. Langsam, langsam, ich merke, wie die Erde unter mir aus der Bahn gerät. Sie fängt an zu schaukeln, weil ich leicht geworden bin und bei unserem Tempo immer leichter werde, federleicht. Die Bergstraße stürzt wie losgelassen zurück, ich aber schwebe.

Ich höre die Stimme von Tobias. Im Rücken spüre ich seine Augen. Mup, sage ich. Unten die Wendeschleife der Straßenbahn, oben die Bergwirtschaft, das Gatter zum Friedhof. Mup, sagt Tobias. *Liebende, die ihre Leidenschaft bezähmen, was für ein Stoff kann das vollbringen?*

Mup, die Bäume lachen sich schief, denn sie allein wissen Bescheid, was auf Erden geschieht.

Abteilung halt. Der Wachhabende kommandiert seine Leute zusammen. Der Meister übernimmt die Kolonne. Ich kutschiere durch das Tor. Die ersten Leidtragenden haben sich auf dem Hauptweg versammelt. Die Musiker, der Redner vor der Halle. Es geht heute rund. Fünf Beerdigungen stehen auf dem Plan. Dreimal Erde, zwei Urnen. Man braucht Pufferzeit, denn man kann nie ganz genau planen. Wieviel Leute, wieviel Grabschmuck. Die Entfernung von der Halle zur Parzelle, ob der Trupp unter langsamer Blasmusik geht oder mit Gesang. Das Wetter spielt eine Rolle. Kälte macht Beine. Hitze lähmt, macht langsam und fromm, Sonne löst Tränen. Die Leute bleiben plötzlich stehen, um zu heulen.

Ein freundlicher Morgen. Ein guter Anfang.

Ich stecke die Nachricht unter den Stein. Als ich die letzte leere Kiste zur Karre schleppe, sehe ich, das Papier ist verschwunden. Mein Herz klopft bis in die Fingerspitzen. Ich tauche die Hände in den steinernen Wassertrog. Ich schöpfe, ich gieße die frisch gesetzten Pflanzen, dann gebe ich den gestrigen noch etwas Wasser, schließlich ziehe ich mit dem Rechen ein japanisches Schlußmuster in den Weg. Ich gönne mir die Zeit. Man verpflichtet die Götter, die sonstwo auf eine Aufgabe warten. Bis hinunter zur Granitsäule mit der eisernen Feuerschale. Wer Bescheid weiß, sieht die Hokime, lauter gedankenvolle Augen im Sand. Ein guter japanischer

Gärtner geht den Weg bis zum Ende. Er hinterläßt von sich selbst keine Spur. Während die Schöpfer des Schmiedekunstwerkes probieren, ob das Petroleum brennt und ob die Flamme weit genug im Gelände zu sehen ist, ziehe ich magische Kreise um die Säule herum. Die pazifischen *Wellen des blauen Meeres.*

Was ist? Ruft einer der Bauleute von der Leiter.

Mehr Luft, ruft einer von unten.

Ich sehe, wie in der Schale eine kleine petreoleumblaue Flamme entsteht.

Jetzt gokelts in der Pfanne, ruft der Mann von unten. Das Werk ist vollbracht. Meinerseits Bewunderung und etwas Neid.

Ich sehe Tobias. Doppelt beladen. Steine. Ein Rücken, der Berge versetzt. Vom Lagerplatz zur Baustelle, wo ein neuer Weg gebahnt wird. Noch mehr Steine. Dort sieht man vor lauter Steinen bald den Träger nicht mehr.

Ich habe keine Uhr. Ich bin bereit. Meine Karre ist bereit. Ich erwarte das zweite Aussegnungsläuten. Schon bin ich unter der Laciniata, der Buche mit den geschlitzten Blättern, die am Hauptweg steht. Mup heißt eigentlich Mir, also Frieden. Ich habe die Karre rückwärts ein Stück ins Gebüsch geschoben. Glockengebimmel tönt von der Begräbnishalle in den stillen, schönen, kiefernduftenden Vormittag, unweit ein Rascheln. Ich hebe eine Kiste, nehme die darunter liegende Umhängetasche über Kopf und Schulter, darin das Geld und für alle Fälle die Walther. Sie baumelt vor meinem Bauch. Tobias in seiner Verkleidung als Tourist liegt schon in der Karre. Über ihm Kisten, Gießkanne, Rechen, Spaten. Was man so braucht zur Verschönerung eines Hains zur Erinnerung an die Toten vom 13. Februar. Ich bin davongekommen. Ich ziehe einen Kerl durch Trachenberge, dann durch die innere Neustadt über die Brücke.

Kannst du was sehen? Jetzt karre ich dich über die Elbe, jetzt an der Brühlschen Terrasse vorbei. Rechts der Fürstenzug.

Ich bin die beste Karrenlenkerin der Stadt, wahrscheinlich die beste des Landes Sachsen. Oder die beste der Welt. Um den Stübelplatz schlage ich einen Bogen. Es könnte sein, daß Anton dort auf einer Verkehrstonne steht. Er könnte mich mit seiner Trillerpfeife in die Mitte rufen. Das hat er schon einmal gemacht. Ich kenne dich schon von weit. Ich sehe dich kommen. Du mit deiner Karre, du bist ein Unikum in der Stadt. Das gestiefelte Kind. Er hatte seinen Platz verlassen und mit seinem Spruch: *Was nützt das schlechte Leben* Kuchen spendiert. Anton, mit weißer Tellermütze, weißen Stulpen, Stab unter dem Arm, meine Karre vor der Tür, so sind wir im neuen Gambrinus eingekehrt. Wieder der Schreck beim Bezahlen.

Es ist nicht leicht, dem Schicksal aus dem Wege zu gehen.

Anton auf der Tonne.

Statt auf dem Stübel-, steht er neuerdings auf dem Fetscherplatz.

Weil er mich längst gesehen hat, pfeift er dreimal kurz mit der Trillerpfeife, die an der roten, mit dem Strickliesl gemachten Kordel um seinen Hals hängt. Ein freudiges Begrüßungssignal. Er springt von der Tonne und kommt flott auf mich zu.

An der Ecke hat schon wieder ein neues Café aufgemacht. Kalinka. Mit Seidensesseln aus dem Albrechtschloß. Ein Frühstückscafé. Dort kannst du schon ab zehn Uhr am Vormittag Kuchen essen.

Ich weiß, sage ich, aber ich habe jetzt gar keinen Hunger.

Bei Kuchen mußt du keinen Hunger haben. Da reicht Appetit.

Bevor ich mit einem Fluch auf Antons scharfe Augen und seine Gefräßigkeit, einem Grollen auf seine allgegenwärtigen Tonnendienste mit meiner beladenen Karre davonrennen kann, sieht Anton, was los ist.

Mein Tobi hatte unter dem Handwerkszeug neugierig seinen Kopf gehoben. Seine Nase, zwei Augen zwischen den Kisten.

Wer ist denn das?

Einer von uns, sage ich, und ich denke mit dem Mut der stolzesten Nibelungen-Walküre, wenn du nicht deine Klappe hältst, muß ich leider die Waffe aus der Umhängetasche rausholen. Deine voll geladene Walther. *Wer aus sich einen Engel machen will, wird zum Tier.* Das ist kein Spruch von Anton, das kenne ich von Pascal. Ein Engel wird Frosch oder Angsthase. Gänsehaut habe ich schon und auf der Stirn kalten Schweiß.

Ich bin bewaffnet, höre ich mich murmeln.

Anton hält die Klappe. Weil er meine Drohung weder hört noch sieht, weil er gar keine Zeit findet, das Unikum zur Rede zustellen. Warum das gestiefelte Kind mit festem Schritt und brennender Seele einen versteckten Kerl durch die Straßen kutschiert.

Anton wird von einer Frauenstimme zum Einsatz gerufen. Polizeier, hier kampeln sich zweie.

Radfahrer haben sich gegenseitig umgefahren. Einer klemmt mit dem Vorderrad in der Weiche der Straßenbahnschiene.

Da muß der Weichensteller her, da kann ich leider nichts machen. Anton geht trotzdem hin, um sein Bestes zu tun. Ahnungslos, was ihm hätte widerfahren können.

Mein Weg ist frei.

Quarkkeulchen und Apfelmus. Ich würde gern noch länger bleiben, um zuzusehen, wie Maxim und Tobias davon essen.

Tobias hat schon schwarze Haare, tintenschwarze Stoppeln und dunkle Flecken hinter den Ohren. Wir haben Maxims gute Eisengallustinte zum Färben genommen, und er hat mit Maxim vorsichtshalber die Hemden getauscht. Maxim tritt nun oben herum als Tourist auf, während Tobias zur Touristikhose wie auf dem Foto von Maxims Studentenausweis dessen Hemd und Westover trägt. Ich bin zufrieden, weil beide wie ordentliche Kerle aussehen und so gut wie satt sind. Ich danke meiner Freundin Gisela. Ich darf von

Glück reden, daß die beiden gleich miteinander ins Reden gekommen sind. In herzlichem Einvernehmen. Manchmal stürzen sie gleichzeitig in ein gleichtönendes Lachen. Meckern wie wohlbehütete Schafe. Tobi und Maxim.

So muß es sein. So hatte ich es in einem Roman gelesen. Wenn man zwei Männer liebt, ist es von Vorteil, wenn sie sich gut vertragen.

Der weitere Lebensweg ist bestimmt. Ich habe ihn vorgezeichnet. Im Aufschlag der Touristikhose stecken auf feinem, leicht verdaulichem Zigarettenpapier bleistiftgeschrieben die Adresse von Tante Selma in Schwiegershausen, die vom Großvater Heinrich und die von Dr. sc. nat. Nüßlein. In der Hosentasche steckt ein Wollknäuel mit dem Westgeld und, eingeknotet in ein Taschentuch, der Inhalt meiner Fahrradkasse. Nicht ganz einhundert Mark. Hart und in Scheinen. Dazu eine kleine Pappe, die Fahrkarte für die Züge bis zur Grenze. Morgen früh reist Tobias als falscher Maxim über Halle, Erfurt nach Schwiegershausen. Die gute Tante Selma besuchen, während der richtige Maxim diese Zeit namenlos überspringt. Von Gisela gefüttert, von mir mit Rätseln bedacht. Manchmal mit Büchern aus der Nüßlein-Bibliothek, manchmal mit Kieselsteinen. Wenn aus Versehen ein Stein verlorengegangen ist, habe ich einen Ersatz, den wärme ich in meinem Mund. Vorsorglich und vor Sehnsucht und Angst.

Ich staple die leeren Kisten, dann chauffiere ich die ausgeräumte Karre zum Geräteplatz. Ich schiebe sie, wie es sein muß, in Reih und Glied zu den anderen. Mir ist, als nähme ich überall Abschied. Auf Wiedersehen, Tobias. Das Topflager, die Erdhaufen, Sand, Torf, Kompost-, Laub-, und Nadelerde. Das Horn hat den letzten Ton zum Feierabend getutet. Damit sind alle fort, die Schlußlichter folgen dem Schwarm zum Waschtrog. Händewaschen. Die Frühbeete sind zugedeckt, die Pflanzreihen gegossen, die Schläuche liegen im Hauptweg, als brauchte das ganze Grünzeug ab heute keinen Menschen mehr. Ein glückliches Ende, weil mich niemand erwischt hat. Ich schultere die seidegefütterte Umhängetasche, darin meine Waffe.

Eli, Eli, kommst du mit?

Ich spucke den Ersatzkieselstein aus dem Mund und rufe laut über das Blumenrevier, die Kartäusernelken, Germanischen Iris, über die Glockenblumen.

Heute nicht, morgen gehe ich mit euch.

Ich nehme das hintere Tor, um gleich mitten im Park zu sein. An der Ruine des Italienischen Palais. Ich mache einen Abendspaziergang zum Carolasee. Dort, am Carola-Schlößchen, miete ich einen Ruderkahn. Ich kenne einen Platz unter einer Trauerweide, wo die Gerten ins Wasser tunken. Ich rudere, lasse mich treiben. Der Vorhang teilt sich. Die Gerten rascheln. Ich kreuze die Ruder. Ich warte, bis die Wassergrütze meinen Kahn ganz umschließt. Seegrün, bewegungslos. So sieht es aus, als wäre nichts geschehen. Rückwärts geht es leicht, mit dem kleinen Finger. Die Patronen klicken ins seidene Futter. Das Magazin ist leer. Die Walther liegt in meinem Schoß, läßt sich auf den Blüten meines Rockes wiegen und eine Weile betrachten. Meine Augen sind wie neu. Scharf und klar. Gegen die Angst habe ich immer noch Kieselsteine.

Von nun an wird mein Berufsleben wieder in gewohnten Bahnen gehen. Die Dekorationen in den Nachtlokalen warten auf mich. Die Grünpflanzen an den Bühnenrampen verlangen nach Wasser und fachlicher Pflege, die Tische brauchen farbenfrohe Angebinde. Meine Gedanken begleiten die Wege von Tobias, und eines Tages wird die Ernte- und Ferienzeit vorbei sein – das Semester beginnt und damit oben am Münchner Platz das Frühstücken mit Maxim.

Doch die Chefs bestimmen es anders. Sie haben viel mit uns vor. Im Eiltempo verteilen sie Lob und Tadel. Ein Lob geht an mich. Für vorbildliche Arbeit auf dem Heidefriedhof, die besonders gelungene Gestaltung, Auswahl der Sorten und

Aufteilung des Geländes. Ausführung der Pflanzarbeiten. Gut gemacht, Eli.

Du arbeitest ab heute auf neuem Terrain, auf einem großen Feld, auf dem wir Zitrusfrüchte auspflanzen wollen. Es soll kein Versuch sein, sondern eine Bestimmung.

Arbeitsgeräte sind am Ort. Wasseranschluß ist da. Die Beete sind vorbereitet. Jungpflanzen werden jeden Tag aus den Anzuchtbetrieben geliefert. Bandmaß, Etiketten und einen durchgepausten Plan mußt du in deiner Aktentasche mitnehmen.

Dresden heißt Elbflorenz. Dem sollst du, Raphaela Reich, einen neuen Sinn geben. Denn was die Könige mit ihren barocken Schlössern und Parks in Moritzburg, in Pillnitz und mit dem Zwinger angefangen haben, das bringen wir zur Vollendung. Die sächsische Königin Anna hat vor 372 Jahren die Mispel im Hofgarten angebaut. Wir gestalten heute die riesige Loschwitzer Plantage. Alles wird neu. Wo einst hektarweise Schattenmorellen geerntet wurden, schaffen wir einen südlichen Orangenhain. Hier hast du den Schlüssel für das Vorhängeschloß. Huschhusch die Waldfee.

Die Dekoration in der Stadt übernimmt Gisela.

Wir tauschen einen Blick. Gisela und ich. Und wer holt das Essen?

Das Essen wird ab heute mit einem Framo geliefert.

Ich sehe Wasser in Giselas Augen. Uns wird schon was einfallen, flüstere ich ihr zu. Kuno der Lahme treibt: Bist du immer noch da. Vorwärts, wo der Weg grade ist. Schlaft nicht ein. Und Schleicher Rudi noch einmal für alle: Huschhusch die Waldfee.

Axt am Gürtel. Überlebenszeug in der Aktentasche. Die Gegend hinter der Loschwitzbrücke nennen wir Taiga. Ich fahre in die Taiga. Ich fahre mit der Vierzehn. Mindestens eine Stunde. Dann muß ich laufen. Quer durch die alten Plantagen. Sauerkirschbäume. Äpfel. In ein paar Wochen gibt der Weg etwas her, jetzt ist er nur lang und staubig. Grün, unreif.

Ich erreiche den Acker von Süden, durch den hinteren Zaun. Maschendraht. Eine Bretterbude aus rohem, ungehobeltem Holz. Am Riegel hängt das Schloß für den Schlüssel, den ich am Hals baumeln habe. Das Feld zieht sich hin, bis an die Landstraße, die, von Niedersedlitz kommend, in Richtung Stadt führt. Wenn ich ein Fahrrad hätte, würde ich bis Blasewitz an der Elbe entlang und dann auf dieser Straße weiter bis hierher fahren und abends zurück. Ich durchschreite das Terrain. Ich schätze 10000 Quadratmeter, also ein Hektar, also 100 Ar. Das Gelände ist gepflügt, geeggt, sogar schon planiert. Die Pflanzreihen sind bereits abgesteckt. Dazwischen fußbreite Wege, die wahrscheinlich mit einer Motorwalze fest gemacht wurden. Die Erde ist dunkel und krümlig, aber nicht verklebt. Eine gute Bodenklasse. So ist die Taiga. Neulandpioniere haben vorgearbeitet. Jetzt bin ich an der Reihe. Eli, du nimmst den Schlüssel und den Plan. Pflanze nicht zu dicht und nicht zu weit auseinander. Die Jungbäume müssen sich gegenseitig halten und vorwärtsbringen, sie dürfen sich andererseits nicht im Wege stehen, um den Platz streiten und womöglich zugrunde gehen.

Mach, daß du Boden gewinnst. Die fernen Stimmen der Chefs.

Ich hebe die Abdeckplane von den Kisten mit den zierlichen Pflanzen. Winzige, in weichen Spantöpfen hockende Zitronenbäumchen. Warmhausgewächse. Raus mit euch. Ich soll euch den Ernst des Lebens beibringen. Regenwetter, Rüsselwürmer, Glasflügler, Läuse und Frost. Ich werfe meine Aktentasche hin und setze mich daneben. Zitronen in Dresden. Das soll erst der Anfang sein. Kokospalmen. Bananen. Lotosblumen. Die Kamelie in Pillnitz hat uns gezeigt, daß es geht. Sie hat im kalten Februar 1945 unter freiem Himmel geblüht, weil sie mußte, weil das Glashaus von Bomben zerstört worden war. Oder Mitschurin. Er erntet Äpfel in Sibirien. *Die Welt soll blühen*, so heißt der Film, in dem wir den Helden der Arbeit mit Strohhut, sauberen Händen und guter Laune in seinen fernöstlichen Obstplantagen gesehen haben, wie er unter blühenden Kirschbäumen spaziert, irgendwie komisch einen Zweig betrachtet und dann an den Blüten schnuppert. Man sollte wahrscheinlich daran erkennen, wie ihm das Züchten neuer Sorten zum Wohle der Menschen gefällt.

Der Acker zieht sich von der Bretterbude bis an die Niedersedlitzer Straße. Hektarweite Stille. Mein Mitschurin-Feld.

Im Juni sieht das Leben heiter aus. Der Sommer hat schon Wochen vor dem Kalender angefangen. Was schiefgehen muß, wird später schiefgehen. Die Kisten, darin die Zitronenpflanzen. Auch meine Beine warten auf einen Entschluß. Nüßlein hatte geschrieben, daß Zitrusfrüchte bei uns keine Chance haben. Laßt den Traum vom Zitronenhain fahren.

Ich lümmle immer noch auf dem Feld. Kopf auf den Knien, Arme um die verknoteten Beine geschlungen. Ich bin klein. Ich bin noch nicht einmal geboren. Ich bin ein Embryo. Ich lasse euch die Entscheidung, ob Eli bleibt oder fortgeht, wenigstens bis zum Schuppen, oder ob Eli nach Hause wandert oder über den Roten Buckel und weiter in den Süden, wo es keine Nachtfröste gibt, überhaupt keine Temperaturen unter Null. Ewiger Frühling, immer Sommer.

Eli wartet. Eli macht nichts.

Wer nichts macht, der streikt.

Neben meinem Stiefel blinzelt ein Auge, mich trifft ein goldener Blick. Tatsächlich, Erdkröten haben goldene Augen. Jemand hat gesagt, Kröten sitzen tief im Boden. Sie sind das Gewissen der Erde. Sie hüten über Nacht die Farben des Tages. Ich erkläre sie außerdem zur Schutzpatronin der Faulheit. Gewissen und Faulheit, wie paßt das zusammen. Das wäre ein gutes Thema für meinen schlauen Maxim.

Später springt ein Hase über den Acker. Ein Beiwagenmotorrad hat ihn aus dem Straßengraben gescheucht. Der Hase richtet die Ohren. Er beobachtet mich, wie ich neben den Kisten mit den Zitronenpflanzen hocke. Faul und ratlos.

Ich habe die Pflanzen aufgedeckt, nun decke ich sie wieder zu, weil ich nicht weiß, was werden soll. Wenn ich sie nicht auspflanze, werden sie unter der Plane vertrocknen, wenn ich sie auspflanze, werden sie im Winter hier auf dem Feld erfrieren.

So geht der Tag auf lahmen Beinen. Er schleicht.

Irgendwo sitzt die Erdkröte, irgendwo äugt der Hase. Ich wandere zur Bude, um Wasser aus dem Sperrhahn zu schlürfen. An Essen habe ich nicht gedacht. Ich lebe von Sauerampfer, Löwenzahn und Oenotera. Die Wurzeln der Nachtkerze schmecken wie Rüben.

Gegen Mittag ist ein zweites Motorrad vorbeigefahren, wieder ist der Hase aufgesprungen und hat sich auf die Hinterpfoten gesetzt, dabei seine Löffel so gedreht, als müsse auf der Straße noch etwas kommen. Schließlich hebe auch ich die Nase hoch. Der Hase hat recht. Es liegt etwas in der Luft. In der Ferne eine verschwommene lautlose Bewegung. Mit Wind im Rücken, ein näher treibender Zug. Wie in einem Stummfilm auf leisen Sohlen. So kommen die Leute erst langsam, dann fast im Laufschritt näher, und es werden immer mehr. Der Hase lauscht.

Ich trage das Werkzeug in die Bude. Ich schließe die Bude zu. Die Leute haben in den vorderen Reihen Pappschilder hochgehoben. Senkt die Normen. Schluß mit der Schinderei. Erhöht den Grundlohn.

Die Arbeiter aus dem Elektroapparate-Werk Niedersedlitz marschieren in langer Kolonne in Richtung Stadt. Eine Frau sagt: Mädel, komm mit.

Laufen macht mir nichts aus. Wir haben einen weiten Weg bis zum Postplatz. Ich bleibe vorn, denn ich kenne die kürzeste Strecke.

Auf dem Postplatz sind viele, hier wird gerannt und geschrien. Macht die Bullen und die Bonzen nieder. Die Niedersedlitzer habe ich im Gerenne und Geschiebe verloren. Fluchtkorridore tun sich auf. Gejagte rennen. Jäger folgen. Sanitäter eilen mit einer Trage. Der Verletzte schreit. Eine junge Frau teilt Kinnhaken aus. Ich bin das Ziel eines Knüppels. Mein Kopf brummt. Ich soll die rote Klamotte ausziehen. Meine tarnfarbene Touristikjacke aus dem SPOWA-Laden. Ich falte die Jacke zusammen. Hergeben werde ich sie nicht. Ich renne, halte die Jacke fest unter dem Arm, bis ich merke, daß zwei Männer mir immer noch auf den Fersen sind. Hinter den Trümmern des Taschenbergpalais bleibe ich stehen. Und frage mit fester Stimme, was sie von mir wollen. Sie schimpfen, weil ich dreckige Nietenhosen anhabe, und ob das ein Ködergeschenk des RIAS wäre. Ich sage: Es ist die Arbeitskleidung der schwarzen ausgebeuteten Plantagenarbeiter in Amerika. Da bekomme ich schon wieder eine Ohrfeige. Für deine Frechheit, sagen sie und drohen, es ist bestimmt ein Platz für dich frei im Marienhof.

Ein Lächeln hüpft von meinen Lippen. Bestimmt ist da ein Platz frei. Darauf trifft mich die schwere Hand gleich noch einmal. Feix nicht so dämlich. Mein Kopf brummt. So ist es mit der Wahrheit. Sie tut weh.

Die Straßenbahnen fahren nicht. Laufen macht mir nichts aus. Ich renne zur Ruine der Winterbergstraße. Die Tür steht offen. Ich bin ganz still, ich rufe nicht, weder Tobias noch Maxim. Ich gehe einfach hinein. In den Herrschaftsflur, wo Zinkblech, ein Stolpernetz aus Rinnen und genau plazierte Tropfwannen als Notbehelf gegen den Regen stehen. Eine Stiege führt zum Souterrain in die Hauswartswohnung. Dort unten in der Stube ist Maxims Revier. Schwarzes Isolierband, kreuz und quer, das hält die Glasscherben im Fenster zusammen. Unter der Fensterbank ein reiner Tisch, rechts auf grünlichfeucht schimmelnder Rosentapete noch ziemlich frisch mit Kreide geschrieben: *Lacrimae sunt rerum.* Es ist gut, daß ich mich in der Schule in die Lateinstunde geschlichen habe. Hinten in die letze Bank, denn auf den anderen Plätzen saßen die Ausgewählten. *Alle Dinge haben ihre Tränen.* Oben im Herrschaftsflur unter dem gut erhaltenen Kamin mit fürstlich vergoldeten Initialen entdecke ich ein Häuflein schwarze Asche. Verbranntes Papier. Hinter der

Tür wartet die Suppenterrine, altvertraut, artig wie einst. Sie ist leer und sauber. Ich drücke sie an mein Herz und verstecke sie mit einem Seufzer und einem kleinen eigenen Spruch unter einem wilden Holunderbusch. *Man weiß nie, wozu man eine Schüssel einmal brauchen kann.*

Ich laufe in ruhigen Nebenstraßen. Aus der Altstadt in die Neustadt. Die Bewohner haben Radio gehört. Den einen und den anderen Sender. Ausgangssperre. Die Normen werden gesenkt. Der Russe macht mobil. Ich renne. Ich muß Anton retten. Ich muß den Motorradleuten, die ihn zum Einsatz abholen wollen, vom Boudoirfenster herab erklären, daß er leider unterwegs ist, in Sonntagsschuhen, wahrscheinlich im *Rosenkavalier*. Wenn er schon das vorige Mal im *Rosenkavalier* war, macht das nichts. Meine beste Strategie ist die Wahrheit. Er geht oft mehrmals in die selbe Oper. Erst so kann man Talente und den tiefen Sinn der Musik richtig genießen. Musik ist niemals gleich, schon weil man jedesmal ein anderes Ohr mitbringt und eine andere Stimmung. Die Stimmung macht die Musik. Oder der Ton. Das werde ich behaupten, kühn, doch mit schlotternden Knien. Ich fühle noch die Ohrfeige rechts im Gesicht. Ich taste ein geschwollenes Auge. Wenn einer der Männer in mein Boudoir kommt, um im Kleiderschrank nach Anton zu suchen, kann es sein, daß der Mann mir ebenfalls eine knallt. Für die Oper, die ich erzähle. Die Wahrheit braucht sehr viel Text. Du kannst mir viel erzählen. Von wegen *Rosenkavalier*.

Im Paradiesgarten ist seit ein paar Tagen keiner gewesen, in der Laube kein vorgestriger, kein gestriger Rauch. Ich kenne Alices Geruch. Ich spüre, wenn sie da war. Ich habe eine Nase für Zigaretten und im allgemeinen für Alice, weil sie gern nach Bombastus-Lavendelöl riecht. Keine Spur von Anton, und die Erdbeerbeete leuchten rot, die Beeren sind längst reif. Höchste Zeit zum Pflücken.

Ich ernte.

Ich habe bis in die Nacht hinein zu tun. Ich fülle die Schüsseln und Körbe und meinen Bauch. Es ist erst Mitte Juni, aber schon jetzt ist das Jahr ein Erdbeerjahr. In der Laube finde ich noch mehr leere Schüsseln und Körbe für den Erdbeersegen und eine Schachtel mit Schmerztabletten. Habe ich Schmerzen? Ich brenne. Ich schlucke gleich alle sechs Tabletten. Erdbeeren und Tabletten machen die Knochen weich und die Seele weit. Das Feuer brennt jetzt ringsherum. Die Haut steht in Flammen. Ich lege mich zum Abkühlen in ein Beet. Die Beine zucken. Ich bin eine Kröte. Wie es sich für ein nachtaktives Tier gehört, zupfe ich mit dem Maul Früchte und Blätter. Die Welt ist eine Erdbeere. Ich fresse dreckige Welt. Ich krieche die Furche entlang. Geradeaus, immer der Nase nach. So verstecke ich meinen kleinen Krötenkopf unter dem Laub. Humus riecht nach Erdbeerschlaf. Ich muß die Farben des Tages hüten und das Gewissen der Erde. In meinem Traum sucht Anton die Walther mit den 7,65-mm-Patronen. Er sucht und sucht in der Kommode. Im Vertiko. In Elis Bett. Im Schrank. Im Spülkasten, wo sie in diesen Tagen ein Stück gute Butter aufbewahren. Eli läßt ihn immer noch suchen. Eli sitzt derweil mit einem Buch auf dem Fensterbrett. Puschkin. *Der Schuß und andere Erzählungen.* Es ist ihr eigenes Buch. Ein Heiligtum aus Schultagen. Man durfte sich zum Jahresabschluß eins vom Stapel nehmen. Sie hat sich das dickste ausgesucht. Sie hat sich eine Widmung hineingeschrieben. Für mich – mit vielen guten Wünschen von mir. Anton beugt sich an der Stelle, wo grade noch die lesende Eli gesessen hat, weit aus dem Fenster. Ob unten etwas liegt? Nichts. Einmal ist er dort hinunter in die Hortensien gesprungen. Ein Rettungssprung. Die Blumen waren bald wieder aufgestanden wie alte Kämpfer. Sein kleines Tigergesicht tigert hin und her. Im Traum liegt die Pistole unter einem Teppich aus Entengrütze tief im Carolasee.

Niemand kennt die Stelle. Niemand kennt Eli. Eli ist verschwunden.

Es ist Nachmittag. Alice rüttelt mich auf. Du siehst ja aus wie eine Sau.

Ich bin wach und am Leben. Auch Alice lebt und Anton. Er liegt mit einem Schienbeinbruch im Krankenhaus in der Wurzener Straße. Wie ist denn das passiert? Alice weiß es nicht. Alice hat keine Ahnung. Die Wurzener Straße ist abgesperrt. Am Sachsenbad stehen Russen. Sie hat von einer Krankenschwester, die im Nachbarhaus wohnt, gehört, daß Anton auf der Männer-Station 3 liegt. Krankenschwestern haben keine Ausgangssperre. Die Schwester hatte gestern nach der Spätschicht von Anton einen schönen Gruß übermittelt. Sie hat gesagt, es handle sich am rechten Bein um eine Tibiakopffraktur mit Meniskusriß. Von der Zehe bis obenhin Gips. So was heile, aber so was kann dauern. Und Klettern? An Klettern, Gebirgswanderungen, Tanzmeisterschaften und solche Sachen sei vorläufig nicht zu denken.

Wir wissen, eigentlich herrscht auch im Paradies Ausnahmezustand und Ausgangssperre. Alice hat sich durch den Hintereingang hergeschlichen.

Sie wollte ernten. Aber das habe ich schon erledigt.

Manchmal ist ein Beinbruch kein Beinbruch. Alice redet lange mit mir. Leise, damit nichts über den Zaun weht. Sie kenne die Menschen. Jeden Tag kämen andere zu ihr ins Nährmittelamt. Sie sagt, der Mensch sei kein richtiger Christ und gleich gar kein Kommunist. Er sei dafür nicht geboren. Leider, sagt sie.

Anton, frage ich, der auch nicht?

Der hat früher mal geglaubt, er wäre einer. Ein Kommunist.

Alice redet so viel, daß auch ich beinahe angefangen hätte zu erzählen. Von meinen sächsischen Göttern. Meinen wahren Kommunisten und Christen. Maxim. Tobias. Irgendwie scheint mir, daß Alice vom Leben nur einen schmalen Weg kennt. Sie klettert an hohen Felsen bis hinauf zum Gipfelbuch, sie kann in ihrem Amt Schwarzbrot in Weißbrot verwandeln und für Anton jederzeit Opern- und Raucherkarten besorgen. Aber kennt sie denn damit schon die leidenschaftliche Liebe, wie sie mir jeden Tag heimlich begegnet? Worte sind wie die Blätter am Baum.

Ich besinne mich. Ich rede nicht. Ich bleibe in meiner Haut. Ich lasse Alice mit dem Erdbeersegen allein.
Bei Ausgangssperre muß man doppelt schlau sein. Man darf sich nicht erwischen lassen. Überall in der Stadt fahren Motorradposten. Also versuche ich in den Gartenkolonien vorwärts zu kommen. Vom *Paradies* durch das *Traumland* bis zum *Himmelreich*. In den Gartenkolonien gibt es außer den Eichelhähern niemanden, der auf mich aufpaßt. Im Pferch gackernde Hühner. Einmal ein lachender Specht. Nördlich der Kolonie Himmelreich muß ich aber schließlich doch durchs Tor hinaus auf die offene Straße. *Wer zu mehreren oder als Einzelperson aufgegriffen wird, hat mit Geld- oder Gefängnisstrafe zu rechnen.* Das Hubertuseck liegt wie ausgestorben, die alte Tankstelle wie tot. Ich schleiche durch Hausflure und Hinterhöfe. Das ist schon die Marienhofstraße.

Ich renne. Ich klettere ins tiefe Grün. Die Hecke ist hoch und dicht geworden. Weil Morus alba sehr schnell wächst. Auf meinem Ast findet mich keiner. Mein Leben ist ein Geheimnis. Hier kann ich endlich in Ruhe atmen, gemütlich ausspähen, ob mein schöner Angsttraum wahr ist. Die neuen, nüchternen Augen suchen die Lücke, das Loch im Netz, die Stelle, wo Tobias früher war, wenn dort niemand ist, dann habe ich noch einen Beweis, daß ich nicht nur träume. Ich bin in aller Heimlichkeit wach. An der ziegelsteinroten Hausfront stehen viele Fenster offen. Auf dem Volleyballfeld liegen ein paar Militärdecken, etliche hingeworfene Reisigbesen. Es ist still, menschenleer, wie nach einer überstürzten Flucht. Von einem Ast weiter oben kann ich sehen, daß das Tor auf ist. Sie sind fort. Nicht nur Tobias, sondern alle. Sträflinge und Bewacher.

Um ganz sicher zu sein, gehe ich durch das Tor, sogar weiter durch die sperrangelweit offene Haustür. Ich rufe in das luftige Treppenhaus:

Ist hier jemand?

Weil sich niemand rührt, nehme ich einen Volleyball und schlage ihn gegen die Wand.

Ich habe keine Angst, daß mich einer aufgreifen könnte.

Ich bin ein Wolf, ganz allein. Ohne Artgenossen. Die sind noch in den Wäldern. Die Menschen sind lange aus dieser Gegend verschwunden. Auch die Motorradposten haben sich zum Stadtkern verzogen.

Es ist immer noch hell, rötlicher Abendsonnenschein, ein kristallklarer Juniabend. Die Blätter der Straßenplatanen zeichnen sich ab, scharf, wie einzeln gestochen. Das Kopfsteinpflaster glänzt, als wäre es aus einem besonderen Anlaß frisch geölt. Bitte nicht betreten. Ich trete trotzdem drauf. Mit leichten Pfoten, die keine Abdrücke hinterlassen. Bei Tabak-Reinsch sind die Rolläden zu. Die läßt er nicht einmal runter, wenn er seine sechs Wochen krankmacht. Die Rolläden von Reinsch sind sonst immer offen. Unser Prachthaus für arme, kranke und kinderreiche Familien hat sich einige Schritte von der Straße zurückgezogen, hinter einen höheren Zaun mit schärferen Eisenspitzen. Die Stuckfiguren machen ernste Gesichter. Weder ein Radio noch das Geschrei eines geprügelten Dubbert-Kindes ist zu hören. Die Fenster sind geschlossen. Wo sonst vielfältige Neugier die Gardinen bewegt und die Phantasie beflügelt, Reglosigkeit. Eine erstarrte Kulisse. Nur bei uns, in meinem Boudoir, sieht man noch, daß etwas los war. Ein Fensterflügel steht offen, die Florentiner wedelt heraus, der Tüll hat sich im Rauhputz verfangen. Wenn das Emma wüßte, ihre kamillenteefarbenen Florentiner wie Lappen. Ich weiß, was geschehen ist. Ich werfe einen Blick auf das Hortensienrondell, das ich seit dem Frühjahr in persönlicher Pflege habe. Damit gibt es für mich keinen Zweifel mehr. Wie die armen Hortensien aussehen. Da ist Anton voll reingekracht und, wie es aussieht, noch einmal mit einem Beinbruch glücklich entkommen.

In der Frühe wandere ich nach Niedersedlitz. Es ist das andere Ende der Stadt. Eigentlich schon draußen auf dem Land. Ich ziehe eine Karre hinter mir her.

Es ist ein längst gewesener Morgen.

Die Lockwitz ist ein Fluß. Er kommt von den Bergen,

strömt elbwärts an mir vorbei. Ihm ist es egal, ob ich an seinem Ufer gehe. Er gurgelt, platscht, aber er meint mich nicht. Eine Schafherde kehrt mir den Rücken. Gott schuf den Menschen der Schafe wegen. Ich wandere als Schlußlicht über die abgegraste Wiese. Ich bin unterwegs, ich suche mein Feld, die unter der Plane wartenden Sämlinge, Zitronen, jemanden den ich grüßen und fragen könnte. Einen Zufluß zum Fluß, der zur Elbe hinfließt, einen Graben, über den ich in einem Satz hinüberspringe. Plantagen. Erwachsene Bäume, heimisches Obst, unreife Äpfel, die gleichgültig vor meine Füße fallen.

Mir bleibt kein anderer Weg. Die Setzlinge wachsen in Spantöpfen, die sind besser als Pappe. Sie halten länger. Damit habe ich Glück. Ich muß mich trotzdem beeilen. Ich karre Zeitungsbündel zum Niedersedlitzer Acker.

Die Nacht darauf entwerfe ich ein Aufklärungsschreiben an die Bürger der Stadt. Es fällt mir schwer. Ich suche nach richtigen Worten:

Die Zitrone (Citrus sinensis) bitte alle zwei bis drei Jahre, später in größeren Abständen, umtopfen. In eine Mischung aus Komposterde und Sand, der ein Löffel Hornspäne beigegeben werden sollte. Im Frühjahr die Krone stutzen, aber nicht in dem Jahr, in dem Sie umgetopft haben. Im Sommer regelmäßig einmal pro Woche dem Gießwasser etwas Dünger (Wopil) beigeben und raus in die volle Sonne. Im Winter rein ins Haus, aber ins Kühle. Viel lüften, wenig gießen. Denken Sie daran, die Zitrone ist in Florenz am Arno zu Hause und eigentlich nicht an der Elbe.

Der letzte Satz ist eigentlich überflüssig, sogar Leichtsinn, er könnte fast als Provokation aufgefaßt werden. Daß die Früchte, wenn sich überhaupt welche entwickeln, trotz Pflege klein und noch saurer als sauer, damit ungenießbar, sein werden, versuche ich vorsichtig und so heiter wie möglich anzumerken. Es will mir nicht gelingen. Ich streiche. Ich kürze. Ich lasse nur das wirklich Notwendige stehen. Gegen Morgen ist die Pflegeanleitung fertig.

Ich muß mich beeilen.

Alice nimmt sich drei Tage, um meinen Entwurf wieder und wieder abzutippen. Überschrift: DIE ZITRONE IST EIN SCHMUCKBAUM. Immer sieben Kohlepapierdurchschläge. Die letzten dünnen Blätter grade noch lesbar. Ich brauche viel. Warum? Das kann ich Alice nicht erklären. Weiß ich es denn selber?

Unterdes fange ich an. Ich verpacke die Spantöpfe. Belade die Karre. Niemand sonst ist so geübt darin wie ich. Meine Beine kennen den Stadtplan und die aktuellen Gegebenheiten. Sie sind im Bilde. Die gepflasterten Straßen, die krummen Wege, die Fähre in Laubegast und am Schlachthof. Die Albertbrücke ist für mich und meine Karre nicht mehr gesperrt. Die Standseilbahn hat nach Reparaturarbeiten ihren Betrieb wiederaufgenommen. Meine Beine werden nicht müde. Ich zögere nicht. Pfarrhäuser sind eine gute Adresse. Schulen. Alte Leute. Wohnungen, wo in den Fenstern bereits Grünzeug steht. Nicht überall kann ich die Pflegeanleitung beilegen. Weil ich zuwenig habe. Ich muß mich auf die Empfänger verlassen, auf die Blumenliebhaber und wieder einmal auf mein Glück. An manchen Dresdner Stubenfenstern kann ich im Vorübergehen nun schon meine Zitronen begrüßen.

Während ich unterwegs bin, liefern die Baumschulen noch mehr Pflanzen. Sie erfüllen den Plan, setzen die Kisten an den Rain. Beliefern, wie sie denken, das Mitschurin-Feld.

Muß ich die Tour durch die Stadt noch einmal von vorn anfangen? Im zweiten Durchlauf für jeden eine zweite Zitrone?

Im Schaufenster von Tabak-Reinsch hält sich ein kleines grünes Gewächs, tapfer, zwischen leeren Zigarrenkisten und einem Mohren aus Porzellan. Auch dem Richter Hans Poss in Laubegast habe ich einen Spantopf vor die Tür seines Häuschens gesetzt. Mit der Pflegeanleitung, dazu mit Rotstift: *Bitte beachten.*

Vor die Pforte am Münchner Platz habe ich sogar eine

ganze Kiste mit Zitronenbäumchen hingestellt, für die Flure, die Seminarräume, die Büros und den großen Hörsaal. In allen Pförtnerlogen, die ich kenne, stehen in Hoffnung auf Zuwendung Zitronen. Das Nährmittelamt schmückt sich mit kleinen grünen Pflänzchen. Die Kellner von der Bar auf dem Weißen Hirsch, die Mitarbeiter aus der Kunstblumenfabrik, die Verkäufer im Touristiklager im ehemaligen Ballhaus Watzke, die Frau im Hygiene-Museum, nicht die gläserne, sondern die aus Fleisch und Blut. Alle haben mindesten eine Zimmerzitrone. Mein Traum ist, daß die Dresdner winters in Stuben, sommers in ihren Schrebergärten Heger und Pfleger von Citrus sinensis werden. Daß die Zitrone als Schmuckbaum in Mode kommt.

Jeder will gern einen Zitronentopf für sein Fensterbrett haben. So was gibt es, es geschieht manchmal, daß eine Leidenschaft aufflammt. Daß eine Idee die Massen ergreift. Es ist wie mit nahtlosen Strümpfen, man hat sie gesehen und will sie haben. Niemand kann später ergründen, woher der Funke gekommen ist.

Die Zitrone bleibt mein Geheimnis.

Ich gehe in die neuen Konditoreien der Handelsorganisation. In den Konsum und zu Hosen-Schuppan. Meine Wege führen mich nach Moritzburg ins Jagdschloß und in die Schiffswerft Übigau, wo sie keinen Waschbär mehr herstellen, sie reparieren jetzt wieder Schiffe. Ich suche mir einen guten Kieselstein für meinen Mund und setze dann ein paar Töpfe in den Salon des Schaufelraddampfers, der grade fertig geworden ist und bald als WELTFRIEDEN auf der Elbe in Richtung Sächsische Schweiz auf Fahrt gehen wird. Am Kohlenbunker warte ich auf den Kapitän. Ich will ihm die Pflegeanleitung persönlich übergeben. Es ist meine letzte Mission in der Angelegenheit Zitrone.

Schön Gruß von Anton, ich bin Eli.

Der Kapitän erkennt mich mit dieser kleinen Hilfe – schön Gruß von Anton – als die verlauste Karline vom Kinderheim Lommatsch, die er mit seinem Schleppdampfer mitgenommen hatte nach Hause. Wann war das? Im August 45. Ich erkläre ihm, daß ich sein schönes, frisch gestrichenes Schiff mit Jungpflanzen ausgestaltet habe. Lauter Zitronen. Ich verspreche ihm einen grünen Salon, ein weißes Blütenmeer, wenn er nur regelmäßig gießt, die Topferde lockert, das Moos entfernt. Eine herrlich duftende Oase. Südlich heiter.

Der Kieselstein knirscht, meine Argumente poltern. Es ist, weil meine Kräfte langsam schwinden, meine Zunge erlahmt.

Ich soll das Zeug wieder mitnehmen. Den Kram einpacken. Er habe das Kraut nicht bestellt.

So darf das Ende nicht sein. Rotz und Wasser. Ich heule. Der Kiesel fällt vor die Füße des Kapitäns.

Zum erstenmal in meinem Leben erkenne ich, was Tränen einer Frau vermögen.

Mädel, machs halblang, sagt er. Wenn der Krempel nichts kostet. Laß stehen, laß fahren.

Also fährt die Arche Eli vom Dresdner Terrassenufer bis Schmilka in der Sächsischen Schweiz. Vormittags hin und nachmittags zurück. Es gibt sogar Bier und Faßbrause auf dem Schiff.

Die beiden Chefs machen ihre finstersten Gesichter, weil ich den Fortschritt aufgehalten habe. Sie sind tief enttäuscht. Es wird keine Zitronenplantagen, keine Citrusernte an unserer Elbe geben, und du, Eli, du allein bist schuld. Du und dein falscher Glaube. Du glaubst an den Winter und nicht an die Kraft der Zitrone.

Ich weiß, daß ich nach so viel Auszeichnung und so viel Versagen eine saftige Strafe verdiene.

Kein pünktliches Essenholen mit der Karre. Ein Framo-Chauffeur trägt die Kübel neuerdings sogar bis in die Küche. Keine gärtnerische Grünzeugpflege in den Ballhäusern und Bars der Stadt. Dafür sind jetzt besonders ausgebildete Fachleute unterwegs. Dekorateure oder Floristen. Keine gärtnerische Friedhofsgestaltung. Dafür gibt es separat geschulte Architekten. Keine Tätigkeit auf botanischem Neuland. Das habe ich, Eli, verwirkt. Das bleibt für die botanisch-wissenschaftlichen Institute und für die Zukunft. Kein geruhsames Stecklingsschneiden oder Aussaat pikieren, nichts in den bunten Blumenrevieren, nichts unter warmen, regensicherem Glas. Gemütlich mit Gisela und den anderen. Mit Friedrich, der mit dem von Nüßlein geerbten Apparat vor den Gewächshäusern ein Gruppenbild fotografiert. Abzüge für uns zum Andenken und für Nüßlein. Friedrich trägt einen Brief von ihm zum Vorlesen in der Tasche. Darin versteckt eine Nachricht an Eli. Eli, du kannst dich freuen.

Das sind Hoffnungen oder Erinnerungen.

Die Chefs machen die Wochentage dazwischen. Sie denken nach allem, was geschehen ist, an eine Strafversetzung. Sie sagen: Wir schicken Eli in den Himalaja. Dort hat sie Zeit, dort kann sie sich besinnen und um die kümmerlichen Primeln kümmern, die denticulata und rosea, und um die Hochlandbergenien, die krüppligen Birken und die Tränenkiefer. Lauter fest verwurzelter Bestand. Wo sie nichts kaputtmachen kann.

Der Himalaja liegt auf einem Hügel. Es ist das Revier, das sich an die südkarpatischen Waldgebiete und an den westlichen Altai anschließt. Es ist ein stiller Ort in einem abgelegenen Winkel des Botanischen Gartens.

Wenn ich Glück habe, blüht in diesen Tagen der blaue tibetische Mohn.